ナイトランド叢書 3-5

メドゥーサ

E・H・ヴィシャック

安原和見 訳

アトリエサード

MEDUSA

E.H.Visiak

1929

装画：中野緑

登場人物

ウィリアム・ハーヴェル（わたし）……この物語の記述者
オバディア・ムーン……海賊
ジョン・ハクスタブル……船主
ブライズ……船長
ファルコナー……航海士
ジャイルズ・ケジリー……老水夫
トム・ノドキンズ……大工助手
陽気《メリー》なジャック……水夫
フィリップ・キャンピオン……同
エフライム・ソーキンズ……同
ヴァーテンブレックス……無人の船に一人残っていた男

目次

メドゥーサ　E・H・ヴィシャック　安原和見訳

J・アンダスン・スミスに

文学はたんに感覚的に味わうものではない。どう鑑賞するかは人格の本質であり、多大な努力が必要だ。触れれば感じられる光を発することと言ってもいいかもしれない。

きみを訪ねる（いつも短時間だし、だいたいはほかに用事があってのことだが）たびに、わたしは文学的冒険への格別の刺激を受けてきた。きみはつねに文学に高い価値を置いているから、それに触発されて、希望がついえたときもわたしはやる気を回復し、元気を取り戻すことができたのだ。ウィリアム・ハーヴェルの草稿の文章を解読し、ページを並べなおし、欠落を埋めるのをもう少しで断念するところだったが、この草稿がはるかな異郷からわが手にたどり着いた（とわたしは思っているのだ）ことを思い、その異郷に思いを馳せることによって、どうにか最後までやり抜くことができた。

E・H・V
一九二九年八月

まえがき

　よく知られているとおり、本を書くのはつらく苦しい。にもかかわらず、名声が欲しいばかりに、自分の内にはほとんど書くべきことがないにもかかわらず、血眼で題材を探しまわる人々もいる。まるで、わらを与えられずにれんがを作らされた気の毒なイスラエル人のようだ（旧約聖書出エジプト記第五章）。かれらは猛烈な風によって追い立てられている（ように見える）が、その風はたんなる虚栄心にすぎない。

　わたしはけっして、このような苦役にいそいそととりかかったわけではない。名声が欲しかったのなら、こんな老境に達するまでためらったりせず、とっくにこの物語を本にしていただろう。人生の黄昏に、その朝まだきを生きなおすのは、そして回想のあざやかな舞台で過去の場面を演じるのは楽しいことかもしれない。しかし、それを書き残すのはつらく苦しい旅路であり、そのためにはいわば文章のモーセに――目がかすむことも、生まれ持った体力の減じることもない、そんなモーセにならねばなるまい。

　そういうわけだから、若き日の冒険をこうして（手もとに残しておいた覚書に助けられて）書き綴る気になったのは虚栄心のためではない。また、老人の気晴らしというわけでもない。たんに気晴らしのためなら、この驚くべき、想像を絶する、人知を超えた（読書に驚異を求めない人々は、こう書くと読もうという気をなくすかもしれないが）出来事を思い返すだけでもうじゅうぶんすぎるほどだ。わたしはただ、わが身とともにこの物語が墓の下で朽ち果てるのを、惜しいと思うだけなのである。

ウィル・ハーヴェル
ポーティスヘッドにて

第一部

第一章　著者の幼年時代

わたしは海のうえで生まれ、海のうえで幼少期を過ごした。父が小さな帆船の船長で、ブリストルと西インド諸島のジャマイカ島のあいだを行き来しており、母もその航海に同行していたからだ。

わたしは父を（あとで述べるように）早いうちに亡くしたが、記憶のなかの父の姿は、祖母から聞き知ったそれとよく一致している。祖母によれば、父は親切な温かい心の持主で、内向的な性格で、むしろ憂鬱症の気があった。故郷のポーティスヘッドを行き交う船を眺めるうちに、父はまだ幼いころから海への憧れを抱くようになった。そのころ、祖母は美しい大きなおもちゃの船を買い与えたが、（祖母がわたしに言うところでは）そんなこととはほとんど思いもせずに、年齢とともに育ちつつあった憧れをそれでさらにあおりたててしまったのだ。そんなわけで、まだほんの子供だったころから、父はもう海へ出ることしか考えなくなっていた。気の毒な祖母はなんとか思い止まらせようとしたが、祖父は承諾を与えたのみならず、徒弟に出られる年齢になるとすぐに、ブリストルの商船の船長のもとへ徒弟奉公に出してやった。父はその船長の船で、新オランダ（オーストラリアの旧称）まで航海した。

祖父がなにを考えて、父が海へ出るのを励ますようなことをしたのか、善意からか悪意からかはわからない。また、わたしがポーティスヘッドの祖父の家に引き取られた（父も母も亡くしたために）ころには、祖父は頑固で意地の悪い老人になっていたが、そんな祖父の姿をもとに判断するつもりもない。祖父母のやりとりのなかで父の名が出たのを、わたしは一度だけ聞いたことがある。父を海へ行かせたことで祖母が非難がましいことを言うと、祖父はこう答えた。

「海に行くのが気にいらんとは、いったいなにさまのつもりなんだ。詩篇を読んだことがないのか。『かれらは海に船を出し、大海を渡って商う者となった。かれらは深い淵で主の御業を、驚くべき御業を見た（旧約聖書詩篇第百七篇二十三～二十四節。日本聖書協会『聖書新共同訳』より）』とあるじゃないか。もう口をつぐめ、よけいな口出しをするんじゃない、なにもわかっとらんくせに」

しかし、聖書を引用するからと言って信心深い人とはかぎらない。祖父が信心深い人だったかどうかは、次の章をもとに読者がみずから判断していただきたい。

母の思い出は、幼年時代という甘美な時代、人生の短い黄金時代の廟《びょう》に祀られている。母の突然の死は、わたしの子供時代に悲しみの影を落とし、胸にぽっかりあいた穴に愛情への飢えをもたらした。どんなに祖母にやさしくされても、その飢えが鎮まることはなかった。

とはいえ、こんな子供時代の話を始めたおもな理由は、わたしが三歳か四歳のころに起こったできごとのゆえだ。わたしのいちばん古い記憶なのだが、のちに述べるミスター・ハクスタブルとの航海のさいに海で見たあの光、それの不思議な前触れだったように思えるのである。

人生の最初の場面は、天地創造のはじめのころのようにあいまい模糊としている。わたしが初めて外界をそれと意識するようになったのは、なにか不思議で心惹かれる光を見たときだった。

父の航海（どういう状況なのかはわからない）に同行していたときで、それが起こったのは夜のことだった。わたしはベッドから船室の左舷側に運んでいかれ（たぶん母に抱かれて）、ほらごらんと熱心にせかされて、海面の大きなきらきらする光を見たのだ。太陽のように明るいが、月のように柔らかい光で、真珠貝の光沢のようにちらちらして青にも緑にも見えた。

八歳のとき、父の船は嵐にあってスペインの岸に打ち寄せられた。両親も水夫も全員が海の藻屑と消えたが、荒れ狂う海でなぜかわたしひとり奇跡的に助かり、波に運ばれて岸に流れ着いた。

真っ暗な夜、それも真夜中だった。わたしの記憶は実際に起こったことというより、混乱した場面か夢のようだ。どこを見ても漆黒の闇で、聞こえるのは耳を聾する咆哮、荒々しい警告の叫び、あわただしい足音、互いを呼びあう声、そして突然の雷鳴のような破裂音。恐ろしい暴風の響き、鈍くまがまがしい轟き。右往左往する気配、そして母の声。その声はときに嘆き悲しみ、そしてときにはわたしを慰める。わたしはずっと泣いている。次に憶えているのは、暗闇のなかで海岸に倒れていたことだ。だしぬけに、ランタンの明るい光が濡れた砂を細く照らし、端整でやさしげな顔の男がかがみ込んできた。全身黒ずくめで、変わったつば広の帽子をかぶっていた。わたしは男の両腕に抱えられ、暗がりのなかをしばらく運ばれた。それに続くのは、美しい大きな家でその男と暮らしていたころの記憶だ。その白く輝く家を囲む庭園では、ある木々には黄金の球のような実が枝になり、またべつの木々には真紅の大きな花々がこんもりと咲いていた。それに加えて、陽光あふれる暖かな空気のなか、つねに鳩の柔らかな鳴き声が満ちていた。

ともに暮らしているあいだ、そのスペイン人の司祭（男は司祭だったのだ）はずっと親切にしてくれた。わたしが母を恋しがって泣くと、そういうことはしょっちゅうあったのだが、ひざに抱きあげて、穏やかな響きの言葉でやさしく話しかけてくれた。ひとことも理解はできなかったが、その声は音楽のように心を慰めてくれ、それで涙も引っ込むのだった。

そこには年老いた婦人もひとり暮らしていて、(いま思うに)司祭の家政婦だったのだろうが、この人がわたしの世話をしてくれた。角縁の眼鏡をかけ、黒い服の腰に巻いたビーズのひもから銀の十字架が下がっていた。それがロザリオと呼ばれるものだということはあとで知った。彼女の顔は古い羊皮紙のようにしなびてしわが寄っていて、髪は灰色と黄色のまだらで、それをきつくまとめて頭のてっぺんにお団子を作っていた。彼女はときどきわたしを教会へ連れていってくれた。記憶のなかの教会はどこもかしこも金ぴかで、ごちゃごちゃしていて、そして喜びに満ちていた。目にもあやな華やかな色彩にあふれ、音楽が鳴り響き、かぐわしい煙が漂い、少年聖歌隊が歌を歌い、ランプは星の色に輝き、さまざまな人物の絵が描かれていて、そして背の高いろうそくが燭台に立てられて、祭壇のうえにおごそかにそびえていた。

自宅でわたしを歓待するいっぽうで、親切な恩人はわたしについて各所に問い合わせをしていた。どのようないきさつで、あるいはどんな手段で、ポーティスヘッドに祖父がいると突き止めたのかはわからない。しかし、確認がとれるとすぐに(司祭の家で暮らしはじめてから数か月が過ぎていた)、司祭はわたしをラ・コルニャ(スペイン北西部の港町)に連れていった。いまも憶えているが、ラバの背にまたがる彼の後ろに乗せられて連れていかれ、ブリストルに向けて出港の用意を整えている船に乗せられた。その船の船長は司祭の知り合いの立派な人物で、わたしをその船長に託すとき、司祭は祖父の家への行きかたを説明していた。記憶のなかではその航海はまたたくまだったが、わたしはぶじにたどり着いてその家で暮らすことになった。しかし、そこで保護者になったのは、やさしい司祭とは似ても似つかぬ人物だった。

第二章　祖父を死にいたらしめること

祖父母の住む家は、ポーティスヘッド（ポセットと呼ばれていた）のノア・ロードにある美しくて大きい立派な家だった。祖父は公証人だったが、すでに仕事からは引退していた。そして来る日も来る日も、日がな一日居間の窓際に置いた肘掛け椅子に腰をおろし、足（痛風でひどく腫れていたのだ）を高いスツールに載せていた。

痛風が痛まないようにじっと座って、祖父はゆっくりパイプを吹かしたり、あるいはパイプを詰めなおしたりしていた。パイプを詰めなおすときには、煙草を詰めたうえにカモミールの花を載せるのがつねだった。かたわらのテーブルに、大きな鉛の煙草入れとともに古いすりきれた聖書が置いてあり、そのそばの皿にカモミールの花が盛ってあるのだ。痛風の激痛が走るたびに口汚く悪態をつき、盛んに煙草を吹かして煙を吐き出す。悪態をつくのと煙を吐くのとのあいまには、聖書を読んだり、前の道を通りかかっただれかのために熱烈に祈りを捧げたりしていた。

煙草の煙とカモミールの花の甘い香りが立ち込めているうえ、室内はむっとするほど暑かった。祖父は夏の盛りにも暖炉の火を絶やさなかったからだ。居間の板壁は青く塗られ、掛かっている絵はイスラエル史の戦闘を描いた重苦しい版画ばかり。書棚には神学の本がぎっしり並んでいたが、その一冊でも祖父が手にとっているのを見たことがない。いつも例の聖書だけだった。しなびた黒い海草のようなリボンが、マントルピースから縮れねじれて垂れ下がっているのが装飾だった。暖炉のうえには真鍮の時計が掛かっていて、耳に刺さる音を立てて時を刻んでいた。

なにもかも暗くて陰気だったが、わたしにとってはそうではなかった。まだ汚れを知らない子供の目には暗いものは見えないからだ。暗い場所を見ても、子供時代の魔法のせいで色彩にあふれて見える。あの甘い時代には、その魔法のおかげで、明るいものはいっそう大きく、鮮やかに、輝くばかりにくっきりと――そう、そしてずっと確たる存在に――見えるものだ。これは広く流布した誤解だが、モノも肉体も天上界では輪郭がぼやけて希薄になっていくと思われている。だがそれは逆だ。天上に近づけば近づくほど、いっそうくっきりと、物質的に充実していくのである。当時のかの地の記憶、とくに祖父の庭のさまざまな花々や果実――蜜のように甘い香りのヒマワリや、ぶどうのように暗青色の花の咲く低木、そしてそこになる小さな漿果《ベリー》など――の記憶は、脳裏にふわりとよみがえってきて、そのえも言われぬ喜びとともにわたしの感覚に忍び寄ってくる。祖父の思い出にすら暗さはない――もっとも恐怖に満ちてはいるが。

祖父はなにしろ、恐ろしく熱心に、硫黄と火に満ちて永久に燃えつづける恐怖の湖のことばかりつねにわたしに話して聞かせていたのだ。それを夜になってから聞かされると（たいていそうだったのだが）、眠りにつく（というか少なくとも床につく）ときにはわたしはすっかりおびえていた。頭のなかには恐ろしい空想がぐるぐる渦巻いていたものだ。

あるとき、それは十一月の陰鬱な夜だったが、祖父は例によって怒りだし、このときはほんとうに悪魔のようだった。痩せこけた顔は引きつり、ひいでた狭いひたいにろうそくの光が当たり、いっそう突き出て歪んで見えた。険悪にわたしをにらむ目は、鉄のように固く冷たく縮んでいた。投げ捨てたパイプが炉床にあたって割れ、祖父の声はいよいよ甲高くひび割れていく。しかし、その表情と言葉（とてもここに書くことはできない）にわたしが完全にすくみあがっていると、祖母が割って入ってきた。

「よくもそんなことが言えますね」むっとしたときのくせで、キャップをかぶりなおし、上目づかいになって祖母は声をあげた。「恥ずかしくないんですか。わたしだったら――」

「女は黙っとれ」祖父は大声でさえぎったが、いささかばつの悪そうな顔でもあった。「おまえが甘やかすからいかんのだ！　わたしはこいつのために言ってやってるんだ」

「主はけっしてそんな――『主は愛情深く、憐れみ深く』って――」気の毒にまちがって引用したが、今度もまた祖父にさえぎられた。

「やかましい！」と怒鳴りつける。「六十年聖書を読んできて、いまさら主がなんと言われたかおまえなんぞに教えてもらう必要があると思うか。女の言うことを聞き、目下の者に指図されるいわれがあるとでも言うのか。なんたる思い上がり、なんたる破廉恥か！　ウィル、聖書を取ってこい。替えのパイプもな！」

わたしはがたがた震えながら、祖父がパイプをしまっている戸棚に向かったが、箱がからなのはわかっていた。というのも、まさにその日祖父に言われて、古い汚れたパイプを焼き清めてもらうために煙草屋に持っていったからだ。それがすむまでひとつだけあとに残していたのだが、いまではそれが炉床でばらばらになっている。わたしは戸棚のなかを探すふりをしながら、ひとつも残っていないと言う勇気を奮い起こそうとしていた。ついにそれを言うと、祖父は前もって伝えなかったことでわたしを口汚く罵った。そして痛風の発作を起こしてわめき声をあげ、煙草入れをつかむと板壁に叩きつけて壊してしまった。

このころのわたしの頭のなかには、聖書の言葉がかなり大量に入っていた。とても物覚えがよかったし、祖父のために聖書を朗読してもいた（これについてはまたあとで述べる）。それに加えて、毎朝の祈りの前に、祖父は行き当たりばったりに聖書を開いて、鋭い目と厳しい顔つきでざっと眺めてから、その狭い範囲（ページはぜったいにめくらなかったので）から選んだ文章を声に出して読んでいた。そして、その内容にふさわしいかどうかにはおかまいなく、その後にゆっくりと重々しい口調で祈りを唱え、祖母とわたしはそれをくりかえすのだった。そんなときの祖母は、このためにそこに置いてある赤いクッションにかしこまって膝をついていたものだ。

しかし、祖父の信仰のこの部分はわたしにとっては快い（記憶のなかではひじょうに快い）部分だった。朝食を前にして期待でよだれが出そうな状態（子供の食欲は純粋なものだ）だったからだ。おいしそうな料理の芳香がもう鼻孔をくすぐっている。

朝食の席で祖父が話す内容は、感謝の祈りをあげるときの真摯な口調と完全に矛盾していた。たいてい料理人のあら探しばかりなのである。そうでないときは気の毒な祖母のあら探しだった。祖母は祖父の前では慎み深くふるまっていたが、どうにも無分別なことに、理不尽なこごとを言われるとついかっとなってしまい、それがますます祖父の癇癪に火をつけるのだった。祖母は完全に口をつぐんでいることがどうしてもできなかったし、祖父が仰天して二の句が継げなくなるほど、大音響のおならをすることもできなかった。というのは、そういう場面をわたしは一度見たことがあるのだ。それをしたのは女性、それも小柄でひ弱な女性——要するにわたしの大伯母、つまり祖母の姉だった。妹に会いにやって来て、祖父に対面したときのことだった。大伯母は祖父のことなどちっともこわがっていなかったし、じっさいこわがる理由もなにひとつなかったのだ。

　わたしが祖父と接するのは、おもに用を言いつけられるときであり、野山を越えて近隣の村々へ使いに出されるときだった。用というのはたいてい朗読で、それも聖書の朗読だった。うまく読めるようになったのは十二歳を過ぎてからだったが、朗読ができれば書き方や読解は問題にされなかった。そして正餐前の二時間と午後遅くの一時間（お使いがなければ）、わたしは祖父のために聖書を朗読し、そのあいだ祖父はパイプを吹かし、ぶつぶつひとりごとを言ったり、痛風の痛みに愚痴をこぼしたりしていた。読めない単語があったり、ちょっとつっかえたりすると、祖父はすぐにいらいらしはじめ（わたしの朗読はますますへたになり）、痛風が悪化し、怒りと痛みでしだいに狂ったようになって、しまいにわたしの手から聖書をひったくり、それでわたしの頭をばしばしやることになる。そういうことがしょっちゅうあった。

　そんなわけで、祖父のそばを離れられるから、使いに出されるほうがうれしかった。しかし、わたしは追いはぎにあうのを過剰なほど恐れていた。それにまた、大通りの薬店に行くのがいやでたまらなかった。店主は大変な年寄りだったが、長身でがっちりしていて、赤ら顔に皮肉な笑みを浮かべていて、また突き刺すような虎の目（黄褐色の目）をしており、わたしはその目が言いようもなくこわかったのだ。

わたしが悪いことをすると、といってもたいていはうっかりへまをするだけなのだが（わざと祖父を怒らせるようなことはこわくてできなかったので）、祖父は罰として使用人にわたしを杖で打たせた。そのあいだ、使用人が杖をふるっている横で、祖父はそれにふさわしい聖書の教えを朗読する。ゆっくりと、おごそかに力をこめて。朗読が止まると杖も止まるのだが、祖父の機嫌が悪いと朗読も杖も長々と続いた。

しかし、祖母はいつでもやさしくて、ときにはわたしをかばおうとしてくれた。しかし、それをすると罰がいっそう厳しくなるだけだった。それでしまいに、またそういうことがあったあとで、もうかばわないでくれとわたしは祖母に懇願した。しかし、次の折檻が始まろうというとき、祖母はわたしを厨房に呼んで、尻に防水布をあてがってくれた。最初のうちはおかげで助かったが、わたしの顔に苦痛の色が見えない――ふだんよりいっそう強く打たれても、防水布が守ってくれたのだ――のに気づかれて、とうとうこの手段は祖父の知るところとなった。そのあとの折檻は、ほんとうに骨が折れたかと思うほど厳しかった。祖父はまた、（どうしてかはわからないが）わたしが追いはぎにあうのを恐れているのを知って、できるだけ遅い時間に使いに出すのだった。おかげで、帰りに野を抜けてくるときはすっかり日が落ちていたものだ。祖父は旧式を自認していたが、わたしもそのとおりだと思う。しかし、祖母は夫を愛していた。わたしがともに暮らすようになったのは、長年の鬱憤で心がねじくれてからだというのだ。その鬱憤の影響はわたしを通じて作用し、わたしを道具として祖父に死をもたらすことになる。

わたしが祖父母と暮らしはじめて五、六年たつころのことだった。そのいきさつはこうだ。

あるとき祖父は具合が悪くなり、わたしに薬を買いに行かせようとした。しかし、あの恐ろしい薬店主に会うのがいやで、わたしは村の井戸で薬壜に水を入れた。そしてそれがばれないように、ほんとうに薬店まで行ってきたかのように外で時間をつぶしてから帰った。その薬はただの水にしか見えなかったから、ちがいに気づかれることはないと思ったのだ。

そんなわけで、わたしはそれ（つまり水の入った壜）を祖父に渡した。疑う様子もなく、祖父は一回ぶんを服《の》んだ。そして翌朝には、薬のおかげでだいぶ楽になったと言った。そしてもう一回服用してから壜を戸棚に戻した。

それから六週間たつころ、頭痛がすると言って、祖父は杖をつきつき戸棚へ歩いていき、薬壜を取り出した。わたしはそれを見て恐ろしくてたまらなかった。いまごろはなかの水は腐っているにちがいない。祖父に注意しようとしたが、こわくてできなかった。それでそこに彫像のように突っ立って、祖父がコップを口に運ぶのを見守っていた。

しかし、祖父は飲まなかった。顔をしかめて一、二度においをかぐと、コップをテーブルにおろした。

「なんだこれは」と鼻を鳴らした。「ひどいにおいだ！」わたしのほうをふり向いた。

そしてずいぶん長いことこちらを眺めていた（少なくともわたしにはそう思えた）。杖に体重を預けて身を乗り出し、顔を突き出してにらんでいる。

「どこからこんなものを持ってきた」しまいに、ささやくようなかすれ声で言った。「ちゃんと薬店からもらってきたのか。どうなんだ！」

「いいえ」わたしは小さな震え声で答えた。「こわかったから、村の井戸水を入れてきました」
祖父は恐ろしいうなり声をあげた。「なんだと！」と言うなり歩きだした。痩せこけてきつい顔が、鉛のような灰色に見えた。しかし、その薄青の目に宿る光（わたしの筆力ではとうてい表現できない）に、わたしの魂は邪悪な雷に打たれたかのようだった。逃げ出したかったが、恐怖で完全に足がすくんで逃げられなかった。しかし、すぐそばまで迫ってきたとき、とつぜん祖父はよろめき、両腕を伸ばし、杖を取り落としたかと思うと、ばったりとうつぶせに倒れた。

　わたしは戸口に走っていき、半狂乱で祖母を呼んだ。入ってきた祖母は、そんなふうに床に倒れている祖父を見ると、かたわらにくずおれて身も世もなく泣きはじめた。祖父の顔を見、手をとり、祖父が死んでしまったと何度も嘆きの声をあげた。

　祖母がそうして嘆いているのをよそに、わたしは自分でもろくに気がつかないまま、テーブルからコップと薬壜をとって居間をあとにしていた。そして庭に出ていき、腐臭のする水を花壇に捨て、コップと壜を桶の水でゆすいだ。

　祖父の葬儀には町の人々がおおぜい集まった。とくに国教反対者（英国国教会に異議を唱える人々）や、二、三人の農家も、黒くて長い上着を着て参列していた。わたしは日曜日に教会へ着ていく晴れ着を着て、礼拝堂で祖母のとなりに座っていた。祖母はハンカチを目に当ててしきりに泣いていたが、わたしはいわば恐怖にしびれたようになって、ろくに声も出せなかった。

　墓所で埋葬式がおこなわれているとき、あの恐ろしい薬店主が近くに立っていて、急にこちらに顔を向けると、あの虎の目でわたしを見た。もちろんたまたまだったのだろうが、非難されているかのようにぞっとしてわたしは震えあがった。

　のちにわかったことだが、祖父の死因は卒中だった。しかし、それを引き起こしたのはわたしのごまかしであり、不従順な行動なのだ。その秘密に心を深くむしばまれ、わたしは激しい苦悶に身をよじっていた。あれほどの苦しみは、空想をそのまま真に受ける子供にしか味わえないだろう。夜には、切れ切れの浅い眠りのあいだに祖父が訪れてくる。悪意に満ちた身の毛もよだつ亡霊となって、祖父は呪いの言葉を吐き、おまえは地獄の業火で永遠に焼かれる定めだと言うのだ。ある朝、そんな恐ろしい夜のあと、どれほどの苦痛か確かめてみずにいられなくなり、わたしは自分から火に手を突っ込んだことがあった。

　一度か二度、祖母に打ち明けそうになったこともあるが、結局打ち明けられなかった。しかし、そんな打ちひしがれたわたしの様子を見た祖母は、知り合いの勧めもあって、いい家の子弟が行くブリストルの学校にわたしを送ることにした。しかしわたしはそこでも（こんな嘆かわしい幕開けにたじろがず、この先を読みつづけていただければわかるが）、それと意図せずにべつの死をもたらすことになる。

第三章　学校へ行くことと、その嘆かわしい後日談

それから数週間とたたない夏の日の朝、わたしは祖母と別れて、庭の小道のわきで暗い顔をして明るい陽光を浴びていた。学校にやられるのが恐ろしく、ほんとうの理由――わたしがふさいでいたせいで祖母はわたしを学校へやる気になったのだが、そのふさぎこんでいたのはなぜだったのか――をもう少しで打ち明けそうになった。しかし、わたしは一種の無気力状態にとらわれていた。

格子窓にさしかかったときには、祖父の姿が見えるにちがいないとなかば予期していた。いつもそこから祖父はわたしを見張っていたのだ。しかし、たとえほんとうに見えたとしても、驚愕のあまり無気力から覚めるようなことはまずなかっただろう。わたしのトランクを担いだ祖母の従僕の少年を従えて、わたしはその下を通り過ぎた。

街道に出ると、何軒かの店の前にそれぞれの店主が立っているのが見えた。その見慣れた姿は、しかしわたしの憂鬱をいっそう深めただけだった。ひとりに声をかけられたときには、涙をこらえるのに苦労したほどだ。急ぎ足になったが、祖母の従僕がついてこられなかったので、わたしはトランクを自分で運ぶことにした。この少年が好きだったわけではない。歩きぶりはだらしないし、ずる賢そうな生白い顔に詮索好きな目つきをしている。それでもあの不幸な朝には親しみ

を感じたのだ。

〈白獅子亭〉という宿屋でブリストル行きの駅馬車に乗ることになっていたのだが、そこへまだ着かないうちに従僕はまた遅れはじめた。背後で笑い声が聞こえたのでふり向くと、数人の少年たちに囲まれて、両手のこぶしで目をこすって泣き虫のまねをしている。向こうはわたしより年上で身体も大きかったが、わたしはやせてはいても驚くほど腕っぷしが強かったから、その気になれば簡単に思い知らせてやることができたのだが、いまはそんな気力がなかった。それでも宿屋に着いたときには、厄介払いしてくれようと従僕に帰れと言いつけた。ところが、学校までついていくように祖母に言われたと言って聞かない。祖母はわたしのために（と思って）従僕をつけてくれたのだ。学校で一目置かれるだろうというわけだ。それでわたしも折れて、いっしょに駅馬車に乗り込んだ。

このときには追いはぎをこわいと思うどころか歓迎したい気分だったが、道中なんの変わったこともなく、五時ごろにはブリストルに到着した。勤勉な従僕は、宿屋で休憩して食事をとりたがっていたが、わたしは着いた足で学校へ向かった。以前祖母に連れられてブリストルを訪れたおり、ここが学校だと祖母に見せられて、恐ろしいと思ったことがあったのだ。

しかしいまいましい従僕はまたぐずぐずしていた。心底いやけがさして、わたしは自分でトランクを取りあげてもう帰れと言いつけた。その後まもなく、見れば従僕はどこかの学校の生徒たちとしゃべっていた。道の反対側を行くわたしをかれらはじろじろ眺め、うちひとり（大柄の強そうな少年で、丸い赤ら顔でにやにやしていた）がなにかばかにしたことを言い、ほかの者は笑った。それがひどく胸に刺さった。かれらがわたしの行く学校の生徒なのはわかっていたから、みじめな気分はつのるいっぽうだった。

学校の塀の前に着くと、しばし立ち止まってどっしりした建物を見あげた。陰気な灰色をしていて、木立のうえにそびえている。ぎざぎざの樅の木々が暗い影を落としていた。胸のふさがる思いで、門扉の片方を押してなかに入った。

日没のころで、最上階の窓が夕陽を反射していたが、そのほかは黒々としている。周囲に漂うその黒いものが、いくつもの目でこっちを見ているような気がした。ちっぽけでひ弱で、この世に頼る者もない情けないやつが、荷物をかついでよろよろ歩いてくるとあざわらっているかのようだ。玄関に通じる道を歩いていくうちに、上着のポケットがふくらんでいるのに気がついた。祖母が入れてくれたお菓子の包みだった。こんなところで祖母を思い出すのは身を切られるほどつらい。何度も必死でつばをのみ、いまにもあふれそうな涙をこぼすまいとこらえた。

しまいにそのおどろおどろしい建物の玄関口に立ち、呼鈴のひもを引いて待った。だいぶ待っていたが、わたしの弱々しい呼び出しに応える者はなかった。もういちど鳴らすべきかと迷っていると、背後で大きな音を立てて校門が開き、宿屋の近くで見かけた三人の生徒が入ってきた。三人は元気よくしゃべったり笑ったりしながら歩いてくる。こんな場所でよくあんなことができると思うほどだったが、わたしはその三人に対していわば漠然とした恐怖を抱いていた。近づいてくると、先ほどの大柄な少年が声をかけてきて、おまえはだれだと横柄に尋ねた。

「学者になろうと思って来たんだ」わたしは震え声で答えた。

これを聞いて三人はどっと笑いくずれ、大柄な少年はわたしをまたばかにしはじめた。「うひょー」と大声をあげ、「学者になろうと思って来たんだってよ！　学者だってよ！　ただの泣き虫かと思ってたぜ！」

そう言うと、泣きべそをかくまねをしてみせ、ほかのふたりはまたげらげら笑った。あの従僕から聞いたのにちがいない。だしぬけに身内に激しいものが込みあげてきて、胸が張り裂けそうだった。それが灼けるような涙とともにあふれ出し、目がよく見えなくなった。手に呼鈴のひもを感じ、それを力いっぱい握りしめて猛然と引っ張ると、ほかの生徒たちはとたんに逃げ出し、正面玄関のわきに立つ月桂樹の陰に走り込んだ（生徒たちはそちらの通用門から入ることになっていたのだ）。次の瞬間、ドアが開いたかと思うと、長身の下男がこちらをにらみつけてきた。その視線を浴びて、身体が縮んで消えてしまいそうな気がした。

「まったく」下男は声をあげたが、そこでいったん口をつぐむ。「まったく、闘鶏よりやかましい音を立ててくれて、お殿さまでもお出ましかと思ったぜ。あんなに呼鈴を引きまくったら天井が落ちるじゃないか。いったいなんのつもりだ」

わたしは蚊の鳴くような声で、わざとやったのではないと答えてあやまった。下男はしゃがれた低い声でぶつぶつ悪態をつきながら、わたしの背中を押して廊下を進ませ、美しい大きな部屋に押し込んだ。

「校長先生を呼んでくる」下男はぶっきらぼうに言うと、わたしを残して立ち去った。

薄暗い明かりのなか、わたしはその場に突っ立って、目の前にあった胸像を見るともなく見ていた。台座にのっていて、髪は縮れ毛で口ひげをはやし、大きな鼻は上を向いている。そうこうするうちにはたと思い当たったのだが、これはまさしくドクター・トムスン（それが校長の名前だった）そのひとの肖像にちがいない。胸像をじっと眺めるうちに少し落ち着いてきたが、そのときドアが開いた。

入ってきたのは、長身で不格好な老人だった。背中がひどく曲がっていて、びっくりするほどぎくしゃく歩いてくる。まるで蟹のようだ。胸像と同じく、縮れた髪に口ひげをはやしていたが、同一人物なのかどうかわたしには判断がつかなかった。胸像より頬がかなりこけていて、表情は暗く厳しい。鼻は大きいが、胸像の鼻とは似ても似つかなかった。

この陰気で気むずかしげな表情のせいで、胸像を見て少し落ち着いていた気分はすっかり消え失せた。わたしが突っ立って目を丸くしていると、彼はしわがれた耳障りな声をあげた。「やれやれ、まったく！　舌をどこへ置いてきたんだ、ええ？　わたしと会うのはわかっておったのに、なんと言うか心づもりもしておらんのか、きみは。ここに来てから、いままでなにをしておったんだ」

「先生の像を見ていました」とまわらない舌で言いながら、わたしは片手をあげて例の胸像をさした。

すると、彼の顔がぱっと明るくなった。そのときはたと気がついたのだが、彼の縮れた髪の毛は明らかにかつらだった。

「わたしの像をな！」と笑顔を見せる。

校長は行ったり来たりしはじめ、大きな銀の箱から嗅ぎ煙草をとり、鼻をつまみあげるようにして一服吸ったが、それが盛大にこぼれて、汚らしい服がますます汚くなった。

「なるほど、わたしの像を見ておったか！」彼は言った。「なかなかよい目をしておるな。この像はわたしに似ておるか」

「あんまり似ていません」と答えると、校長の顔が歪んで恐ろしいしかめつらになり、わたしは失言を後悔した。

「似ておらん？」眉をひそめて彼は怒鳴った。「似ておらんだと？　これをわたしの像だと思ったんじゃないのか」

「思いました。すみません、やっぱり似ていると思います」

「当然だ！」彼は断固として言った。「まったく頭の悪い小僧だ。似ていなかったら、わたしの像だとわかるわけがなかろうが。そうだろう、返事をしなさい！」

しかし、わたしには返事ができなかった。なんと言ってよいかわからず突っ立っていると、校長はだしぬけに彫像のすぐ下に椅子を引き寄せ、どさりと腰をおろした。

「やれやれ！　こうすればそっくりなのがわかるだろう。この顔とあの顔を見くらべてみなさい」と、縮れ毛のかつらを軽く叩き、頭上の像を指さした。「そら！　これでわかっただろう」

「だんだんわかってきました」わたしは言った。

「そうだろうとも。だれの目にも明らかだからな。まったくとんでもない間抜けもおったもんだよ。おかげですっかり時間をむだにしてしまった」

「きみが来るのはわかっておった」とふんぞりかえって続けながら、嗅ぎ煙草をつまんで鼻をねじりあげた。「お祖母さんから手紙をいただいたからな。ここで学ぶことができるとは、きみはまことに運がよい。いいかね、それにまた、じつに名誉なことでもあるのだぞ。なにしろこの学校の校長は、観相学的に見ても」と顔を歪めて胸像を指さし、「また叡知の面でも、かの哲学者ソクラテスにおさおさ劣らぬ人格者なのだからな!」

その名を重々しく強調しながら目玉をぎょろつかせている。憂鬱そうにしかめた顔は、ふた目と見られぬおぞましさだった。言い終えて呼鈴のひもを引き、先ほど扉をあけてくれた下男が入ってくると、校長は恐ろしいしかめつらをして、わたしを教室へ連れていくよう言いつけた。

「さっさと連れていけ!」校長は吐き捨てるように言うと、足を踏み鳴らした。「こいつはただのばか者だ」

「ただ、ひとつ訊く」と下男を呼び止めた。「アテナイの若者を堕落させず(これは最もけしからぬ悪行だ)、教え導いた有名かつ偉大な賢人はだれだ?」

「哲学者のソクラテスです」下男はドアのわきにしゃっちょこばって答えたが、やたらと大声をはりあげるので、盛大な集まりにだれかが到着したことを呼ばわるかのようだった。

「さらにまた」と校長はうなずいて言った。「名高い詩人のジョン・ミルトンは、少年たちを指導しただけでなく、『ラテン語初等文法』を著わしておる。古代に戻って大カトーの名を、あるいは近代人のなかではかの博識なエラスムスの名を、ここでまたあげる必要があろうか」

そこでわたしたちは退出を許された。

背の高い下男のあとについて廊下を歩き、階段をおり、照明の薄暗い黴臭い通路を通った。金切り声がくぐもって聞こえてくる。その突き当たりでドアを開くと、下男はわたしをなかへ押し込んだ。先ほどの声が耳を聾するほどに高まり、と思ったらふいにやんだ。

最初は野生生物のねぐらに入ってしまったかと思ったが、やがてわかってきた。そこは細長く天井の低い部屋で、垂木から下がる大きなふたつのランタンで照らされていて、たくさんの机とベンチが置かれ、そのすきまには男子生徒の集団が立っていた。そのなかに、さっきの大柄な少年もいた。赤んぼのような顔色をした、わたしをさんざんからかった少年だ。彼がまっさきに口を開いた。

「学者先生のお出ましだぜ！」と彼はあざけった。

続きは爆笑にかき消され、そのすさまじい大声にぼうぜんとするうちに、あっというまに生徒たちに取り囲まれていた。ののしり、しかめ面をし、あざわらう生徒たち。わたしはいわば放心状態で突っ立っていたが、そのとき頭になにが浮かんでいたか想像がつく人はいまい。もっとも、わたしの考えとはいささか言いにくい。というのも、朗々と響きわたる語句でしかなかったのだ。それは祖父に言われてよく読まされていた詩篇の一節だった。「犬どもがわたしを取り囲み……」その言葉が頭のなかを駆けめぐり、不思議なことにおかげで心が慰められた。（詩篇二十二篇一七節。『新共同訳』より）

生徒たちはわたしを質問攻めにした。ばからしくて書き留める気にもならないことをしつこく尋ねつづけた。しかし、なにも返事が戻ってこないとみると、今度はわたしをあっちこっちから小突いたり、鼻をつねったり、髪を引っぱったりしはじめ、それではっと目が覚めたように悲しみと怒りが沸きあがってきて、わたしはやみくもにこぶしをふりまわした。渾身の力をふるって——というより、狂気に取り憑かれていたせいで、ふだん以上の怪力をふるってしまった（先にも述べたが、わたしはかなりの力持ちだったのだ）。

なにかに乗り移られたかのようだった。いじめられていたのに、感じていたのは苦痛ではなく高揚だった。詩篇の語句を叫びながら、激しくこぶしの雨をふらせていた。生徒たちはパニックと混乱でおじけづいていたが、例の大柄な少年はたじろぎもせず、その丸いにやにやした赤んぼのような顔が、眼前の深紅のもやのなかに浮かびあがった。わたしはそれを思いきり殴りつけた。固めたこぶしが強く当たってしびれ、深紅のもやは漆黒の闇に変わり、わたしは気絶して倒れた。

気がついたときは暗がりに横になっていた。しかし頭は重くしびれていて、なにが起こったのか思い出すことができず、そのままじっとしていた。しだいに感覚が戻ってくると、自分がベッドに寝ていること、服を着たままなこと、顔に打ち身やすり傷ができていることに気がついた。それと同時に、ひそひそ話している少年たちの声が聞こえてきた。

「うん、まちがくなく死んでた」ひとりが言った。「鍵穴からのぞいて見てきたんだ。ソファに寝てて、布がかけてあったよ。それを見たら身体が震えてきて——」

そこで言葉を切った。話し相手に遮られたのだ。

「もういいよ、明日聞くからさ。でも、まさか絞首刑にはならないよな。あいつを殺した頭のおかしいばかのことだけどさ」

「なるよ、ぜったい絞首刑だ。校長がポンピーじいさんに裁判所に手紙を持ってけって言いつけてたもん」

「ほんとに？　それじゃ、明日はお祭騒ぎかもな」

「そんなでかい声出すなよ、このばか！　うん、そうだろうな。だけど、あいつすごかったよなあ。あの戦いかた、すげえ勇ましかった。いきなり知らないとこに放り込まれたのにさ！　ほんとのとこ、なんとか警告してやりたいな。今夜のうちにこっそり抜け出して逃げるように言ってやるんだ」

「ええっ、やめとけよ。あいつの代わりに絞首刑にされちゃうぞ」

「ばか言うな。だれにわかるって言うんだよ、この間抜け。だれがなんてったって、おれあいつに警告してやるんだ」

「ばか言っててんのはおまえだよ。あいつがつかまったらどうなるかわかっててんのか」

もういっぽうは答えず、ふたりとも黙りこくった。わたしは心臓が早鐘を打っていて、それがかれらに聞こえるのではないかと恐ろしかった。やがてひとりがまた口を開いた。

「フレッチャー、あいつほんとに絞首刑になるかな」

「なればいいな」もういっぽうが答える。「でももう寝ようよ。明日のお楽しみの夢を見るんだ」

「この恥知らず！　人でなし！　フレッチャー、明日は覚悟しとけよ、半殺しにしてやるからな。おまえの頭をぼこぼこにしてやる。せいぜいいい夢でも見とくんだな」

大声に近くなっていたせいで、べつの少年が眠そうに声をあげ、どうしたのかと尋ねてきた。そこで急に声は小さくなり、かなり険悪な響きのささやき声の応酬があったのち、ややあってそれもやんだ。寝息以外はなんの物音もしなくなった。しかし、先ほどしゃべっていたふたりのいっぽうはしきりに寝返りを打っていた。一時間たつころ（少なくとも一時間ぐらいはたったような気がしたのだ）、彼は小声でもうひとりに話しかけ、起きているかと尋ねた。返事がない。もう一度呼びかけたが、結果は同じだった。それからまもなく起きあがり（寝間着で見分けがついた）、ベッドを出て、もうひとりの少年のようすをじっとうかがってから、足音を忍ばせてわたしのそばへやって来た。

「起きてる？」耳もとで言った。「起きて歩ける？　小さな声で返事しろ」

「うん」わたしは言った。

「そいじゃついて来な。声は出すなよ。こっから逃げなくちゃだめだ。なにも訊かないでついてくるんだ。静かにな」

わたしが起きあがってあとについて歩いていくと、彼はそろそろとドアをあけた。しばらく聞き耳を立てたあと、外へ出て暗い階段を降りはじめた。階段は踏むたびにきしみ、一度はやたらに大きな音がして、ふたりでぎょっとして立ち止まったほどだ。しかし何事かと尋ねる声はなく、柱廊の大時計が時を刻む音が聞こえるばかりだ。広間に出て、そこから通路をたどり、やがて彼はあるドアをあけてなかに入った。わたしもあとに続いた。

「ここに鍵を置いてあるんだ」彼は言って、壁を手で探った。求めていた鍵が下がっているのを見つけると、わたしを従えて通路に戻り、裏口へ向かった。その鍵でドアをあけた。

わたしは感謝にたえず、こんな骨折りのあげく彼が面倒に巻き込まれはしないかと心配でならなかったが、彼はわたしに口を開かせようとせず、しきりに早く逃げろと言った。

そこでわたしは彼と別れ、夜闇のなかへ出ていった。ほんとうに真っ暗だったが、木から木へ手探りで道をたどって門までたどり着き、ついにあの耐えがたい場所をあとにした。

よく見えないまま角を曲がり、闇を突いてがむしゃらに進んでいった。曲がりくねった道を進むうちに、ついに田園地帯に入った。ねずみがあわてて溝とか空き地とかに逃げ込んだのをべつにすれば、生き物には一度も出くわすことなく長い通りを横切った。林のそばを過ぎたとき、とつぜんすぐそばでふくろうが大きくひと声鳴き、わたしはぎょっとして飛びあがった。

こうして逃避行の最初の危険が過ぎ去って、初めはぼんやりと、次には痛切に悲しくなってきて、自分の罪（わたしは罪だと思ったのだ）についてくよくよ考えた。二重に殺人を犯して、二重に呪われてしまったように思えた。もう地獄行きは決まったようなもので、地獄の業火に焼かれる運命なのだ。考えるごとに苦しさが募り、しだいに耐えられなくなってきた。祖父の蔵書のなかに、かの偉大な詩、『失楽園』があったのを読んでいたので、その一節が記憶のなかから浮かびあがってきた。

それがわれわれの終焉、また癒しの道にちがいない、
ついに無に帰することが。悲しい癒しだ、なぜならだれが望むだろうか、
いかに苦痛に満ちているとはいえ、知性あるおのれを捨て去ることを。

「だれが望むだろうって?」わたしは激情に駆られて叫んだ。「ぼくだ! ぼくは望む!」

祈ろうとしたができなかった。苦しみは募るいっぽうで耐えがたい。そこへだしぬけに、頭のなかに恐ろしい閃光のようなものが走り、気が狂ったかと思った。そしてまことに、あのままでいたらほんとうに発狂していただろうと思う。しかし、そのとき身にそなわった体力が尽きて、たちまち感覚が麻痺してしまった。草地に沈むように倒れ込み、わたしは麻薬に酔ったように眠り込んだ。

第四章　ミスター・ハクスタブルと知り合うこと

目が覚めたときはもう真っ昼間で、強い陽差しをまともに浴びていた。わけがわからず混乱しているし、頭は鈍くずきずきと痛むし、節々がこわばってしびれている。しかし、あたりの景色を見まわすと喜びに近い感情が沸きあがってきた。頭上にそびえる木々は草地の海に高く浮かぶ緑の島のようで、その草地には野の花々がにぎやかに咲き乱れている。しかしすぐに、ここへやって来た理由を思い出した。

空腹でのども渇いていたが、どこかの田舎家《コテージ》や農場で食料や水を探す勇気はなかった。そんなわけで森のなかに身を潜めていた。そして茂みに横たわって、深い絶望に沈んだかと思えば、逆に突拍子もない妄想にふけったりした。なんと、あれほど追いはぎを恐れていたわたしが、自分で追いはぎになろうと考えたのだ。もともと人殺しに生まれついているような気がするし、過失から故意の殺人まではほんの一歩のように思えた。絞首刑になって果てる運命だとしても（とわたしはつぶやいた）、生きられるあいだは生きなくてはならない。夜が来るまで待って、旅人を待ち伏せして殺そう。森のなかでこん棒を作っておき、それで襲いかかればいい。まちがいなく、一種の狂乱または譫妄状態で妄想にふけっていたのだろう。やけくその蛮勇めいたものに取り憑かれていた。よほど追い詰められでもしないかぎり、ふだんはそんな勇気などどこからもわいてこないくせに。

　そんな狂気の企てから——少なくとも、そんなことを考える愚かさから——救われたのは、日暮れごろに徒歩の旅人がやって来たときだった。船乗りだった。その身体を揺らすような歩きかたでわかる（それに大きな耳環をはめ、頭に赤い布を巻いていたし）。顔はまん丸だったが、海の男らしい浅黒い顔色ではなく、むしろ血色が悪くて青白く見えた。

　よく観察しようと体勢を変えたとき、下草がこすれてかすかな音を立てたのはたしかだ。しかしそれを聞きつけたとしたら、男はよほど鋭い耳をしていたにちがいない。すぐに立ち止まり、わたしの潜んでいる茂みをじっとにらんだ。そして近づいてきて杖を茂みに突っ込んできて、わたしのあばらを突いた。

　痛さに悲鳴をあげると、男は怒鳴った。「おい！　どんなウサギかイタチだ、こんなところに隠れてやがるとは。出てきやがれ！　すぐに出てこないと、もっと痛い目にあわせてやる。おれの名前はオバディアだ、だから火をつっつくのは得意だぞ（オバディアという古いストーヴのメーカーがある）。そら」

　またあばらを力いっぱい杖で突かれ、わたしは悲鳴をあげて彼の足もとに飛び出した。

「おれの名はオバディア・ムーン、だから特技は歌《チューン》だ」と言って、草地で身をよじっているわたしににやりとしてみせた。「おれの名はオバディア・ムーン、かわいい子にはやさしいチューンってわけよ」

　ところが、その表情がふいに変わった。ずるそうに唇をすぼめ、なにか考えている。「だじゃれはこれぐらいにしとくか、なあぼうず！」と彼は言った。「ただ気分を盛り上げたかっただけだしな。船のうえじゃ、若い連中に名前のことでからかわれてるのさ。つまりそんな扱いを受けてるわけよ、あんなやつらくたばっちまやいいんだ！」

激しい怒りにとらわれたように、彼は顔を歪めた。聞くも恐ろしい悪態をつくと、彼をあざけった給仕を殺したという話を始める。

「ぼくはあなたの名前を笑ったりしてないです」わたしは震えながら言った。

「そらそうだ。だがな、おれはそういう男なんだよ、わかるか、ぼうず。怒らせるとこええんだってことよ。かっとなるたちなんだよ。だからな、おめえみたいな若いのを見張っといて（おめえのことじゃねえがな）、船が出てから挨拶なしに襲いかかるのさ。だから考えるひまもねえってわけよ――な？　それでだ、いいか、シリング玉をひとつやるから」

そう言うとベルトの袋をいじりだした。やがて一シリング硬貨をひとつ取り出すと、持ちあげて夕陽に輝かせてみせる。しかし、わたしが手を出そうとすると、それを握りしめて言った。

「このシリングが欲しかったら、まずは手紙を届けてもらわんとな。だがいいか、おめえに珍しいもんをやるよ。ガキは珍しいもんが好きだからな。もっとも、おめえはガキってより大人に近《ちけ》えみたいだが」

彼はシリング貨をベルトに戻すと、上着のポケットから珍しい貝殻を取り出した。茶色と白のそれを手に載せて掲げてみせる。

「どうだ、きれいなもんだろうが。はるばる中国から渡ってきたんだぞ。ほれ、聞こえるか」とそれをわたしの耳に当てた。「海の音がするだろ。これを持ってりゃ、どんだけ海から遠く離れてたって海の歌が聞こえるって寸法よ」

「手紙はどこへ届ければいいの?」わたしは貝殻を見ながら尋ねた。

「なあに、ほんのひと足かふた足さ。こっから草地をふたつか三つ行ったとこだ。あっちっ側、おめえの左舷の舳先のほう、風車小屋のすぐそばだ。『サマセット郡ブリストル近郊リドリー農場、ミスター・ジョン・ハクスタブル』」と宛先を口にした。「恩に着るぜ。だがいいか、これは忘れんなよ、この手紙をちゃあんと届けなかったら、口にゃできねえほどひでえ目にあわしてやるからな。きっちり本人に手渡しすんだぞ、わかったな」

「その貝をくださいよ」わたしは言った。「そしたら手紙を届けますから」

「うんにゃ」と言うと、にかっと派手に笑って貝殻をポケットに戻した。「公証人の言葉を借りりゃ、こいつぁ取引だからな。舵は船首じゃなく船尾につけるもんだ。猿とおんなじでな——猿のしっぽがどこについてるかわかるだろ。手紙を届ける前にやるわけにゃいかん。その手紙をちゃんと届けてくれたら、これはおめえにやるよ」

彼は手紙をわたしの手に握らせ、いきなり険しい目つきでにらみつけてきた。そこでまた相好を崩してにやにやする。「頼んだぜ、よろしくな」と言うと、林をまわって姿を消した。

わたしは草地を突っ切って農場に向かった。農場はひじょうに大きく、屋根がいくつも並んでいて、その向こうに風車が見えた。人間や家畜の姿はまったく見かけず、風車の翼板も止まっていた。しかし、草地の向こうの建物がまだろくに見えないうちから、わたしはしだいに気持ちが明るくなってきていた。太陽がちょうど沈み、目に快い明かりが遠くに小さく見え、家々の壁や屋根を赤みを帯びた金色に照らしている。家庭とか避難所といった感覚に心が慰められるようだ。小さな門をくぐり、小道を歩いて玄関ポーチに向かう。ドアをノックした。

ドアをあけたのは大柄な男で、船乗りのようなあごひげを腰に届くほど伸ばしていた。ミスター・ジョン・ハクスタブル宛の手紙を預かってきたと言うと、彼は手紙を受け取り、よく響く声で入りなさいと言った。あとについて部屋に入ると、彼は二本のろうそくに火をともした。

「読むあいだ、かけて待っていなさい」と言い、封を切った。

立派なひげに加えてまゆもふさふさしているし、大きな鼻は鉤鼻で、顔つきはいかつく、むしろ近寄りがたい人物に見えたが、しかしこれは（いまではそういうこともわかってきたので）ストレスや苦労やつらい癒しがたい苦悩の結果だった。まだ子供で人間観察や洞察の経験も乏しかったが、それでもなんとなく、その顔やしわの寄った広いひたいに、なにか胸を噛む悲しみのしるしや跡が刻まれているような気がした。

かなり大きな部屋だったが、家具調度は少なくがらんとしていた。ごくありきたりのテーブルと椅子が四脚あるだけだ。しかし壁際には美しく彫刻を施した机があって、背の高い銀の燭台にろうそくが置かれ、それがぼんやりとした光を投げていた。

男はその机に向かい、腰をおろし、机のうえに両ひじを広げて手紙を読みはじめた。大きな身体、広くがっしりした肩、大きなくしゃくしゃの頭はライオンのようだった。

机のうえの壁には絵が二枚かかっていた。一枚はたいそう美しい貴婦人の肖像だった。明るい青い目、黄金色の髪、気品に満ちた顔は星のように輝いて見える。もう一枚は幼い子供の絵で、なめらかな頬に明るい青い目、貴婦人と同じ黄金色の髪をしていたが、もう少し色が薄くて、それが肩のあたりまで垂れて波うっていた。

それを見ているうちに、燭台に載った背の高いろうそくと目に快い絵画のおかげで、子供のころにスペインの老女に連れていかれた教会のこと、そして豪華な礼服をまとって祭壇の前にひざまずいていた司祭のことを思い出していた。机に覆いかぶさるように座った男は、心のうちで痛ましくなにごとか嘆願しているように見えたからだ。

わたしが預かってきた手紙はかなり短いもののようで、片面にしか書かれていなかったが、彼はくりかえし読み、それから深い物思いに沈み込んだようだった。しまいに座ったまま向きを変え、こちらに目を向けてきた。しかしわたしを見ているというより、わたしを透かしてその向こうを見ているというふぜいだったので、実体をなくして亡霊になったような気がしてきた。彼がついに大きくため息をつき、ひげをしごきながら口を開いたときはほっとした。

「きみは海賊の使いには見えないね」

「海賊の使い？」わたしは面食らって言った。「ぼくに手紙を預けた、あの船乗りさんは海賊だったんですか」

「すると、きみはこの手紙を船乗りから預かったのだな。しかし、そもそもどうしてその船乗りと知り合ったのだね」

そこでわたしは森のそばでの出会いについて語り、あの男に言われたことをそのままくりかえした。彼はじっと耳を傾けていたが、次はわたし自身のことを尋ねてきた。その知恵と思いやりと情けに満ちた目にうながされて、わたしは恐れることなく身の上話を始めた。実際、口に出したおかげでとても気が楽になった。気の毒な祖母に打ち明けていたとしても、これほど気後れせずに話すことはできなかっただろうし、またこれほど心が慰められることもなかっただろう。

「なるほど」わたしが話し終わると彼は言った。「どうやらきみは、幸運に導かれてここへやって来たようだ。きみさえよかったら、ここでわたしといっしょに暮らすがいい。しかし、その代わり多少は仕事をしてもらうよ、いいかね。きみにこの手紙を預けた船乗りは、明日の夜に町の裏小路で手紙の返事を待っているはずだが、わたしが自分で出かけていくことはできないし、この手紙を持ってきたきみ以外に使いに出せる者もいない。きみはその船乗りをこわがっている――そうだろう？――し、とんでもない悪党にはまちがいあるまい。しかし、きみに危害を加えたりはせんと思う。そうでなければ使いを頼んだりはせんよ」

わたしは喜んで返事を持っていくと答えた。この人のためならなんでもやりたいと本心から思ったのだ。彼は礼を言い、やさしい慈愛に満ちた目をこちらに向けてくる。

「でも、見つかってつかまったりしないでしょうか」わたしは言った。「ブリストルの町ではぼくを捜してるんじゃないかと心配です」

「その危険はあるな。しかし、きみがつかまったらわたしが助けに行くよ。心配は要らん」

そしてほんとうに、彼の話を聞くうちに不安は消えた。大げさなことを言うと思われるだろうが、あれから何年もたったいまでも、当時ほんの少年だったあのころ以上に、わたしは彼の言葉にはひとかけらの嘘もなかったと思っている。もしわたしが巡視につかまっていたら、きっと救出に来てくれたにちがいない。

彼は立ちあがり、ランタンに灯を入れた。そして、長いことなにも食べていないのだから腹ぺこだろうと言って、食料貯蔵室に行って夕食を用意してくれた。ご想像どおり、わたしはそれをがつがつ食べた。そのあいだ、机の前に腰をおろして彼は何通か手紙を書いた。ろうそくの光で、ひたいのしわがことさらくっきりと見える。

そのあと、テンプル教会を知っているかと尋ねるので、わたしは知っていると答えた。「そうか、それなら」と彼は言った。「あの教会の墓地と〈シェイクスピア〉亭という居酒屋のあいだに、ベイカーズ・コートという細い裏通りがある。海神像《ネプチューン》のある噴水のそばだ。そこに明日、日没の二時間ほどあとにあの船乗りが返事を受け取りに来るはずだ。きみはあのマントルピースの置き時計が七時をさしたら出発しなさい。明日は忙しいから、わたしは早起きして終日出かけているが、たぶんきみが戻るより先に帰ってこられると思う」

「これがわたしの返事だ」と立ちあがり、書いた手紙の一通を手にとった。「重要な用件だから、確実に届けなくてはいけないよ。ほら、この紙にきみが出かける時刻と、裏小路の図を書いておいた。この時計のそばに（と言いながらマントルピースに歩いていった）手紙といっしょに置いておくから。ここからの行きかたはわかるかね」

この農場はレドクリフ通りに近いですかとわたしは尋ねた。

「ああ、近いよ。明日の朝、きみの寝室の窓から外を見たら、草地の向こうに見えるだろう」

「それなら道はわかります。レドクリフ通りを通ってセントトマス通りまで行って、そこからミッチェルレーンを抜けてテンプル通りへ行けばいいんですね」

彼はうなずいた。「時刻どおりに出発するように気をつけてな。だが、きみなら信用しても大丈夫だろう。さて、大変な一日のあとで疲れているだろうから、寝室に案内しよう。来なさい、わたしの寝室で寝るといい。すぐに寝床を作ってあげよう」

そう言いながらろうそくの一本をとると、彼はもうひとつのドア（ふたつあったので）に向かい、先に立って急な階段をのぼりだした。それから簡素できちんとした部屋に入った。ベッドは小さいもので、むしろ簡易ベッドに近いものだった。

「こんな夏の夜だから、それほどふとんは必要ないだろう」彼は言った。「ふたりで分け合って使おうか」

そう言うとベッドからふとんごとマットレスを取りあげ、きちんと床に置いたので、彼自身のベッドはむきだしの麻布とわずかな上掛けだけになってしまった。そうして彼はまた出ていった。

わたしは横になり、なんと奇妙な驚くべき運命の方向転換だろうと考えていた。夜の静寂《しじま》を乱すのは、ときおり聞こえる単調で大きな水鳥の鳴き声だけだ。やがてわたしは眠り込み、海であっと驚く大事件に遭遇する夢を見た。

第五章　出航前の奇妙な謎めいたできごと

翌朝目が覚めたときには、寝床のそばのテーブルに朝食が用意してあった。盆のうえに手書きのメモが置かれ、寝室の棚に本があるからそれを読んで時間をつぶすようにとあった。

これは明らかに、手紙を届ける時刻が来るまで、家の外へは出てくれるなという意味だろう。わたしはおとなしく家のなかにいて、ダンピア船長（ウィリアム・ダンピア（一六五二—一七一五）、英国の海賊・探検家）の『航海記』（のちにわたしはしばしばこれを読んで楽しむことになる）を読み、不思議な冒険を夢に見て、ミスター・ハクスタブルはそんな冒険をしてきたのだろうかと想像した。もっとも、そのあと家のなかを見てまわって、がらんとした部屋部屋や廊下や荒れ果てた農園の眺めに、そんな期待はいささかしぼんだ。ミスター・ハクスタブルはふつうの農場主には見えないが、それなのにこんな殺風景な農家に住んでいるのはなぜだろうと首をひねらずにはいられなかった。そもそも彼はいったいどういう人物なのか、あのいかがわしい船乗りにどんな用があるのだろうか。

指定の時刻が来て、手紙を持って出かけた。宛名はミスター・オバディア・ムーンになっている。晴れた夕方だったが、裏小路に着いたときには夕闇が降りていた。

船乗りはまだ来ておらず、わたしは角に陣取って待った。そこは狭くてみすぼらしい場所で、古い居酒屋と教会の墓地のあいだ、縄囲いの区域にあって、黄色い月のもとで見るといよいよみすぼらしく見えた。〈シェイクスピア〉亭の向こうには〈蟹の井戸〉亭という古い居酒屋がもう一軒あり、どちらにもすでに夕方から酒飲みが押しかけていて、たえまなくだみ声が漏れてきていた。

こういう場面は小説などではおなじみだが、実際にはまったく愉快な経験ではない。戦場の窮乏とかみじめさとかをこぼす兵士の話を聞くようなものだ。小説家たちは、自分の物語る冒険や英雄的行為についてはろくすっぽ知らないのではないだろうか。知っているとしたら、その恐怖の牙をたくみに抜くすべを心得ているのだろう。胸騒ぎがして心が重く沈み込む。早く船乗りに来てもらいたい、早く役目を終えてしまいたいと望むいっぽうで、船乗りに会うのが恐ろしくもあった。といっても、実際になにかされると恐れているわけではなく、それは謎めいた名状しがたい恐怖だった。ミスター・ハクスタブルという心強い後ろ楯がなかったら（彼については疑いも不信感もみじんも抱いていなかった）、不安のあまり逃げ出してしまっていたかもしれない。しかし、逃げ出したとしてどこに行き場があろうか。頼まれた用事を果たさなかったら、農場にどの面さげて戻ることができるだろう。

こんなふうに不安を抱えて暗い気持ちで立っていると、ときどき酒飲みが居酒屋から出てきて、目の前を通り過ぎて墓地に入っていく。一度は老婆も通っていった。腰をかがめ、杖にすがって歩いていく。その顔を月光が照らすのを見れば、なにか恐ろしい病気で変形していた。もう少しで恐怖のあまり吐きそうになったが、そのすぐあとにあの船乗りが裏小路に入ってきた。わたしはそそくさと、ミスター・ハクスタブルの手紙を持って近づいていった。

「こりゃあすまんな」明るく声をあげて彼は手紙を受け取った。「だいぶ待たしちまったかな、いや、ありがとさん」

わたしはすぐに立ち去ろうとしたが、彼はちょっと待てと声をかけてきた。その声が恐ろしいうなるような声だったため、わたしは一目散に駆けだし、彼が杖で打ちかかろうとするのを危うくよけた。

すると彼は怒り狂い、恐ろしく野卑な脅しの言葉を吐きながら追いかけてきた。しかしこちらのほうが足が速く、彼はあっというまに取り残された。しばらくして息をつきながら恐る恐るふり向くと、追うのをやめてふつうの速度で歩いている。しかし大声を張りあげて怒鳴りつけてきたので、わたしはまた走りだし、まもなく町はずれにたどりついて、ほどなくあの農家が見えてきた。窓に明かりが見えて、暗い草原の向こうの暖かい信号のようだった。

まだノックをし終わらないうちにドアが開き、手紙はぶじ届けたと言うと、ミスター・ハクスタブルは安心したようになかに入れてくれた。そこにはもうわたしの夕食が用意してあった。

「そんなに急いで帰ってくることはなかったのに」彼は言った。走ってきたせいでわたしがまだ息を切らしていたからだ。

「なにか言われたのかね」

わけを話すと、「それは気の毒だったね」と彼は言った。「しかし、なぜきみを追いかけたりしたんだろうな。まあ、それは大した問題ではない。座って食事をしなさい。それにしてもあいつはなにがしたかったのか、わけがわからんな」

彼は行ったり来たりしはじめた。眉根を寄せ、ときどきひげをしごいている。食事をしながら、どういうことなのか少しは説明してもらえないかと思っていると、わたしの考えを読んだかのように、やがて彼は言った。

「事情はいずれ説明するつもりだよ、そのうちにな。いまのところは、まもなく海に出るつもりだということだけ言っておこう。船がいま川で出港を待っているんだ。わたしは息子を捜しに行くんだよ、幼い息子を。ほら、あの壁に肖像がかかっているだろう。下の絵はその母親の肖像なんだ」

そう話す彼の声は震えていて、しまいにわびしげに細くなって途切れた。悲しみがわたしの心に重くのしかかり、目に涙が湧いてきた。それに気づくと、彼は愛しげにこちらを見ながら言った。

「しかし、息子はいずれ見つかるだろう。年齢はきみと同じだ。神のお恵みで息子を取り戻すことができたら、きみたちはきっといい兄弟になるだろう」

たぶん先ほどの恐ろしい経験でまだ動揺していたのだろう、わたしは声をあげて泣きはじめた。彼は驚いて立ちあがり、わたしの頭に手を置いて髪をなでた。「こらこら、泣くんじゃない！きみが泣くことはないよ。しかし、ほんとうにきみは息子によく似ている。そうだ、きみもいっしょに来るといい。わたしの船で海に連れていってあげよう」

効果てきめん、とたんに涙は引っ込んだ。どれだけうれしいかわからないとわたしは言い、いつ出航するのかと意気込んで尋ねると、数日後だと言う。その後、わたしも手伝って夕食の後片付けをしてから、彼はテーブルにろうそくを置き、外国に旅行したときの話を聞かせてくれ、目にした奇妙な驚くべき場所のこと、異国の人々や風俗や慣習のことを物語り、わたしの期待はいやがうえにも高まった。

しかしそのさなかに、悲しい影のように祖母のことが胸をよぎった。このところの恐怖と悲しみのためにほとんど考えることもなかったが、こうして思い出すと胸が重く沈み、しばし心が暗く曇った。しかし、そんな意気消沈ぶりに気づいて、ミスター・ハクスタブルはその理由を尋ね、わたしの答えを聞くと、手紙を書いてはどうかと勧めてくれた。学校であったことを説明し、脱走して良きサマリア人《びと》に助けられた、そういう状況なのですぐには無理だが、できるだけ早く帰るからと書き送ればよいというのだ。

そのとおりの文言でわたしは祖母に手紙を書き、おかげで心が慰められた。

その後の三日間、ミスター・ハクスタブルは船の用事で出かけていた。わたしはずっと屋内にこもり、読書ざんまいで時間を過ごした。なかでも、これも書架にあったのだが、『ドン・キホーテ』には夢中になった。

しかしわたしは、少なくとももののごとの悲しみを感じ取るようにできていた。子供時代の経験からそんなふうに育ってきたのだ。哀愁の騎士の臨終の場面では、作中でそばにひざまずいているだれにも劣らず号泣したし、そこに至るまでの滑稽な行動も涙にくもる目で眺めていた。この寓話には真実がある。なぜなら、人の名に恥じない人ならば、だれもがドン・キホーテかサンチョ・パンサだからだ（それ以外はみな、道理を知らず人を嘲笑するぼんくらである）。妄想によって彼は正しい人となったのであり、その英雄的な狂態や勘違いを嘲笑してよいはずがない。

ときどきは窓辺に寄って外を眺めた。しかし、明るい太陽の下に広がるがらんとした田舎の風景、打ち捨てられた農園や風車を眺めても、孤独感にさいなまれるばかりだったので、すぐにまた読書に戻った。それどころか、三日めに最後に眺めたときには、さらに不愉快な思いをすることになった。というのも、風車のほうを見やったとき、その上層階の窓に黒っぽい恐ろしい顔が現われて、こっちをじっと見つめているような気がしたからだ。

その顔は影のように消えた。目の錯覚にちがいないと思い、ミスター・ハクスタブルが正午過ぎに戻ってきたときも、その話はしなかった。臆病者と思われたくなかったのだ。

陽が沈んでまもなく、彼に連れられて二マイルほど先の川岸に向かった。船に荷物を運び込むためだ。わたしはいくつか荷物を持ち、彼は妻子の肖像画を運んだ。

船は川岸のすぐそばに停泊しており、二百トン積みのごくふつうの大きさだった。いささか古めかしく、船尾楼が高くてななめになっている。しかし、その上層部分は大半が切り取られていた。とくに船尾にあった重い彫刻飾りはすべて取り除かれており、そのせいである意味不完全な船という印象を受けた。とはいえ、とくに目を魅かれたのは船首像だった。海上に突き出す女性像で、全体が純白に輝いていた。首を前に伸ばし、突き出し気味の大きな目をしっかり閉じている。両手を組んでいることもあって、たえず風を切って進みつつ祈りを捧げているように見えた。

気がつけば、ミスター・ハクスタブルもそれを見つめていた。

「ほら、あれはこの世で人々がどんな状況にあるかという、ひとつのタイプを表わしているね」彼は重々しく言った。「この船は、汗水垂らして働く男の部分だ。そして静かに物思いにふけるあの女性は、前へ前へと進む魂なんだよ」

そんな話をしながら船に乗り込み、船首楼に向かった。なかに入ると、ランプの光のもと、ふたりの水夫が床に寝ころんでいた。それぞれ左右の端の戸棚に頭を押しつけるように寝そべっている。

「この船ではこれが当直ということになっているのか。どういうつもりなんだ」と怒鳴ると、ミスター・ハクスタブルはいっぽうの水夫の肩をつかんだ。「酔っている」とつぶやく。揺すって起こそうとしたが、力いっぱい揺さぶっても目を覚まさず、ただひげの下でもごもご言っているだけだ。

「みょうだな」ミスター・ハクスタブルは言った。「大して飲んでいないようなのに。ここにあるだけだとしたら」

と言いながら、戸棚のうえに並ぶコップとボトルを指さした。手にとってにおいを嗅ぎ、「ラム酒だ」。まだ四分の三ほども残っている。

もうひとりの水夫のほうはそれほど酔っておらず、しばらくすると目をあけて起きあがったが、それでもひどくもうろうとしている。

「これほど泥酔するとはどういうことだ」こちらの言葉が理解できるほど水夫の頭がはっきりするのを待って、ミスター・ハクスタブルは厳しく叱った。「これがおまえたちの当直のやりかたなのか」

「酔ってやしねえ」水夫は言った。大柄のがっしりした男だ。「酔ってやしません」とくりかえしながらふらふら立ちあがったが、すぐにどさっと戸棚に倒れ込んだ。「なにがあったのかわかんねえ」と、そばの仲間に目を向けた。そちらは寝返りを打ったが、呼吸が荒くなっている。「ふたりしてほんのちょっぴり飲んだだけでさ、水で薄めて。前にゃこんなこたなかったのに。毎晩おれたちゃほんのひと口ばかし飲むだけなんで、当直を交代すっときに。嘘じゃありやせん、ほんのちょっぴしで、それが証拠に、ほら見てごらんなせえ、あの壜、ぜんぜん減ってやしねえ！」

「たしかにな」ミスター・ハクスタブルは男をじっと見つめた。「このラム酒はどこで手に入れた」

「行商人から買ったんで。昨日、陽が落ちてすぐにやって来て、声かけてきたんでさあ。なんか仕込んであったにちげえねえ、それでおれたちふたりとも具合がおかしくなっちまったんで。ただ味は悪かなかったけど」

「行商人か」ミスター・ハクスタブルはひげをしごいた。「どんな男だった。風体をはっきり憶えているか」

「うんにゃ、どこにでもいるふつうの行商人みてえでした。ただ、ちゃんと顔を見たわけじゃありやせんが。ずいぶんと背の高え男で、ひげもじゃで、しゃがれ声でぼそぼそしゃべってたけど、おれが憶えてんのはそんだけです」

「ふうむ」ミスター・ハクスタブルは船首楼を少し歩きまわった。「ラム酒になにか混ぜてあったようだな。とすると、この船を荒らしに来るかもしれん。困ったことになったな。わたしは農場に戻らなくてはならん——今夜、というよりできるだけ早く。しかし、おまえたちだけを残していくのは気が進まん。おまえの相棒、少し呼吸が楽になってきたようだな。目を覚ますかどうか試してみよう。水をとってきてくれ、顔にかけてみるから」

大柄な水夫は床から立ちあがり、おぼつかない足どりで船首楼の端へ歩いていくと、水を入れた器を持って戻ってきた。

「失礼しやす」彼は言った。「こういうときの強力な治療法を知ってますんで。私掠船の水夫から教わったんで。それじゃ御免こうむって」

そう言ってひざをつき、器を自分の口もとに持っていくと、自分で飲むかのように器をあおった。それから口を水でいっぱいにして仲間のほうに顔を向け、その目と耳に細かい霧状にして水を吹きかけた。二度めに吹きかけたとき、眠っていた水夫はため息をついて目をあけ、ほどなく仲間と同じように酔いから覚めた。

それでもミスター・ハクスタブルはどうすべきか迷っているようだった。

「おまえたちが眠っていたとしても同じことだ」彼は言った。「つまり、その行商人が盗賊団の一員だったとしたら、ということだよ。この船には盗るものなどほとんどないし、なくなって困るものはさらにない。そういう盗賊がいないというわけではないが、しかしどうもみょうだ。外の風に当たって頭を冷やそう」

そう言いながら扉の外へ出たが、真っ暗だったのでまた戻ってくると、農家に帰るときのために、中甲板の船室からランプを持ってきてくれと水夫のひとりに頼んだ。水夫は言われたとおりランプをとってきて、灯を入れた。ミスター・ハクスタブルはわたしにそれを持って先を歩くように言い、わたしはそのとおりにしたものの、甲板に出たとたん棒を呑んだように突っ立って目を見開いた。というのも、たまたま川岸のほうに目を向けたら、風車の窓に見えた——あるいは見えたと思ったあの恐ろしい顔が、船縁からこちらを見あげていたのだ。しかし、それは斜めの灯火の光で一瞬見えただけだった。わたしはランプを取り落とし、ランプは派手な音をたてて甲板に落ち、灯は消えた。

「あの顔！」わたしは叫び、ミスター・ハクスタブルの腕をつかんだ。「あの恐ろしい顔が。風車で見たんです。それがあの、舷側板のうえからこっちを見てたんです」

「なんだって、どういうことだ」彼は言い、暗がりのなかを行ったり来たりした。「あの風車小屋にはだれも住んでいない。閉め切ってあるんだ。目の錯覚——いや、あれはなんだ？」と叫び、足を止めた。耳をつんざく荒々しい叫びが聞こえたのだ——人のものとも獣のものともつかない。それから走る足音のような小さな音が聞こえた。川岸を町のほうへ向かっている。

「みんな、行くぞ」ミスター・ハクスタブルは言った。ランプに灯をともす手間もかけず、船縁にあがると川岸に飛び移る。水夫ふたりとわたしもそのあとに続いた。

「散開して、手分けして探すんだ」と走りながら彼は言った。「ただし、声が聞こえないほど離れるんじゃないぞ。こっち側はなにもなくて見通しがいいし、障害物に出くわす心配も要らないから」

たしかにそのとおりだったし、目も暗闇に慣れてはきたが、それでもこんなふうに走りまわるのは愉快ではなかった。しばらく捜してもなにも見えず聞こえず、とうとう捜索が中止されたときはうれしかった。その後、わたしたちは船に戻った。

ミスター・ハクスタブルはこれからわたしとともに農場に戻ると言い、ふたりの水夫には申し訳ないが、明日の朝早く農場に来て、荷物を船に運ぶのを手伝ってもらいたいと頼んだ。

「今夜は船でゆっくり休むといい」と付け加える。「たぶんあれはなんでもなかったんだろう。だれかいたとしても、わたしたちに驚いてなにもせずに逃げてしまったのにちがいない。しかし、あのラム酒の壜は川に投げ込んでおけよ」

「わかっとります」大柄な水夫が言った。「あんなもん、悪魔にくれてやりてえぐらいだ」

そう言いながら彼は船に乗り込み、もうひとりの水夫もあとに続いた。ほどなく、最初の水夫が手に酒壜を持って舷側に現われた。

「川には守り神の女神がついとるちゅう話だから、この川にもそういう女神がおらっしゃるなら、きっとおれの健康のために乾杯してくださるように」そう言うと、壜を船縁から川へ投げ込んだ。もうひとりの水夫が、先ほどのランプ（割れなかったのだ）にまた火を入れて持ってきてくれた。その直後、ふたたび川から音が聞こえた。今度は船のすぐ下だ。ミスター・ハクスタブルに言ったが、潮流の起こした渦か、そうでなければネズミのたぐいだろうという。

「ほかになにが考えられるね。盗人が川のなかに隠れているとでも？」と彼は笑った。

しかし、そう言いながらも川に向かい、岸に沿ってランプを下げ、ゆるやかに流れる黒い水を照らした。

「もう行こう」と疲れた声で言うと、暗い川面から目をそむけた。わたしとしても否やはなく（寒さで身体が震えはじめていたので）、彼と並んで歩きだした。

冷え込む夜で、噛みつくような東風が吹きはじめていた。疲れたうえに空腹だったから、農家に帰り着いたときはうれしかった。すっかり暖まってから、わたしたちは夕食に牛肉を焼いた。食事を終えるころには、風はいっそう激しさを増していた。家のまわりで雄叫びをあげ、ドアや窓を揺らし、煙突に吹き込んでうめき声をあげる。暖炉のそばに椅子を移したとき、わたしは旅の話を聞かせてほしいと頼んだが、ミスター・ハクスタブルは言った。「いや、今夜は風の話を聞こう！　ほら、聞いてごらん！」

彼は身を乗り出し、白っぽい熾火の輝きを見つめている。風の音は寂しく遠く、とても厳かだった。煙突のなかで口笛を吹き、低く歌いながら衣ずれの音をたてて舞い、ほとんど聞こえないほど細くなったかと思うと、ふたたび高まって不気味に吼えたける。

「聖書の静かにささやく声（列王記上十九章十二、神の声のこと）のようですね」とわたしが言うと、彼は重々しくうなずいた。

「ほら、聞きなさい！」吹きすさぶ風の音が咆哮のように高まる。「つむじ風だ」

そのあと彼は黙り込み、なにごとか考え込んでいるようだった。まゆを寄せ、燃える石炭の光に悲しげな遠い目をひたと当てていた。まもなくわたしは眠くなり、ひとりで寝室に向かった。

いまでは風は一定の強さで吹いていていて、弱まる気配はなかった。晴れた夜で、空には星々が輝いている。寝室に入ると、風車の翼板がまわっているのが見えた。なぜだかそれが恐ろしく、わたしは急いでふとんにもぐり込んだ。この世のあらゆる恐怖を、それによって締め出すことができるかのように。

しかしわたしはすぐに眠り込み、言葉にできないほどありがたく明るい世界に運ばれていった。その心安らぐ夢から覚めたとき、日の光より明るい光が揺れていた。家のそばで火事が起こっている。ミスター・ハクスタブルが格子窓のそばに立って外を眺めていた。

ベッドを飛び出して見てみると、燃えていたのは風車小屋だった。低層の小さい窓から大きな炎が噴き出し、夜闇を背景に波打ち渦巻いている。高層の窓からは濃い煙が湧きあがり、それに混じって散る火花が風でたちまち吹き散らされていく。翼板ははでにきしみながらまわっていた。しかし、わたしが驚いたのはそのせいではない。あのムーンという船乗りが、長身の男といっしょに風車小屋の向こう端を走っているではないか。ほんの一瞬見えただけだったが、ほかにもうひとりいたような気がした。しかし先頭を走っていたので、あっというまに見えなくなってどんな男かわからなかった。

「あれ、あんなところでなにをしてるんだろう」わたしは叫んだ。「気がつきましたか、あの船乗りですよ。いっしょにいたのはだれだろう。それと、もうひとりいましたよね?」そう言いながら思い出していたのは、あの険しい恐ろしげな顔だった。風車小屋の窓からこちらを見ていた顔、そして船に乗っていたとき波止場で見たあの顔。

「いたな」ミスター・ハクスタブルは格子窓から外をにらんでいる。「あの船乗りだった。しかしなぜこんなところに来ているのかな、わけがわからん。それにほかのふたりはいったいなんだろう。ムーンもあの船に乗るはずだから、あとで問いただしてみよう。それはそうと、早く服を着なさい。この火事で町が大騒ぎになるだろうから、早く出かけなくてはならん。あの水夫たちがもう来ていてよかった。なかに入って下で待っているんだよ」

わたしが着替えているあいだに、昨夜船に残してきたふたりの水夫を連れて、ミスター・ハクスタブルは寝室に戻ってきた。わたしたちも水夫に手を貸して、大きな衣装箱をふたつ、寝室に置かれていたのを運び出し、階段からおろし、玄関ポーチに持っていくと、水夫たちがそこで手押し車に積み上げた。そうこうするうちに、風車小屋は咆哮をあげる業火に包まれ、炎と煙が窓からもドアからも噴き出し、回転する翼板にも火がついて、火花と切れ切れの炎が風に渦巻いていた。

夜明け近くにわたしたちは農家をあとにした（ふたりの水夫は手押し車を押して先に出発していた）。この火事に引き寄せられて、早起きの人々がすぐにやって来るだろうとわたしたちは思っていた。なにしろ火は炎の嵐のように闇を照らし、巨大な炎が噴きあがって、風じたいが燃えあがったかのようだったのだ。

しかし、道中だれにも会うことはなかった。それどころかなんの変わったことも起こらなかった。ただ道のなかほどまで来て、木立を抜けて歩いていたとき、ふいに茂みの下からだれかが、あるいはなにかがこちらを見ているのを感じた。暗かったが、真っ暗ではない。火事の赤い光がここまで届いていたからだ。さっとふり向くと、ぼんやり顔が見分けられた。浅黒い陰気な顔、驚くほど大きな黒く光る目、ひたいは極端に幅が狭くて長く、人間とは思えないほどだった。

その顔は、見たと思うまもなく消えた。しかしわたしはその場に突っ立ち、ミスター・ハクスタブルの腕をつかんだ。

「あそこ」わたしは叫んだ。「あいつだ！　あのこわいやつですよ！　見ませんでしたか？」

「いや、なにも見えなかった」彼は茂みのなかをのぞき込んだ。「どんなやつだったね」

説明したが、それはただの錯覚だと彼は言った。「そんなことでここで足踏みしてはいられないよ。きみは緊張しすぎで、おまけに寝不足なんだ。さあ、船に急がないと」

しかしわたしは胸騒ぎがしてならなかった。だしぬけに恐ろしい不安にさいなまれたのだ。さっき見たあの顔は、悪鬼の姿をとってわたしに取り憑いた祖父の顔なのではないだろうか。恐怖のあまり上の空で歩いていると、ミスター・ハクスタブルはわたしの心を紛らそうと（たぶんそうだと思う）、船の出港準備の手順を話しはじめ、朝には船長や水夫たちが乗り込んでくると言った。しまいに、わたしの腕をしっかりつかみ（わたしがほとんど話を聞いておらず、ろくに意味を理解していないのに気がついたのだ）、「いったいどうしたんだね、ウィル」彼は言った。「なぜそんなにふさぎ込んでいるのだ。まさか、海に出るのを後悔しているのではあるまいね」

わたしはそうではないと答え、しどろもどろに、祖父に取り憑かれているのではないかという不安を打ち明けた。おぞましい化物が見えるようになったのは、祖父が送り込んできているからではないかと。

「子供のころは、わたしもそんな奇妙なことを考えて苦しんだものだ。もちろん内容はちがうがね。そういうのは、感受性の強い子供にありがちな気の病なのだよ。いや、そういう思いに悩み苦しむあまり、わたしはしまいに気がふれるかと思うほどだった。しかし、撃退する簡単な方法を学んだんだ。そういうことが頭に浮かんだら、すぐに追い払ってしまえばいいんだよ。そしてドアを閉じて門をかけて、ぜったいにあけてやらないことだ。するとすぐに気にならなくなってくる。どうしてもなかに入れないとなると、やつらはだんだん縮んでいって、薄れ細って本来の無力な影に戻ってしまうからね」

「そうは言っても」と彼は付け加えた。「霊が現われることがないと言っているわけじゃないよ（きみがいま恐れているのはそれなわけだが）。この世界には謎が満ちているし、そもそも人間自身が最大の謎なんだ。人間自身もある意味で幽霊だ。それも恐ろしい幽霊だよ。しかし、人間が幽霊だというのは（わたしの言う意味がわかるかな）、人間のなかの真にして不死の部分にとっての話だ。それは神の一部なのだから、恐ろしいものであるはずがないし、また恐れてはならないものなんだ。それはこの世でもあの世でも同じだよ」

この言葉に励まされて、祖父によって植えつけられた地獄の恐怖のことをわたしは打ち明けた。さらに、祖父の死を、そしてまたあの生徒の死をも引き起こしたことで、永遠の劫火に焼かれる定めなのではないかという恐怖のことも。

わたしが話し終えると彼は言った。「たしかに、だれもが自分の罪の報いを受けなくてはならないだろうし、実際この世にもそういう実例はいくらでもある。シェイクスピアが言うように、『神々は公正であり、快い悪徳を道具として人を罰する（『リア王』五幕三場）』のだ。しかし永遠の劫火というのは、悪がいかに恐ろしいものか警告するためのただのお話だよ。それに、きみのお祖父さんやその生徒が亡くなったのは、むしろ自業自得ではないかと思うね。きみのお祖父さんは意地の悪い人だった。その生徒が亡くなったのは気の毒で痛ましいことだったが、それをきみがいつまでも気に病む必要はないだろう。ただ、激情を抑える戒めとすればいいのだよ。それはそうと、ほら（と彼は声をあげて指さした）、船が見えてきた。もうすぐあれに乗って海に出るのだ。そうしたらあっというまに、心の隅に巣食った蜘蛛の巣のように、幽霊などは吹き払われてしまうだろう」

見れば、灰色の光に船の高いマストが浮きあがっていた。太陽が川のうえに顔をのぞかせはじめている。

第二部

第六章　航海の始まり

川岸に着くと、船尾にランタンが下げてあるのが見えた。すぐに呼子が吹き鳴らされた。その甲高い音は長く尾を引き、夜明けの空気のように鋭く冷たく耳を打つ。ミスター・ハクスタブルが、あれは甲板長《ボースン》が水夫たちを起こしているのだと教えてくれた。甲板長は青いマントを着て、船尾楼端の下に立っている。

乗船すると、ミスター・ハクスタブルは先に立って歩きだし、船尾にある船室区画のドアに向かった。通路を進んで船室に入ると、ランタンが灯してあって、大きなオークのテーブルに明るい光を投げていた。ミスター・ハクスタブルはわたしに起きているように言い、右舷側の船室に入って、持ってきた荷物を運び込んだ。しかし、わたしは疲れきっていたため、船尾窓の下の戸棚（うえにクッションが置いてあった）に寝そべって、あっというまにぐっすり眠り込んでしまった。

目が覚めたときにはとうに夜は明けて、開いた船室の窓から明るい陽光が射し込んでいた。ミスター・ハクスタブルは、ふたりの人物とともに朝食をとりながら会話を交わしていた。うちひとりは船長で、快活で太った愛想のいい人物だった。きれいにひげをそり、赤らんだ明るい顔をしていて、一分のすきもない服装に髪粉をふったかつらを着けていた。もういっぽうは、目立って奇妙な風貌の人物だった。ひょろりと背が高く、長い白い顔は獣脂ろうそくのように黄ばんでいて、くせのない黒っぽい髪、黒い上着のボタンをのどもとまで留めて着ている。陰鬱な目はランタンのように光り、なにやら悲しげで、身内に暗い影を抱えているような印象を受けた。またその目はいっときもじっとしておらず、黒く輝きながら上下左右に動いている。この不安な印象から気をそらそうと、わたしは会話のほうに注意を向けた。

話題は航海のことで、おもに船長がしゃべっていた。なめらかな気取った話しぶりで、言葉を選び、吟味し、遠回しにぼかして話している。ひょろりとした人物はほとんど口をきかず、話しかけられたときだけ、短くぼそぼそと答えていた。そのあいだも、目はたえず船長とミスター・ハクスタブルのあいだを行ったり来たりしていて、まるで引き戸のようだった。横になったままそれを眺めていたら、だしぬけにその目がわたしに留まったのでぎょっとした。金属かと思うほど冷たい光を放っていたからだ。戸棚のうえで身じろぎしたせいで、わたしが起きたのにミスター・ハクスタブルが気づいて、自分のとなりに場所をあけてテーブルに呼んでくれた。ブライズ船長（というのが船長の名だった）が椅子から立ちあがり、こちらに向かって深々とお辞儀をするものだから、わたしは少なからずどぎまぎした。

「なんなりとご用をお言いつけください」近づいてきて、もったいぶって言いながらわたしの手を握った。「わたしの船に若殿をお迎えするのはこれが初めてではございません。数年前、ミスター・リチャード・ローチ（ご存じでしょうが、ヘドルストーン卿のご親族です）のご子息をお預かりしたことがあります。ちょうどあなたと同じお年ごろで、世界を見てこさせようとイタリアへの船旅に送り出されたのです。ご子息に向かってお父上はこうおっしゃいました。『ディック、こちらの船長におまえをお預けするから、第二の父――ラテン語でいうアルテル・パテルだな――と思って従うのだぞ。もっともわたしにはまるで従わないのだがね（とわたしに耳打ちなさって）、まったく度しがたい若造だよ！』じつに肝の据わった若者で、物腰には品があり、名だたる名門のお血筋を立派に伝えていかれるでしょう。ご存じでしたか、ヘドルストーン卿のご一族は、英国でも一、二を争う古い貴族のお血筋なのですよ」

わたしはできるだけ礼儀正しく返事をしたが、この演説にすっかり度肝を抜かれていた。なにしろその話しぶりは、話の内容に劣らずばかばかしいほど大仰だったのだ（もっとも当時はたいそう感銘を受けたものだ）。そのあいだも、ひょろりとした男の目は左右にきょときょとと動きつづけていて、わたしの想像のなかでは、交互に点滅する謎の光のように輝いていた。やがて船長がその男をわたしに紹介し、航海士のミスター・ファルコナーだと言うと、男はゆっくり立ちあがってお辞儀をした。動作はのろのろしていて生気に乏しく、こちらを見る目はうつろだった。三人がまた会話に戻ったときはわたしは大いにほっとして、もう少し落ち着いて朝食にとりかかった。

それからまもなく、そろそろ満潮による川の逆流が終わる、出帆の時刻だと船長が言った。そこで三人とも立ちあがって甲板に出ていき、わたしもあとについていった。

船はすでに波止場を離れ、川のなかほどで河口に向けて回頭をすませていた。船長は船尾楼の手すりのそばに立ち、錨をあげろと命令した。

すると甲板長が呼子を吹き、水夫たちが巻き揚げ機《キャプスタン》に駆け寄ってきた。差し込まれた横棒にとりつくと、元気に声をはりあげて歌を歌いつつ、つま先立ちになってまわしはじめた。ぴんと張りつめた索が巻き揚げられていく。

　ほかの水夫たちは中檣帆《トップスル》（各マストの下から二番めの帆）を広げようと索具に群がっている。ミスター・ファルコナーは船首楼に立って指示を出していた。

　陸からの順風を受けて、船は川をくだりはじめた。後檣《ミズン》の帆を揚げてさらに速度を増しながら、ブリストル海峡に向かって進んでいく。ポーティスヘッドに面する湾曲部に差しかかったとき、祖母の家を目で探すと（船はかなり岸近くを進んでいたのだ）、屋根と二階の窓が見えた。祖母の寝室の窓に目を凝らす。祖母はもう起きているだろうか、ひょっとして外を眺めてこの船を見てはいないだろうか。たとえ見ていたとしても、わたしの姿が見えるはずはないし、またこの船に乗っていることも知らないのはわかっていたが、それでも涙で視界がぼやけてきた。

　ついに船は海に出た。波に静かに揺れる船のうえは、水夫たちが索を引いたり歌ったりする陽気なざわめきに満ちていた。次から次に帆が揚がっていく。

　サー・フランシス・ベーコンは「岸辺に立ち、波に揺られる船を見るのは楽しい」と言っている。そしてわたしは、あるとき祖母に連れられてイルフラクーム（ブリストル海峡に面する保養地）に行ったとき、海のうえで大きな鳥のように船が翼を広げるのを岸辺に立って見ていた。そのわたしがいま、海のうえに出て岸を眺めることに喜びを感じている。それは、想像の世界から飛び出して現実世界に足を踏み出し、周囲の環境や現実の事物をおもちゃにしようとしている若者の喜びだ。子供のころには、子供時代の魔法でおもちゃを現実に変えていたものだが、それとは逆のことをしているわけである。この世のあらゆる環境は（さかしらな言いかたをすれば）すべておもちゃの材料にすぎない。人の手にするものはすべてただのおもちゃなのだ。自分の船に誇りと喜びを感じる船長であれ、小さな船をこしらえて喜ぶ少年または大の男（ミスター・ファルコナーのように——これについてはあとで述べる）であれ。いっぽうはおとなのなかに子供が現われ、他方では子供のなかにおとなが現われているのである。

そんなわけで、船で海に出るというこの新しくも魅惑的な経験に、わたしはすっかり心を奪われて、悲しい思いなどすっぽり抜け落ちてしまった。しかし、もしも気を紛らす種が必要だったとしたら、船長のすさまじい癇癪（船室での気さくな態度とは裏腹の）がそれをじゅうぶんに提供してくれただろう。

それが最初に起こったのは航海の五日めのことで、原因は船が予定よりずっとスペイン沿岸に近づいていたことだった。それがわかって船長は癇癪を起こした。同じあやまちを犯して同じく困っている船がもう一隻あったのだが、それで船長の気は鎮まるどころか、いっそう怒りが煽られただけだった。檻の獣のように甲板を行ったり来たりし、怒りに任せて毒舌を吐き散らしていた。べつの状況であれば、彼が両手を打ち鳴らし、地団駄を踏み、帽子を叩きつけ、ちょっとしたことで怒り狂ってうろうろするのを見たら、こんな狂態は笑い物になるだけだと思うだろう。彼はなにしろ小柄でずんぐりした男だから、それが怒りのあまり飛んだり跳ねたりするさまは、とんでもなく滑稽に見えるのだからなおさらだ。

ところが案に相違して、また「短気者に悪人なし」とよく言われるにもかかわらず、水夫たちは船長を大いに恐れていた。ただ、船長の怒りなどどこ吹く風の水夫がひとりだけいた。というより、どんなに激怒していても、船長はその水夫だけはつねに避けていたのだ。わたしの知るかぎり、船長が彼と相対したのは一度だけだが、それも意図的にしたことではなく、うっかり出くわしてしまったようだった。この水夫には、船長をなだめる魔法の力があるように見えた。一度、船長が大工のことでかんかんになっていた（大工の不承不承の仕事ぶりは、つねに船長の腹立ちの種だった）ときはとくにそうだった。怒りに任せて望遠鏡をふりあげようとしたとき、ふと目があっただけで船長はたじろぎ、急に力が抜けたかのように腕をおろすと、ぶつぶつ言いながらまわれ右をして歩いていってしまったのだ。

船長に対してこんな影響力を持っていた水夫は、年寄りながら強健で、白ひげをたくわえた穏やかな人物だった。名はジャイルズ・ケジリーといい、ほかの者とはあまり交わらず（もっともみんなから慕われていたが）、古風な話しかたをしていた——つまり、ただの水夫にしてはというこことだ。ごく自然な話しぶりではあるのだが、彼にはどこか高貴なところがあって、そこから発する言葉を、肩ひじを張ることもなく、気取りのない口調で話していた。相手がだれでも——ミスター・ハクスタブルでも船長でも、あるいは大工助手のトム・ノドキンズでも、ていねいな言葉と礼儀正しい口調はいつも変わらなかった。

しかしふだんは（先にも書いたが）、ひとりでいることが多かった。そしてあいた時間は信仰の世界に引っ込んで、たいてい聖書を読んでいる。天候のよいときは（当直が終わったときとか、まだ始まっていないときには）たいてい舳先のすみにうずくまっている姿が見られた。聖書を開いてひざにのせ、頭をかしげて熱心に読みふけっている。人さし指をゆっくりページに走らせながら、静かにおごそかにひとりつぶやいているのだ。

同じく聖書をよく読んでいても、わたしの恐ろしい祖父とはまるで違っていた。思い出してみると、孤高の片隅（静かな独居房にこもるように、彼は自分自身のなかに完全に隠遁していた）に見る彼は楽しげでゆったりしていた。ときどき聖書から顔をあげるとき、その目はきらきらしていて、知性の炎に照らされているかのように、柔らかで静かな輝きを宿していた。

ミスター・ハクスタブルに対しては、船長はたいてい丁重で礼儀正しかった。わたしに対する応対もそうひどくはなかった。もっとも初めて会ったときほど愛想よくはなかったが、そもそもそんなことはまず期待できることではない。しかしミスター・ファルコナーに対しては、命令するときや船を指揮するときをべつにすれば、食事中ですらほとんど口をきかず、甲板では下っぱの水夫とほとんど変わらないほどぞんざいに扱っていた。どうして我慢していられるのか不思議だったが、しかしどう扱われてもミスター・ファルコナーは腹を立てなかった、というより、まったく気にせず淡々とした（つまり、どうでもいいことのような）態度だった。同様に、水夫に対する彼自身の態度も冷たくよそよそしかった。

水夫たちはと言えば、かれらがミスター・ファルコナーを嫌っているのは明らかだった。むすっとして近づこうとせず、命令に従うときもいやいやながらだったし、船長もミスター・ハクスタブルも甲板に出ていないときなど、おおっぴらにぼそぼそ文句を言っていた。甲板長（やせて不機嫌な、せわしない男だった）はとくにそうだった。しかし、そんな反抗的な態度をとられてもまるで気にする様子はなかった。面と向かって嘲弄されても、ほとんど同じことだったのではないだろうか。血管を流れているのは血液でなく水なのではないかと思うぐらい、まるで覇気というものがなかった。そんなわけだから、船長が彼に癇癪を起こすのも不思議はなかった。なにしろ鍛冶屋の炉に水をかけて刺激するようなものだから。

彼が多少なりと活気づく対象はふたつしかなかったが、そのふたつに関しては完全にのめり込んでいた。ひとつはただの子供の遊び、船の模型を作って艤装することだ。しかし、その船首像は恐ろしく奇怪で、見るだに魂が戦慄する（ほかになんと表現してよいかわからない）ほどだったため、わたしはなるべくそこは見ないようにしていた。それは男でも女でもなく、獣や鳥でもなく、この世のどんなものでもなく――少なくともわたしの知るかぎりでは――完全に空想の産物だった。しかし、にもかかわらずみょうに真に迫っていて、なにを表現しているのかかいもく見当がつかない。そしてそのせいでますます胸が騒ぐのだ。

彼本人について言うと、親切に接してもらっていたのに、わたしはどうも彼が好きになれなかった。最初に受けたぞっとするような反感を振り払うことができなかったし、きょときょと動く黒く光る目が不気味で、落ち着かない気分になるからだ。しかしときどき（そういうときはふだんより好感がもてた）、大きな子供だと思える部分が見えることがあった。たとえば子供っぽいことに、暗くなってから明かりのない場所にいるのをひどく嫌っていた。彼が腹を立てるのを見たのは、司厨員が船室にランタンを持ってくるのが遅れたときだけだった。

もうひとつ彼が関心を示し、そしてこう言ってよければ生き返る（と言ってもそれはいっぷう変わった「生き」かたで、むしろ夢を見ているようだったが）のは、物語——彼が満足できるぐらい奇怪な物語——を語っているときだった。

そうこうするあいだ、というのは航海に出て最初の二、三週間のことだが、ミスター・ハクスタブルは何時間もぶっ通しで船室にこもっていた。たまに甲板に出てきても、舷側板のそばに黙ってじっと立ち、物思いにふけるかのように海を眺めている。あるいはまゆを寄せ、悲しげな顔をして行ったり来たりしながら、ときどきひげをしごいていた。だからそばに寄っていって邪魔する気にも、話しかけて厳粛な物思いを妨げる気にもなれなかった。

第七章　幽霊の恐怖

ちょうどよい機会だからここでお断わりしておきたいのだが、この経験をしたころ、わたしは年齢も幼く、まだ経験もなかったため、もののわかった旅人や船乗りが持参した日誌に書くようなこと――船首方位とか、風向とか帆の向きとか、陸地の方角や距離といった――にはほとんど気がついていなかった。だから、この航海の完全な記録を書き残そうとは思わない。とりわけ記憶だけに頼って書くことになるだろう。なにしろ複雑怪奇な話だから、できるだけのことを語ってよしとするしかない。もっとすぐれた書き手であっても、この物語の奇妙さにはお手上げだろうから。

　貿易風に乗ってからはまさに順風満帆で、船は陽光あふれる暖かい海（夜は心地よく涼しかった）を滑るように進んでいった。そしてブリストル海峡を離れて三週間め、カナリヤ諸島の島のひとつが見えてきた（スペイン西端のフィニステレ岬以来、初めて見る陸地だった）。そしてその翌日の夕方、船はテネリフェ島に向かっていた。寄港して食糧を積み込む予定になっていたのだ。

　船は島の北西に向かい、オラタヴィア（ラ・オロタバのことか）を目指していた。風は北東から吹いていた。しかし夕食の席では、サンタクルスに向かうべきではないかと船長は迷っているようだった。そちらのほうが良港だし、オラタヴィアに向かう途中で西風に変わったら、風に乗れなくなるからだ。意見を求められたミスター・ファルコナーは言った。「風が北西に変われば、オラタヴィアの船は錨を揚げなくてはなりません。でないとおしまいです」

これを聞いて船長は癇癪を起こしたが、ミスター・ファルコナーにとっては目新しいことでもなかった。「なんだと、きみはオウムのポリーか」彼は怒鳴り、同様の侮辱の言葉を並べたてたが、そこでミスター・ハクスタブルが口をはさんだ。「しかし、もし北東風が強くなれば、サンタクルスもよい港でないのは同じですよ」

「それはおっしゃるとおりです」船長は言った。「しかし、西風になったときのオラタヴィアよりはましでしょう」

そのときミスター・ファルコナー(まだろくに食べず、酒はさらに飲んでいなかったのだが)が、失礼して甲板に出てよいかと許可を求めた。「それはもうぜひとも」と船長が皮肉を言う。

彼が出ていくと、船長は言った。「いやまったく、エジプト人は晩餐会に骸骨を座らせていたそうですが、生きた骸骨が座に着いているのはこの船ぐらいでしょうな」

ミスター・ハクスタブルはこういう話が好きでなく、すぐに立ちあがって出ていった。わたしもあとに続き、ひとり残された船長は、腹立たしげにぶつぶつ言って怒りを吐き出していた。

甲板に出たわたしは、有名なテネリフェ島の尖峰《パイク》が見えないか目をこらした。昼間は霧と雲で隠れて見えなかったのだ。明るい月光のもとで見あげると、ぼんやりと白い巨大なカーテンのような霧に島はすっぽり覆われていた。

霧は雲に届くほど厚く垂れ込めていたが、目をあげてみて驚いた。最初は、ほかの雲のうえに山形に雲が盛りあがっていると思ったのだが、じつはそれが雪をかぶった急峻な高峰の尖った頂きだったのだ。ふもとの湾に船が何隻も停泊しているのだが、そびえる巨大な山の下で、ほんとうにおもちゃのようにちっぽけに見えた。

「パイクが見えます！」わたしは叫んで指さした。

「ああ」とミスター・ハクスタブル。「美しい円錐形の頂きをしているね。まるで曇った心のうえにそびえているようだ」ともの思わしげに言った。

やがて雲に覆われて月光が薄れた。山は姿を隠し、小さな船も消え失せた。

「ああ、見えなくなった！」わたしは言った。

「いや、見えるとも！」彼は言った。「心に像を焼き付けておきなさい。そうすれば、外を見あげて見えないときでも、心のなかでは見ることができる。だからつらいことがあって意気消沈していたり、あるいは俗世の快楽に目がくらんでいるときでも、テネリフェ島の山頂の姿を呼び覚ますことができる。そう、ほかの思いよりさらに大きな山に意識を集中し、ほかの思いを雲のうえに追いやってしまうのだ。それはそうと、夜もふけてきた。きみはもう寝る時間だよ。さあ、もう引き取りなさい。でないと明日の朝がつらいだろう。わたしももう休むつもりだし、この船もそれは同じだよ。ここに停泊して、日の出のあとに入港することになっているから」

そこでわたしは寝床に引きあげたが、ふだんとちがって横になってもすぐには寝つかれなかった。山の眺めとミスター・ハクスタブルの含蓄のある教えのおかげで、心が鎮まってもおかしくないはずなのに。横になっていても目が冴えて、やがて頭のなかが車輪のようにぐるぐる回転しはじめた——それも無数の車輪が回転して、次々に奇妙な空想を吐き出してくるのだ。心のエンジンを止めるのはたいへんな仕事だ。これにくらべたら、ただひとつの考えを閉め出す(ミスター・ハクスタブルの教えのおかげで、これはできるようになっていた)のはそれほどむずかしいことではない。止めようとすればするほど、無限の回転はひどくなるいっぽうだった。

そんなわけで、何時間も熱と疲れ、というより焦燥感を抱いて寝返りばかり打っていたが、やがてふと思いついたことがあった。ひょっとして、不可思議なヒントというか、甲板に出るべき理由があるという印象をいつしか受けていて、それで眠れないのではないだろうか。

これははなはだ不愉快な思いつきだった。ミスター・ハクスタブルに見つかったら叱られるだろうとこわかったし、また得体の知れないなにかに対して恐ろしい胸騒ぎを感じてもいた。そこで長いことそれと闘い、抑えつけようと、あるいは頭から閉め出そうとしつつ、そうするあいだに眠れるのではないかと期待していた。だんだんとろとろしてきて、そのまま行けばほんとうに眠り込んでいたかもしれないのだが、そのとき船室の床をネズミが走り、おかげでてきめんに目が覚めてしまった。

わたしは起きあがり、マントを引っかけて、おびえながら船首方向に向かい、薄暗い中甲板に入った(わたしの船室は後甲板後部船室《ラウンドハウス》の近くにあったのだ)。そこから甲板に出るつもりだった。足音を忍ばせて歩いていたが、昇降口の下にたどり着いたところで、はたと立ち止まって急いで隅に身を潜めた。

だれか、あるいはなにかがこっちに近づいてきていた。足を引きずるようなおぼつかない足音。

胸が苦しいほどどきどきしたが、すぐにただの男だとわかってほっとし（なにを恐れていたにしても）、と同時に少し恥ずかしくなった。昇降口から射し込む月光の柱に男が足を踏み入れたのを見ると、それはオバディア・ムーンだった。小さななべを持っていて、なかに魚が入っている。その顔つきとふらふらした足どりからして、明らかに酔っていた。

彼は梯子をのぼっていき、上甲板に姿を消した。それを見届けてからわたしものぼっていったのだが、メインマストの近くに当直が二、三人立って話をしていた。ぼそぼそと低い声でしゃべっていたが、漏れ聞こえる言葉からして、（恐ろしいながらも）耳をそばだてずにはいられなかった。この船になにかが取り憑いているとか、幽霊が出るとか、そういう不思議な話をしているようなのだ。

もっと近くで聞こうと、帆の落とす影のなかをそろそろと歩いていった。気づかれずに近づけたと思ったのもつかのま、なかのひとり――甲板長だった――がこっちを見たかと思うと、わたしを指さしてほかの者にも知らせた。全員が目を見開いてこちらを見つめている。まるで完全に不意をつかれて震えあがっているようだった。

それで気がついたのだが、わたしは長くて黒いマントを着て影と光のはざまに立っていたから、幽霊が出たと思われたらしかった。かれらは恐怖に凍りついて身動きできずにいたが、ややあってそろそろと後退して船尾楼の下に寄り集まった。しかし、声をかけてどうしたのかと尋ねると、向こうも勘違いに気がついて大いにばつの悪そうな顔をした。とくに甲板長は、水夫たちのあいだではわりあい重んじられていたから、目を丸くしてこっちを見る様子には哀れを催すものがあった。

しかし、この状況の滑稽さにふと気づいて――というのも、わたし自身オバディア・ムーンを幽霊かと思ったのに、そのすぐあとに今度は水夫たちがわたしと同じ勘違いをしたのだから、それを思ったらおかしくなって（たぶんひどく神経が張りつめていたせいもあると思う）、こらえきれずに吹き出してしまった。

これが逆鱗に触れて、甲板長は悪態をついたりわたしを罵ったりしはじめた。ばかにされたと思ったらしい。わたしは誤解を解こうと、甲板長を笑ったのでもだれを笑ったのでもなく、滑稽なことを思いついたせいで吹き出したのだと説明した。すると彼は噛みつくように言った。「そうかい、海に放り込まれても笑っていられるか見てやろうか。だいたい、こんな夜の夜中になにをしに甲板に出てきたんだね。おれたちのことを嗅ぎまわってるのかい。そんなに疑われるほどうさんくさく見えたかね。あいつらはみんなならず者や海賊で、けしからんことを企んでるとか、そういう滑稽なことでも思いついたのかい（と彼はあてこすった）。またなにか要らんことを思いつくようなら、こっちもなにか思いついてやらにゃなるまいよ、そのばか笑いがのどの奥に引っかかって、出てこられなくなりそうなことをな」

ほかの水夫たちは盛大に甲板長を褒めそやし、大げさにわたしをあざ笑った。それで彼はいつもの得意顔をとり戻し、だいぶ機嫌も直ったようだった。しかし、長々と侮辱の言葉を聞かされたあとだっただけに、今度はわたしのほうが黙っていられなかった。

「だけど、なんで幽霊を見たってあんなにあっさり思い込んだの」わたしは即座にやり返した。

「良心にやましいことでもなかったら、あれぐらいのことでこわがったりしないだろうに」

「やましいことだと？」彼は大声をあげ、足をどんと踏み鳴らした。「とんでもねえ！　この船にゃ、おれよりよっぽど良心にやましいことのあるやつが乗ってるとも。でなかったら、なんでいまになって船に幽霊が取り憑くんだ？　これまではそんなことはなかったんだ。少なくともおれの知るかぎりじゃなかった。それがこないだ、この船の前回の航海んときになって、二度も見ちまったんだ。そこにいるはずのねえもんがいるんだ、この船だけじゃない、この広い海に浮かんでるどんな船にも乗ってるはずのねえもんだった。ありゃこの世のもんじゃねえ、現実のもんじゃねえ。おまけによくねえもんだ。これは言っときたいんだが、おれは船長が悪いなんて言うつもりはないんだよ」と声を低くした。「それに、ミスター・ハクスタブルのせいだとも思わん。あの人はまっとうな紳士で、心の広い人だ、これはまちがいない。おれたちゃみんな、死んだってあの人に仕えたいと思ってるし、この世の果てまででもついていきたいと思ってる。あの人にはなんの関係もないことなんだ、これは言っとくからな。あの人じゃないし、船長でもない。だけどおれたちのなかには、だれのせいかってことに気がついてるやつもいるってことよ」そう言うと彼は片手をあげて、背後の上のほうを指さした。船尾楼に立つミスター・ファルコナーのほうを。

「それと、これは正直に認めるがね、さっきはあんなことを言っちまって悪かった、悪気はなかったんだよ」と声をやわらげた。「けどな、あれをどう考えていいやらわからなくて、おれたちはほとほと途方に暮れちまってたんだ。あんなにこわがってたっていったって、おれが人より意気地なしだってわけじゃない。ただなあ、幽霊となると話はべつなんだよ」

「ひょっとして料理人が見たつってたのは、この坊ちゃんが船倉を歩きまわってんのを見ただけだったんじゃねえのかい」と水夫のひとりが言った。「坊ちゃん、ひょっとして船首倉に降りてったりしなかったかね」

「ぼくは行ってないけど、でもオバディア・ムーンがそっちのほうから来るのは見かけたよ。幽霊の正体はあの人だったのかも」

わたしがそう言い終わるより早く、オバディア本人が現われた。おぼつかない足どりで主甲板を歩いてくる。と思ったら、船が横揺れしてバランスを崩し、だらしなく引っくり返り、寝ころがったまままさんざん悪態をついた。しかし、やがて体勢を立てなおして起きあがり、何度かしくじったものの、どうにか船縁をつかんで身体を支えた。そこでとろんとした目をまばたかせてこちらを眺めると、「よう！　どうしたんだい、おそろいで」と声をかけてきた。「こんな月の下で、ここじゃ重大な会議のまっさいちゅうかい」

「幽霊の話をしてたのさ」わたしに話しかけてきた水夫が言った。

「なに、幽霊だあ？」ムーンは言った。「この月の光のせいだろ。そんなもんいやしねえ。まさか、幽霊がこわいってかい。

歌を歌って聞かせよう
月の見せた幽霊の歌を」

酔いに任せて彼はふんぞりかえって歌を歌い、苦笑している水夫たちに目玉をぎょろつかせてみせたが、しまいにその目がわたしに留まった。すると船縁から手を放し、甲板をよたよたと横切って近づいていた。

「おや坊ちゃん、教育のある坊ちゃんなら、幽霊なんかこわくねえだろう」と彼は言った。「そうだろ、坊ちゃん」

そう言いながら、酒でむくんだ顔をぐいと寄せてきた。彼の息は熱くてひどく酒くさく、わたしは距離を置こうと二、三歩さがった。すると、そんなにこわがるとはおれが病気持ちだとでも思ってるのかと言って、聞くにたえない罵詈雑言を吐き散らし、「おれはな、ガキと船に乗るなんざ我慢ならねえんだ」と言うと、「いいかこら、ガキにはこうしてやるから見てやがれ!」

こう険悪な脅しの言葉を吐くと、折り畳みナイフを取り出して留め金を外そうとした。しかし、指が思うように動かず苦戦しているひまに、甲板長が巧みにそれを引ったくった。「いい加減にしろ、このたわけ」彼は言った。「さっさと失せろ。さもないと海に放り込んでやるぞ、ぐでんぐでんに酔っぱらいやがって」

たちまち彼は態度を改め、ちょっとふざけていただけで、危害を加える気などなかったと抗弁し、この坊ちゃんのことが自分は好きなのだとかなんとか、見え透いたお世辞を言いだした。甲板長ににらまれて彼は離れていき、その声はしだいに細って酔っぱらいの愚痴になっていったが、少し離れたらもう大声でののしりだした。とはいえ、さほど遠くまでは行けなかった。途中でころんで甲板にぶっ倒れたのだ。そこに寝そべったまま、彼はもう起きあがろうとはしなかった。それはそれとして、とっさに介入してくれた甲板長にお礼を言うと、わたしはこれをきっかけに船室に戻った。ふいに冷たい夜気が身にしみてきたのだ。

戻る途中、ミスター・ファルコナーに目をやった。いまの騒動に気づいたそぶりもなく、身じろぎひとつせずに船尾楼に立ちつくしている。海に向けた顔は、月光のせいでふだん以上に青く見え、まるで白くこわばった仮面のようだった。

わたしはまた横になった。なんとか眠りにはついたものの、眠れないほうがましだった。奇怪な夢にうなされてはたびたび目を覚ましていたのだ。夢にはときには祖父が、ときにはオバディアが現われ、またときにはふたりがひとりに融合して、おぞましい喜劇役者のようになって現われたりもした。

夜明けの少しあと、しまいに船が難破した夢を見て目を覚ました。すると、船は現実に激しく上下左右に揺れていて、空は雲に覆われているではないか。ひどく気分が悪かった。初めて船酔いというつらい病にかかったのだ。頭が割れそうに痛むし吐き気はするし、起きる時間が来ても起きられなかった。

朝食のベルが鳴って、しばらくするとミスター・ハクスタブルが様子を見に来てくれた。わたしの不調の原因を知ると、彼はなにか飲み薬を持ってきてくれた。おかげでだいぶ楽にはなったが、やはり吐き気はひどかった。船の揺れのことでわたしは泣きごとをこぼし、まだ港は遠いのかと尋ねた。港に着けば陸にあがれるかもしれない。

ミスター・ハクスタブルの説明によると、風が北西に変わったので、オラタヴィアに向かうのはひじょうにむずかしくなったらしい。そこで回頭してべつの港に向かっているところだと彼は言い、わたしを力づけようと、島の東側にまわれば海はもう少し静かだろうと付け加えた。

「安静にしていなさい」彼は言って、追加の毛布をとってきてかけてくれた。「暖かくしているんだよ。風邪をひいたんだろう。さっきあげた水薬で熱が下がって眠れるようになるはずだ。昨夜、甲板で身体が冷えたのかな」

わたしは驚いた。船室に引きあげる前ではなく、そのあとに甲板に出たときのことだと勘違いをしたのだ。

「えっ、ミスター・ファルコナーから聞いたんですか」とわたしは言った。

「なにをだね」

「幽霊とかオバディアのことです」と答えると、ミスター・ハクスタブルは「ばかを言いなさい、夢を見たんだよ」となだめるように言った。

あんなにぐったりしていなかったら、彼の心配そうな顔つきにわたしは吹き出していただろうと思う。このときには自分の勘違いに気づいていたからだ。ミスター・ハクスタブルはなにも知らず、わたしが空想の世界をさまよっていたと思っているのだ。

そこでわたしは体勢を変えて、あの変てこな経験――オバディアたちに出くわしたことなど――を物語った。彼は寝台わきの戸棚に腰をおろし、むずかしい顔をして聞いている。

わたしが話し終えると、彼はひげをしごきながら考え込んでいたが、ややあって口を開き、その話は船長の前ではしないようにと言った。もし船長が聞いたら激怒するだろう。なにしろ、ミスター・ファルコナーはそれについてなにも手を打たずに放置しているのだ。

「それに、その話をひとことも伝えていないのだからね」彼は言った。「もし伝えていたら、わたしの耳に入っていないはずはない。わたしが自分で話をしてみよう。それと、オバディアがどこからラム酒を手に入れたのかも調べなくては——船の酒をくすねたのか、それとも(たぶんこっちだと思うが)自分でこっそり持ち込んだのか。この船に取り憑いた幽霊というのはそれだよ。それこそ、追い払うべき悪魔なんだ」

船長に伝えてはいけないと言われてもわたしは驚かなかった。近ごろでは、ミスター・ファルコナーが船長の腹立ちの主たる原因になっていたからだ。ことあるごとに彼に対してすさまじい怒りを爆発させるので、それで弾薬を使い果たしてしまって、ほかの水夫たちはめったにお叱りを受けなくなっているほどだ——そう、あの怠け者の大工まで!

ミスター・ハクスタブルは、もう行かなくてはならないが、手があいたらまたのぞきに来るからと言った。そして、ちょっと気分がよくなっても船室を出てはいけない、今日はずっと暖かくして休んでいなさいと言い含めて出ていった。

そうこうするうちに船の揺れは収まってきたし、もらった水薬が効いてきて、わたしは安らかな眠りについた。

目が覚めたときはもう日は傾いていて、寝台のうえの舷窓からやさしい穏やかな光が射し込んでいた。船はほとんど揺れておらず、これまでとは動きかたがちがう。苦労しいしい(まだかなり弱っていたので）寝台のうえに起きあがり、外を眺めてみて、目ざす港に着いたのがわかった。海上半マイルほど先に（この舷窓から見える範囲からして）、高く切り立った斜面と家が何軒か見えた。家は石造りで、瓦屋根全体が夕陽に輝き、とても心休まる眺めだった。

そのあとすぐにミスター・ハクスタブルが入ってきた。わたしが起きているのを見て（眠っているあいだにも来てくれていたのだ）、気分はどうかと尋ねた。船室のランプに灯を入れ、寝台のわきに腰をおろして話を聞かせてくれた。

それによると、船はサンタクルスに停泊したらしい。正午過ぎに投錨すると、ミスター・ハクスタブルはロングボート（備えつけのボートのうち最大のもの）に乗り込んで上陸し、必要な補給品を調達してきた。翌日には、樽に水を詰めたら（ここは砂の海岸だからこれはすぐに終わるだろう）、骨休めに上陸が許可されるのではないかという。

彼はまた、ミスター・ファルコナーとも話をし、昨夜の騒動になんの手も打たなかった理由を尋ねたことも話してくれた。しかし、ミスター・ファルコナーの答えはまったく要領を得ず、なにが言いたいのかわからなかったそうだ。

「しかし、昨夜の彼は茫然自失状態というか、頭がぼうっとしていたんじゃないかという気がしたね」彼は言った。「これからはできるだけ目を離さないようにしよう。この先、夜もだんだん冷えなくなってくるから、寝台を甲板に移すつもりだよ」

またオバディアについては、行ってみたら寝台に寝ていたという。昨夜酔って甲板で転んだときに（たぶん）どこか痛めたらしい。しかし、こういうことにくわしいミスター・ハクスタブルにも、どこが悪いのかはわからなかった。ひょっとしたら仮病かもしれない。仮病を使う理由はわからないが、たぶん酔っていたことを船長に問い詰められるのがこわいからではないだろうか。

それはそれとして、今回は目をつぶることにしたと彼は言い、これからはできるだけあの無礼な海賊には近づかないように、とわたしに釘を刺した。

サンタクルスの町のことも話してくれた。ごく小さな町で、家は二百戸ほどしかなく、すべて二階建てで、修道院がひとつと教会がひとつ、そして町を守るために城砦がふたつあるという。しかし、このごつごつした山がちな島の斜面を登ると、三マイルほど行ったところにラグナという町がある。町の後背には草の茂る平地があり、そこには町の名のもとになった大きな真水の湖がある（スペイン語でラグナは池や湖の意）。とても美しく快適な町で、立派な建物や貴族の邸宅が並び、四角い尖塔が高くそびえている。通りは広々として、町のなかほどには大きな商店街もあるという。みごとな庭園も多く、花壇や菜園を囲んでオレンジやライムなどの果樹が奔放に生い茂っている。この町は高台に位置していて、それが東に開けているので、貿易風のもたらす涼しくさわやかな微風がたえず吹いているからだ。この地域では、貿易風がたいていゆるやかに吹きつづけているのである。

彼はまたオラタヴィア（主要な貿易港である）のことや、その他多くのことを話して聞かせてくれた。たとえばこの諸島で輸出しているさまざまな産品のことなどだが、もう忘れてしまったこともあるし、旅行者がさんざん語っていて目新しくもなかったり、あるいはわたしの物語に関係がないことでもあるのでその他は省略する。

第八章　ミスター・ファルコナー、オバディアに魚を与える

立ち去りぎわ、ミスター・ハクスタブルは約束してくれた。もし具合がよくなっていたら、明日はいっしょに船を降り、町へ連れていってくれるというのだ。たぶん丘を登ってラグナへ行くこともできるだろうと。しかし、翌朝になっても熱が下がっていなかったため、まだ船室を出てはいけないと彼は言った。

わたしはしょげかえった。自分ではすっかり元気になったつもりだったのに。長い旅路から戻ってきて、故郷の港を目前にした旅人にも劣らず、あのときのわたしは外国の港に上陸したいと熱望していたのだ。そんなわけで寝床は重荷となり、よく晴れた一日は長い退屈の連続になってしまった。

目を覚ましてまもなく、さまざまな物音が聞こえてきた。上甲板を歩きまわる足音、呼びかわす声。それが三時間か四時間後にまたくりかえされる。水を運ぶロングボートの行き来による騒ぎだったが、二度めのときはそれが最初より長く続いていた。一艘、二艘とボートをおろし、水夫たちはそれに乗り込んで港に遠征しようとしているのだ。はつらつとした楽しげな大声、躍ったり跳ねたり（そんなふうに聞こえたのだ）する足音が聞こえ、まるで学校から解放された少年たちのようだった。

それが終わるとひっそりと静まりかえり、聞こえるのは海上の船につきものの音――滑車のきしむ音など――だけになった。錨をおろした船は、ゆったりと波に揺られている。ときどき、足を引きずって歩く音が頭上から聞こえてくる。また、近くに停泊しているべつの船から呼びかける声もした。

ようやく日没のころになり、休日を満喫した水夫たちが戻ってきた。その声や物音からして、出かけていったときに劣らずすっかりご機嫌のようだ。まもなくミスター・ハクスタブル（一艘のボートで戻ってきたのだ）がまた様子を見に来てくれ、厄介な熱が下がったと認めてくれたので、わたしは躍りあがりたいほどうれしかった。

「それじゃ、いますぐ起きて甲板にあがってもいいですか」わたしは言った。

「だめだめ」彼は重々しい声で答えた。顔には、恐ろしく悲しげな表情が浮かんでいる。「今度はまたべつの病気にかかっているようだからね」

「そんな！」わたしは声をあげた。「べつの病気ってなんですか」

「短気という病気だよ」と言って彼は笑った。「しかしね、からかっているわけじゃないんだよ、ウィル。マントをはおっていってもばちは当たるまい」

そこでわたしは急いでマントを引っかけて、太陽が完全に沈まないうちに甲板にあがって島を眺めることができた。

ごつごつした山のように島は海からそびえていた。そのせいで、ふもとの家々は実際以上に小さく、一様にこぢんまりして見えた。白い壁、赤みを帯びた平らな屋根の家々はとても親しみやすく見え、夕陽を浴びた小さな窓が海を眺めているようだった。大きめの二棟の建物——尼僧院だった——と教会が、そんな家々の重しになって落ち着きを与えている。

近くに停泊している船（この停泊地には大小の船が数隻停まっていたのだ）を見ようと目を転じたひょうしに主甲板が目に入り、ついでにオバディア・ムーンの姿も目に入った。どんな病気だったにしろ、すっかり回復したようだ。それもどうやら必要以上に回復してしまったようで、すさまじい剣幕で水夫たち数名と言いあいをしているさいちゅうだった。

オバディアには近づくなというミスター・ハクスタブルのいましめを忘れて、わたしは様子を見に行った。オバディアは例によって興奮して飛んだり跳ねたりし、握ったこぶしを振りまわしていた。その敵意むき出しの騒ぎぶりは、船長が激怒したときに見せる反面教師的な愚かしい様子に（わたしが思うに）まさるとも劣らなかった。しかし世のなかには、そんな怒りっぽい気質を手本にしようとする頭の弱い連中がいる。そういう連中には、船長のようにばかをさらすか、あるいはオバディアのように（というより、わたしの祖父のように）有害な悪意をまき散らすか、どちらでも好きなほうを選ばせればよい。

近づいてみてわかったのだが、オバディアの癇癪の原因は、町で干し魚を買ってくるのを水夫たちが忘れてきたことだった。オバディアはハンモックに寝ていていっしょに上陸することができなかったので、買ってきてくれと仲間に頼んでいたのだ。しかし彼の怒りが大いにかき立てられていたのは、水夫たちがもともと弱い者いじめを好む——これは英国人、とくに下賤の英国人によく見られる性質だ——だけでなく、上陸してどこかの酒場で楽しくやってきたあとのことで、明らかにいささか気が大きくなっていたせいでもあった。船長もミスター・ハクスタブルも甲板にはおらず、荒くれ男どもを抑える者はいなかった。ミスター・ファルコナーが船尾楼に立っているだけだ。真紅に燃える西の空を背景に、また船尾に灯されたばかりの赤いランタンの光を浴びて、そのひょろりとした姿は黒々として見えた。

しかし、オバディアが逆上してわめきたて、自分の具合が悪くなったのは食事に魚が不足していたからだと文句を言い（ミスター・ハクスタブルには腕をけがしたと言っていたのに）、仲間たちが買ってきてくれると思っていなかったら、船縁から釣り糸を垂らしてなにか釣ることもできたはずだと不満をぶちまけているとき、ふと見るとミスター・ファルコナーが船尾楼のはしごを降りてこようとしていた。今度は介入するつもりなのだろうか。そして実際、そろそろだれかが止めなくてはまずい状況になりつつあった。一度か二度ベルトのナイフに手を伸ばしていたが、オバディアは逆上のあまりほんとうにナイフを抜いて、周囲の仲間たちをぎらぎらする目でにらみつけていたのだ。水夫たちはみな、顔色を変えて一、二歩あとじさった。まちがいなく一触即発の事態だったが、航海士のミスター・ファルコナーが後甲板を歩いてきて、そこでかれらに声をかけた。

「いったいなにがあったんだ」と、いつもの甲高い陰気な声で彼は言った。

「なにがあっただだって」甲板長が激して叫んだ。「あったもなにもねえよ！　この頭のいかれた野郎がとち狂って、おれたちをぶっ殺すって言うのさ。それが干し魚一匹か二匹のことでだぜ、おかしくって腹がよじれると思ってたら、こいつが本気でナイフを抜きやがったんだ。まったくこの気狂いが！」

「ムーン」ミスター・ファルコナーはあいかわらず陰気な声で言った。「こっちへ来い。おまえに言いたいことがある」

しかし、オバディアはナイフを手に円を描くように向きを変え、聞くに耐えない悪態を吐き散らすばかりだった。その小さな黒い目は憎悪にぎらぎら光っていた。ほかの水夫たちはそれを固唾をのんで見物している。にやにや笑っている者もいた。その悦に入った底意地の悪い野次馬根性丸出しの表情に、わたしの心にはこれとは別の、しかしよく似た情景が浮かんできた。その瞬間わたしが見ていたのは、ムーンを見つめる浅黒い水夫たちではなく、ドクター・トムスン・アカデミーでわたしをあざけって苦しめた生徒たちの集団だった。

しかし、オバディアにひたと目を当てたまま、ミスター・ファルコナーはまったく口調を変えずに言った。

「干し魚ならわたしがやろう」

この意外で奇妙な言葉に、水夫たちは目を丸くし、次いで互いに顔を見交わすと、どっと笑いくずれた。しかし、オバディアはたちまち怒りを鎮め、ミスター・ファルコナーのほうへ歩きだした。ナイフをベルトに戻しながら、彼は神妙に言った。

「すんません、ありがとうございます。ほんとに恩に着ます。おれだけじゃなく――」（と言っていったん口ごもり）「おれの弱い胃袋も礼を言ってますぜ」

「いいからおめえら、よくもおれを笑い者にしてくれたな」と言いながら周囲を見まわし、「けどな、おれみてえに肉を食ったせいで胃袋をやられてみやがれ、請け合ってもいいがな、魚なしじゃ一日だっていられねえって気分になるぞ。まあ、そうは言ってもおめえらを恨む気はねえし、笑われたことだってなんとも思っちゃいねえよ。それでミスター・ファルコナー、どっさりあるんですかい」

「もちろんだとも」航海士は答えた。ひょろりと体《たい》を起こしながら、きょろきょろと目を左右に動かしている。「船倉へ降りればある」

そう言うと、彼はすぐに離れていき、ゆっくりと甲板を歩いていった。いっぽう水夫たちはまたオバディアの周囲に集まり、騒々しく驚きの声や笑い声をあげ、またきついジョークを繰り返し、それどころかさらに過激なジョークを繰り出したりもしたが、オバディアは今回はまるで気にするふうもなく、なにを言われても悪くとったりしなかった。しかしそのために、彼が怒り狂ってナイフを抜くのではないかと恐れる理由がなくなり、そんなわけで、ある面では先ほどまでの興奮と緊張感はもうなかった。

　水夫たちがしばらくそうやってふざけているあいだに、陽が沈んで夜闇が落ちてきた。紫色の残照に高い山のうえの雲が輝いて、それがなにやら憂愁と悲哀を帯びて見え、こんな滑稽な場面の背景には不似合いな眺めだった。しかしまもなく、なにを言っても怒らない相手をからかうのに飽きて（そのあいだに船長も甲板に出てきたし）、水夫たちは散っていった。

　それからまもなく、ミスター・ハクスタブルが船室の入口に立ち、わたしに声をかけてきた。病みあがりでまた風邪をひいてはいけないから、夜気に当たっていないでなかに入りなさいというのだった。

わたしは彼のあとから通路を通って大きな船室に入った。そこからさらに、右舷側にある特別室に連れていかれた。ミスター・ハクスタブルが寝起きしている部屋だ。

入ってすぐに気がついたのは、第四章で述べた美しい婦人と幼子の肖像画だった。寝台と反対側の壁の高い位置にかかっている。ミスター・ハクスタブルは手にペンを持っており、寝台の枕元の小さなテーブルには開いた帳面が置かれていた。

オバディアと水夫たちの大騒ぎについて彼がなにも言わないので、書きものに熱中していて気がつかなかったのだろうと思った。またわたしからも話題にはしなかった。オバディアには近づかないようにと言われていたのに、それをあんなにあっさり破ってしまったのを知られたくなかった。つまらないばかげたできごとだから、わざわざ耳に入れるまでもないとわたしは自分に言い聞かせた。しかし、ミスター・ハクスタブルが帳面を指さして、いま日記をつけていたところだと言い、どんな意味でもふだんとちがうことがあればすべて書いているのだと言うので、わたしはいささか良心のとがめを感じた。やはり話したほうがいいだろうかと思ったが、またの機会にしようと考えて、その気持ちを封じ込めた。

それはそれとして、ミスター・ハクスタブルの帳面にわたしは強く魅きつけられ、ぜひ自分もなにか書きたいと思った。この物語を書いているのはそのおかげだ。あの帳面に魅かれたことで文章を書く習慣を身につけ、おりにふれて、そのときあったことを書き留めるようになったからである。

ダンピア船長のように、日記を本にまとめて出版するつもりがあるのかとわたしは尋ねた。すると、この航海でとくに変わったことが起こるとか、興味深い、あるいはためになる発見があれば考えるかもしれないと彼は答え、しかし日記を書く一番の目的はそれではなく、頭を忙しくして要らぬことを考えないようにすることだ、と言った。

そう話す彼の目には、悲痛な苦悩の色が浮かんでいた。それでふと思い出したのは、初めてあの農家の厨房で会ったとき、彼の顔に深い悲しみのしるしが刻まれているのを見たことだった。しかし、悲しい話から頭をそらそうとするかのように、彼はすぐに書きものの効用と教育効果について話しはじめた。彼によると、書きものは「高貴な精神の気晴らし」なのだ。「ふつうの人間は、子供がおもちゃに夢中になるように、物質的なものごとで頭がいっぱいだ。しかし、ものを書く人間は精神的なものごとを考えるからね」

そうこうするうちに夕食の時間になった。ベルの音を聞いてミスター・ハクスタブルは立ちあがり、日記帳のほか、棚のうえに置いてあった書類をまとめて引出しにしまった（彼は散らかっているのが嫌いで、いつも身のまわりをきちんと整理整頓しておくたちだったのだ）。わたしたちは部屋を出て、船長室で席についた。ミスター・ファルコナーもちょうど入ってきて腰をおろす。

夕食の席は盛りあがらなかった。ミスター・ハクスタブルはほとんど口をつぐんでいて、厳しい顔でなにごとか考え込んでいた。一度か二度、気をとりなおして楽しい話を始めようとしたが、それはいわゆる「竜頭蛇尾」に終わってしまった。ミスター・ファルコナーはいつものとおり短い受け答え以外は口をきかないし、船長はせっせと食べたり飲んだりして満足している。しかしそのうち、船長は立派な知人や親戚（だと彼の思う人）の話を始めた。機会があれば、というか機会を作れさえすれば、いつも持ち出すお得意の話題なのだ。

船長は（カップをおろし、愛想よくミスター・ハクスタブルに顔を向けて）切り出した。「今日の上陸のさいにはごいっしょできなくてまことに残念でした。ぜひとも総督にご紹介する栄にあずかりたかったのですが」

ミスター・ハクスタブルは言った。「総督とお知り合いだったのですか。それは存じませんでした」

「いいえ、直接の知り合いというわけではないのですが、親戚が総督と親しくしておりまして、船がこの町の沖に停泊したときは、かならず食事を共にさせていただいているのです」

「そうでしたか。ご希望に添っていっしょに総督を訪問させていただければ、わたしとしてもさぞかしうれしかったと思うのですが」

船長は熱をこめて言った。「ご希望に添ってと言われますか。わたしの希望に添いたいと！とんでもない、わたしはつねにわが傑出した親戚、ミスター・ウィリアム・アンドルーズの教えに従おうと努力しているのです。ミスター・ウィリアム・アンドルーズはドーセット州の治安判事で、おそらくご存じかと思いますが、警句集の著者でもありまして、『自分自身のことがよくわかっている者は、自分以上に他人を悪く思うことはできない』と言っております。そしてわたしの意見では、なんといっても総督は総督ですから」

ミスター・ハクスタブルは「なるほど、まことに」と応じた。

そのミスター・ハクスタブルの口調が無頓着で冷淡だったため、船長は見るからにむっとしていた。そしてその鬱憤を見当ちがいにミスター・ファルコナーにぶちまけ、水夫たちに対する彼の態度にあてこすって侮辱的な言葉を吐いた。それからすると、総督が食事をともにしたいと言ってきたとしたら（彼の考えではそれは大いにありうることだったのだが）、水夫たちが戻ってきたとき船長は船におらず、そうすると岸で楽しんできた勢いに任せて水夫たちが破目を外して騒動を起こすだろうから、それを防ぐために船長は上陸しなかったのだと言いたいらしかった。

しかし、ミスター・ハクスタブルはこれにはなんとも答えなかったし、また航海士のほうも、いつもの心ここにあらずという態度で椅子から立ちあがり、あの奇妙な黒い目をきょろきょろさせながら船長室を出ていった。

そんなわけで、この話題は宙に浮いたまま、どちらからも応じられなかった。ミスター・ハクスタブルもその後すぐに立ちあがり、彼に腕をつつかれてわたしもそのあとを追って船長室を出た。ひとり残された船長はむっつりしてワインをなめていた。

第九章　驚くべき事件とペルナンブコ到着のこと

夜には風が強まり、北東から吹く暴風のためにこの投錨地は危険になってきた。そこで翌朝早く、出港の準備はすでにすっかり整っていたので、船は大急ぎで錨をあげて出帆し、急げるだけ急いで荒れ狂う大海原へ乗り出した。

次の目的地はペルナンブコ（ブラジル北東部の州）だった。船は風（北東貿易風である）をまともに受けて、一時間に九から十マイルの速さで昼も夜も飛ぶように進んだ。翌日にはいささか速度は落ちたものの、スタートダッシュのあとの走者のように、一定の速度に落ち着いたというにすぎなかった。そんなわけで、さわやかな強風と好天に恵まれ、船は南西に向かって快走を続けた。

このころわたしの心をとらえたのは飛び魚だった。昼はへさきのまわりで、夜には船尾楼のランタン（原注1）のまわりで鳥のように羽ばたいていた（ほんとうにツバメそっくりなのだ）。初めて見たとき、奇妙に遠い、にもかかわらず活き活きした記憶が胸によみがえってきた。まるで以前にも見たことがあるかのように——そしておそらく、（第一章で述べたように）幼いころ父の船で西インドに向かったときに、実際に見ていたのだろう。

原注1　飛び魚をとるために、余分にランタンをさげていたのである。

ときどき一、二匹甲板に飛び込んでくることがあり、すると水夫たちがわっとばかりにつかまえていた。飛び魚は身の締まった美味な魚で、干しニシンによく似た味がするのだ。あるとき、オバディアが一匹独り占めにするのを見たことがある。ロングボートの下に飛び込んだのでほかの水夫たちは気づかず、彼はそれを背中に隠しておいて、甲板に人がいなくなるまで待って自分のものにしてしまったのだ。ほんとうなら料理人に持っていかなくてはならないのに。野蛮にも、うろこも内臓もとらずに食らうつもりなのだろうか。わたしはこの奇妙なふるまいをミスター・ハクスタブルに伝えたが、彼はただ笑って、オバディアはきっと魚座の生まれなのだろうと言っただけだった。

サンタクルスを出港して五日か六日たつころ、カーボベルデ諸島の三リーグほど先を通り過ぎた。しかしすでに夜になっていて、火山島であるフォゴ島のてっぺんから噴き出す炎しか見えなかった。わたしはそのさまを見て（ミスター・ハクスタブルが夜更かしを許して見せてくれたので）驚嘆し、いささか畏怖をも感じて、火山というものに想像力を強く刺激され、山じたいが見えればいいのにと思った。しかしわたしがそう言うと、ミスター・ハクスタブルは山は昼でも見えなかっただろうと言った。夜の海上では、火はひじょうに遠くからでも見えるものだからと。

「人の魂も同じようなものでないとだれに言えようか」と彼は続けて言った。「魂はそれじたい、火山島のようなものだ。だから（と重々しい声で）純粋でよく燃える燃料を思考に注がなくてはいけない。そうすれば、昼にも見える蒸気や硫黄の煙ではなく、高貴な天上の炎が生まれるだろう」

この期間――というのは、サンタクルスを出てからという意味だ――はずっと、水夫たちは楽な日々を過ごしていた。帆桁《ヤード》を引いたり出したりする必要がなく、何日も続けてブレース（帆桁の向きを変えるために用いるロープ）一本動かさずにいられたのだ。

水夫たちはさいころ遊びなどしてのらくら時間をつぶしていたが、そんなかれらの頭脳を刺激して目覚めさせようと、ミスター・ハクスタブルはよく主甲板に出て話し込んでいた。そしてじつに驚くべきことに、会話を続けることによって、いかに利発な者が交じっているか見いだしていくのだ。まるで海のソクラテスだった。

しかし、全員がこの会話に参加しているわけではなく、なかには（オバディアもそのひとりだった）陰であざけっている者もいた。頭のからっぽな生徒たちのように、もしその勇気があればなにもかも笑い飛ばしていただろう。ときどき、先に紹介したあの年老いた水夫が、聖書を読むのを中断して会話に加わることがあった。真剣な顔をして熱心に耳を傾け、やさしく輝くまなざしは祝福の祈りのようだった。

わたし自身について言うと、これは白状するが、そういう会話にはごくたまにしか加わらなかった。べつの場所にもっと強く魅かれていたからだ。船尾楼の下にミスター・ファルコナーがうずくまり、模型の船に艤装をほどこすのを眺めて楽しんでいたのである。それだけではなく、そばに座っていると彼は不思議な面白い話を聞かせてくれた。それはいつも、彼自身ではなくだれかほかの人の経験したことのようだったし、彼は自分の過去についてはひとことも語らなかった。実体のない声として話している――それはある意味で俳優の物語る話のようであり、そのせいでますます聞いていてわくわくした。まるで自分の内なる声が外側から聞こえてくるようだった。

あるとき、ほとんど海中に没している島の話をしてくれたことがある。その周囲に船が近づくと、奇妙なことが起こるというのだ。しかし、その島がどこにあるのか、どんなことが起こるのかと尋ねると、人間の理解の及ぶところではないと言うばかりで、それ以上はどんなにせがんでも語ろうとしなかった。ただひとつ教えてくれたのは、このうえもなく奇妙な光が輝いているということだった。

「自分で見たの？」わたしは言った。

「もし見ていたら、ここにこうしてはいなかっただろうな。ただ、ちらとは見たよ。そのせいで昔の自分ではなくなってしまったんだ。まるで別人になってしまった。やれやれ！」

そう語る声は低くつぶやくようで、か細く消え入るようなその声にわたしは背筋が冷たくなった。しかも、そのあとすぐに彼は忘我の境に落ち込んでしまい、まぶしさに目がくらんだような目つきで陰気に虚空をにらんでいた。その目はたえずきょときょとと動き、陽光のなかに斜めの黒い光を投げている。

わたしは心底震えあがった。しかし彼はすぐにわれに返り、とたんにミスター・ハクスタブルや船長には黙っていてくれ、と泣きつかんばかりに頼んできた。いまの話を聞かれたら、頭がおかしいと思われるかもしれないからと。

「くだらない船乗りのほら話だから」彼は言った。「こういう面白くて変わった話ならどっさり知っているんだ。黙っていると約束してくれたら、いくらでも聞かせてあげるよ」

彼のもの狂おしい表情と不気味な声の調子に、わたしは奇妙な感情に襲われた。気の毒だと思う気持ちがあるいっぽう、そこに驚嘆の念と、超自然への恐怖が奇妙に入り混じっている。そしてご想像のとおり、わたしの思考と想像の世界では、彼はこの世のものならぬ存在になっていった。といってもひたすら恐ろしいというのとはちがって、ときにはいわば実体をそなえた亡霊というか、(言ってみれば)白昼の幽霊と感じられるようになったのだ。

さて、ミスター・ハクスタブルと水夫たちの会話に話を戻そう。先ほども述べたように一部の水夫は鼻で嗤《わら》っていたのだが、じつはそれをひそかにそそのかしていたのがだれあろう、まさに船長そのひとだった。ミスター・ハクスタブルが下っぱの水夫とあれほど親しくするのは、あまりにも身分をわきまえない行動だと考えていたのだ。

このことは、船長とミスター・ハクスタブルのやりとりを通じて、ほどなくわたしも知ることになった。わたしの尊敬すべき保護者が怒りをあらわにするのを見たのは、あとにも先にもあのときだけだ。そしてそれは、ミスター・ハクスタブルが船長より優位に立つうえで少なからず役に立ったのである。食後の船室でのことだった。わたしの記憶によれば、そのやりとりはこんなふうだった。

「こう申してよろしければ」と船長。「しばしば驚嘆しておることがあるのですが――つまり、よく甲板で水夫たちと話をなさっていますが、あれはじつに愛他的なおふるまいですな」

とても立派な言いようだと思ったので、それだけにいっそう驚いたのだが、ミスター・ハクスタブルはいささか尊大な皮肉っぽい口調でこう答えた。

「それはどうも。ただ正直に申しまして、大して愛他的などとは思いませんな。わたしは水夫たちの頭脳を少しばかり刺激しようとしているだけですから。あれを愛他的とお思いになる鋭敏な感覚に、むしろ感嘆の念を禁じ得ないところです」

「とんでもない」と船長は気取った口調で言った。「お許しがあれば、この意見は変えずにいるつもりでおります。ただお言葉ではありますが、あなたのお話が水夫たちに与える恩恵には、まず計り知れないものがあるのはたしかですから」

これを聞いて、ミスター・ハクスタブルは座ったままぐいと向きを変えた。顔が怒りに上気している。

「ほう、そう思われますか」低く厳しい声で彼は言った。「水夫たちに恩恵があると。とするとなおさら不思議だと言わざるをえませんな。あなたはその恩恵を打ち消し、ぶち壊しにしようとさんざん骨折っておられるではありませんか。わたしがその場を離れると、愚弄するような皮肉な言葉を投げつけておられる。これはどういうことですか」地を打つ雷のような大声で彼は言った。「ご説明いただきましょうか」

しかし、この突然の叱責に驚き萎縮して、船長はひとことも答えることができなかった。そこでミスター・ハクスタブルはすぐに立ちあがり、そのまま甲板へ出ていった。

カーボベルデを過ぎたところで、船は東寄りに針路を変え、やがてさざ波の立つ広い海に出た。船長の言葉によると、この波は強い海流が風と逆方向に流れているために生じるらしい。その後六日から七日のあいだはそのような波にしばしば出くわした。このころにはサメやエイを何度か見かけた。

ときには風向きが気まぐれに変わり、と思えばぱたりとやんで船が動けなくなり、またいきなり吹きはじめて水夫たちがてんてこ舞いを始めたりする。ときには雲が低く垂れ込めて海が暗くなることもあり、やがて文字どおり天の底が抜けて滝の雨が降り、小山のような波はまるでノアの洪水の再来のようだ。また咆哮とともにトルネード（ここでは竜巻ではなく雷をともなう暴風雨のこと）が襲ってくることもあった。

赤道に近づくにつれて晴天が続くようになり、微風や凪のときもあった。凪のときには、オバディアはとくにそうだったが、船縁から釣り糸を垂らして魚釣りを始める水夫たちもいた。しかしわたしは、魚釣りは野蛮な感じがして好きになれなかった。これは以前からずっとそうだった。そんなわけで、それを見物したくて勉強に集中できないということは少なかった（ミスター・ハクスタブルが、わたしにラテン語の手ほどきを始めたのだ）。もっとも、ネズミイルカの大群が船のそばを泳いでいくのはよく甲板に立って見物した。砕ける波に乗ってくるくる回転するさまが、まるでわたしたちの前で遊んでみせているようだった。

ところで、このネズミイルカに関して奇妙な話がある。陽気《メリー》なジャックという水夫が、ネズミイルカをやす（矛に似た漁具）で突いたことがあった。すると、近くに立っていた大工助手が悲嘆の声をあげて、「これでお別れだな、ジャック」と言った。「おめえはもう長くは生きられねえぞ」

「なに、そりゃどういうこったい」メリー・ジャックは言って、ネズミイルカを引き上げる手を止めた。やすの刃に突き刺されたネズミイルカは激しく身をよじり、波はその血で赤く染まっていく。「長く生きられねえとはどういうわけだ。おれはぴんぴんしてるぞ」

「そりゃそうだろうさ」と助手は言い返した。「けどな、いつまでもつかな。知らねえのか、イルカを突くのは自分の心臓を突き刺すのとおんなじなんだぞ」

これを聞いて真っ青になり、彼はやすごとネズミイルカを海に放した。

「だけど、ほかのやつがやってんのを前に見たことがあるぞ」と言う声はか細く、震えている。

「そりゃそうだろうとも」大工助手はすぐに言い返した。「けど、海から引き揚げるのは見たことねえだろ」

「うん」メリー・ジャックはつっかえつっかえ言った。「たしかに、そりゃ見た憶えがねえ。けど、いまあのイルカは放してやったじゃねえか」

「放してやっただと」大工の助手は鼻で嗤い、海を指さした。先ほどのネズミイルカはじたばたするのをやめ、いまでは完全に絶命していた（そのように見えた）。そしてほどなく波の下に沈んでいった。「おめえもあんなふうに放されるのさ、亡骸を水葬にされてな！」

「けど、知らずにうっかりやっちまっただけなんだぞ」そう言って、気の毒なジャックは最後の抵抗を試みた。「知らずにやっちまったんだから、罪は軽くなるはずだろ」

「だといいがな。そんなくだらねえ言い訳が通じるとか、おれなら当てにしねえけど。でもな、ジャック」（と無慈悲な慰めかたをして）「船乗りの一生なんざ、イルカの一生ほど楽しいもんじゃねえだろうが！　とすりゃ悲しむこともねえさ。ついに来るべき時が来て索を放して、悩み多きこの世って港を離れることになったとしてもよ」

そう言って向きを変えたが、その顔にはからかうような色が浮かんでいて、その場にふさわしいまじめな表情には見えなかった。彼が立ち去ると、メリー・ジャックは舷側板に背中を預け、頭をがっくり垂れていた。絶望の淵にすっかり沈み込んでいるようだ。

あまり悲嘆にくれているので気の毒になり、近づいていって慰めようとした。理性的に考えるよう説得し、こんな不合理な迷信を信じる愚を理解させようと努めたのだ。しかし彼は、子供になにがわかると言うばかりだった。そこで、ミスター・ハクスタブルも同じことを言うだろうと言うと、ミスター・ハクスタブルは船乗りの暮らしをしたことがないからだと言い返してくる。学や知恵がいくらあっても、実際の経験の重みにはかなわないというのだ。

「不合理とでもなんとでも、むずかしい言葉で呼ぶがいいや」と癇癪を破裂させて、「索を繰り出していいほうの端を出してきたって、索に変わりはありゃしねえ。おれはおれなりにいろんな経験をしてきたし、海は海のやるべきことをやるもんなんだ」

迷惑がられているのがわかったので、彼を深い憂鬱の底に残して、わたしはその場を立ち去った。機会を見つけてすぐにミスター・ハクスタブルにこのことを話すと、次に水夫たちと話すときにはそのばかげた迷信についても触れることにしようと彼は言った。

凪が続いていれば、きっと翌日にもそうしたろうと思う。しかし、夜中に風がわき起こって、翌日は一日じゅう強風があっちこっちから吹きつづけた。おかげで帆の調節に水夫たちはかなり忙しく、話をするひまなどなかった。

その翌日、船は赤道を越えた。気まぐれな強風が起こってはやみ、南東からの大波に逆らって船はのろのろと南下を続けた。東風が起こるたびに——といってもすぐにやんでしまうのだが、船長は逃さず船を進め、気まぐれな風と凪と雨とトルネードのこの海域を早く脱しようと努めていた。船足が遅れるだけでなく、水夫たちのあいだに病気が流行りだす恐れもあるのだ。

そんな病気をなるべく防ぐために、ミスター・ハクスタブルは水夫たちに気を配り、雨降りのときには濡れたら着替えるようにさせていた。ダンピア船長も、その回想記のなかで同じことをしたと書いている。というのも、暑いし労働はきついし、おまけに水夫たちはもともと無頓着なたちだから、服が濡れたり汚れたりしていても、面倒がってそのままハンモックに寝てしまいがちなのだ。

そんなわけで、ミスター・ハクスタブルが水夫と話すのはのびのびになってしまった。しかし、気の毒な迷信深いジャックは消沈と絶望にとらわれたまま、どう見てもそこから脱する気配がなかったので、機会を見つけて彼と話をしてみようとミスター・ハクスタブルは言った。やけを起こして危ないまねをするかもしれないし、悲嘆のあまりほんとうに死んでしまって（こういう場合はけっしてないことではない）、恐れている災いをみずから招き寄せることになりかねない。

ところで、これはのちにわかったのだが、気の毒なジャックをネズミイルカの話でおびえさせた大工助手は、いわゆる「奇想」の持主だったらしい。つまり動物、なかでも魚その他のあらゆる海洋生物に対して、とんでもなく度を越した独善的な親愛の情を抱いていて、人類よりそっちのほうが大事だと思う域に達しているということだ。したがって、ネズミイルカが殺されたのに腹を立てて、あの迷信をでっちあげたというのは大いにありそうなことだ。

かりにそうであったとしても、この場合には海それ自身が、不慮の事故というか偶然の法則(というより法則のなさ)の奇妙な作用――これはときに、ことの成り行きを大きく左右するものだ――により、この悲しい事件にちょっかいを出してきたようだった。というのも、赤道を越えて三日めの朝のこと、ミスター・ハクスタブルがジャックをやさしくなだめすかし、ちゃんと相手に通じる言葉で理を説いて、それで彼の頑固な意気消沈が少しほぐれはじめたそのとき、こともあろうに、彼がその語を口にした瞬間に、ネズミイルカの死体が波に運ばれて舷側の近くに出現したのである。これでミスター・ハクスタブルの努力も水の泡だった。それでなくても気の滅入る話だが、その総仕上げというべきか、ジャックはまさにその翌日病を得た。ミスター・ハクスタブルが言うように、たぶん夜中に冷えて風邪をひいたのだろうが、なにしろこのころはかなり弱っていて、病に対する抵抗力がなくなっていた。手厚い看護や治療の甲斐もなく、病状はどんどん悪化して、三日ともたずに世を去ってしまったのだ。

書き残す価値もないくだらない話だと思う人もいるだろう。しかしながら、このような迷信深さとそれがもたらす悪影響をじかに経験したことは、ミスター・ハクスタブルの教えをわたしが理解するのに大いに役立ったし、またそれを裏書きする貴重な実例ともなったのだ。ミスター・ハクスタブルに忠告されたように、道理の星に従うことこそが賢明な生きかたなのであり、怪物や驚異といったものは、新旧にかかわらず、たんなる天のもたらす見世物のようなものだと見なし、それによって進む道を決めたり、盲目的に従ったりしてはいけないと考えるべきだ。と言っても、ものごとに隠れた原因があるとか、未発見の法則がときに引き起こす不思議(と言われるもの）があることを否定するわけではない。しかし、そういうこともいずれは理性によって解明されるだろうし、このあとのわたしの物語はそのよい実例になると思う。

わたしはこのような趣旨のことを書き、それを自分で綴って小さな手稿本を作った。はにかみながらもそれを見せると、ミスター・ハクスタブルは真剣そのものの顔で（もっとも、目にはいささか笑みが浮かんでいたように思うが）絶賛してくれた。

「締めくくりに、『蟹座という星座はあるが、ネズミイルカ座は聞いたことがない』とでも付け加えておくと気が利いているかもしれないね」と彼は言った。

脱線してしまって申し訳ない。話を先に進めよう。

赤道を過ぎるあたりで、凪や気まぐれな風向きに遭遇するのは、経験豊富な船乗りならだれでも予想できることだ。しかし、そのせいで水夫たちは大いにむしゃくしゃしていたし、癇癪持ちで気むずかしい船長はとくにそうで、ちょっとでも船が止まったり遅れたりすると決まっていらいらしていた。そんなわけで、船長は航海士のあらさがしに余念がなかった（ミスター・ハクスタブルが近くにいないときは）が、それは相手を悩ませるよりむしろ、はたで見ている者を面白がらせるだけのようだった。この点で、それは多少はものの役に立っていたと言えるかもしれない。船長は、ミスター・ハクスタブルにも愚痴をこぼしてみせたが、それはむだというものだった。そういうことは、赤道を越えるときはとうぜん予想されることではないのかと返されて、船長もそのとおりと認めるしかなかった。これを否定すればばか丸出しになってしまう。

しかし、この不安定な天候をみんながどれだけ厄介がっていらいらしていたにせよ、わたしにとっては新奇で戦慄ものの経験の連続だった。暑くうだるような凪の海で、船がゆるやかなうねりに重く揺れているときも、咆哮とともに海上をトルネードが襲ってくるときも。ときに思いがけず、帆をおろす間もなく激しい突風が起これば、船は風下側に大きくかしぐ。そしてその後に残る強い一定した風に乗って、船は十から十二ノットで突っ走り、舳先で海を切り裂いて白く泡立つ波をかき立てるのだ。

日没はしばしばまばゆくも華麗な色彩にいろどられ、それを見るたびにわたしの胸は感嘆の念にあふれた。赤道近辺の日没は、形容しようもないほど輝かしく壮麗だった。あのようなすばらしく感動的な現象を言葉にしようとすれば、異教の詩神に助力を乞い（それが冒瀆でないとすれば）、キリスト者らしくもなく詩的にならざるをえない。言ってみれば、神々が高貴な紫と燃える真紅のローブに身を包み、死にゆく太陽を記念して祝祭をあげているかのようだ。そしてその前にわきあがる雲は、紫やオレンジや黄色や緑や青の輝く色彩をまとっている。それが燃え尽きたように不思議な形をとって、西の水平線上に幾重にも積みかさなるさまは、さながら祭壇に捧げられた生贄のようだった。

同じく月も信じられないほど明るく輝いて、そのまぶしさは目もくらむヴィーナスの美貌にもひけをとらない。しかし、生きた黄金のランプのようにきらめく無数の星々については、それを描写しようとすればより高次の精神性、神話の世界を超える想像力が必要だ。

赤道より三度ほど南下するころには、また快適な北東風が一定して吹きはじめ、船はその風に乗ってブラジル海岸に到着した。

朝早く、ブラジル最東端のサント・アゴスチーニョ岬をまわり、その南側でジグザグ航路をとったのち、ペルナンブコから二、三リーグの地点で大小多くの船にまじって投錨した（そこはよく使われる停泊地だったので）。

北東風をつかまえてからはずっとそうだったが、その日も快晴だった。晴れた空の下で海は驚くほど透明で明るく、炎を飲んだ水晶のようだった。

わたしはむさぼるように陸地を眺めた。手前の低い丘陵の向こうに高い山々がそびえているが、峻厳で近寄りがたいというより、やさしく手招きするかのように見えた。全体に、森と草原が碁盤模様を描いている。海のそばには小さい家がいくつか建っていた。大きさは英国の田舎の小住宅《コテージ》ほどで、たぶん漁師の家だろう。しかしさらに南に目を向けると、岸から一マイルほどのところに町が見えた。とても立派な大きい町で、たくさんの大きな建物が陽を浴びて、漂白された骨のように真っ白に輝いている。わたしは上陸したくてじりじりしていた。なにしろサンタクルスでお預けをくらったあとなのだ。ミスター・ハクスタブルは、昼過ぎにいっしょに上陸させてやろうと言ってくれた。

とはいえ、サンタクルスで補給品はかなり積み込んだので、この港にはあまり長居するつもりはないということだった。ここには一日だけ停泊して水を積み込むほか、果物など——とくにこの地で豊富にとれるライムやオレンジ——を購入する予定だという。そのためにロングボートで行き来するあいだに、水夫たちは上陸して気晴らしをすることになるだろう。

第十章　ペルナンブコにおけるオバディアの荒っぽく奇妙なふるまいのこと

船長はポルトガル語が多少できるので、彼が上陸して商人たちと取引し、必要なものを調達してくるのがよいということになった。信頼できる情報によれば、港には英国船はほとんど、あるいはまったく停泊していないらしい。これはヨーロッパとの貿易をポルトガル船が引き受けているからで、この停泊地にわたしたちとともに泊まっているのもポルトガルの船だった。

船長がボートで出かけてまもなく、ひじょうに変わった不格好な船が何艘か現われて、こちらに近づいてきた。丸太を何本か並べてつないだ船で、マストが一本か二本あって大きな帆を張っていた。どの船にも男がふたり、船首と船尾にひとりずつ乗っている。

男たちは漁師で、真っ黒に日焼けしてだらしないかっこうをしていたが、陽気な悪漢とでも言いたいような顔つきをしていた。一艘が舷側に近づいてくると、ミスター・ハクスタブルはかれらから魚を買った。マストに引っかけたかごに入れてあったのだ。その魚を司厨員に届けたあと、ミスター・ハクスタブルは船尾の船室に向かったが、船長のボートが戻ってくるのが見えたらすぐに教えてくれとわたしに言い置いていった。そうすればちょうど仕事をやめて、岸へ向かう用意をする時間がとれるから、いっしょに町を見物に行こうと。

ミスター・ハクスタブルが背を向けるが早いか、オバディアが舷門に向かった。立ち去ろうとしていた丸太の船を呼び止めて、残った魚を急いで買い、その代金として太っ腹にも金貨を一枚向こうの甲板に放った。腕いっぱいに魚を抱えてこそこそと船首のほうへ向かい、途中でわたしにちらと目を向けてむっとした顔をしたが、数歩と行かないうちに、船尾楼の端近くにいた甲板長に呼び止められた。

「こら、この魚食らい」彼は叫んだ。「こっちへ来い、見てたぞ、このごうつくばりの大食らいめ。おまえに頼みたい仕事があるんだ」

しかし、オバディアは耳を貸さず、逆に足を速めた。甲板長は腹を立ててあとを追い、オバディアの前方にいる男たちにそいつをつかまえろと叫んだ。ところが、オバディアはしゃにむにふたりの男のすきまに突っ込んでいき、おかげでふたりは突き飛ばされて両側へどいたものの、はずみに魚が落ちて散らばった。しかし、この乱暴なふるまいにかっとなって、ふたりの男はすぐに体勢を立て直し、つかまえることこそできなかったものの、オバディアがハッチに飛び込んで逃げるのは阻止した。甲板長にけしかけられてほかの水夫たちも追跡に加わり、かれらは障害物のない甲板を走りまわった。しまいにオバディアはつかまり——というか、待ち構えていた男に足を引っかけられて転ばされ、甲板長の前に連れていかれる破目になった。

見物していたほかの水夫たちは、腹を抱えて笑っていた。そのせいでますます甲板長は怒りを募らせた。

暴風による帆桁《ヤード》や索具《リギン》の損傷を修理するのは甲板長の責任だから、彼は水夫たち——もちろんオバディアもそのひとりだ――を集めて、ただちにその仕事を始めるつもりでいた。そんなわけで、その足を引っ張った破廉恥漢を怒鳴りつけ、顔の前でこぶしをふりまわし、すさまじい侮辱の言葉を吐き散らした。オバディアのほうも負けず劣らず激怒していて、いじましくも魚の残りを手からぶらさげたまま、聞くに耐えない悪口雑言を低い声でつぶやいてやり返していた。

こうして鬱憤をぶちまけてしまうと、やがて甲板長は手短に指示を出し、集まっていた水夫たちは散って仕事にとりかかった。ほとんどは帆桁に登って索具を直す仕事だったが、オバディアだけは裂けた中檣帆《トップスル》を繕うよう命じられた。甲板上で、彼は帆布をひざに広げてうずくまり、腹立ちまぎれに帆針を手荒く動かしはじめた。ふと見ると、奇妙な目つきで甲板長を見あげていた。口もとを歪めて、こっそりと悪意ありげな笑みを浮かべている。遠くて声は聞こえなかったが、実際に言葉が聞こえたとしても、これ以上に生々しく伝わってはこなかっただろう――いつかならず、思いもよらない方法でこのお礼はしてくれるぞと言っているのだ。

水夫のひとりがマストから降りてきて、オバディアのわずかに残った魚のことできつい冗談を言った。オバディアが魚をかたわらに置いているのを指して、日に干してさらにかさを減らすつもりなのかと尋ね、あんな大騒ぎをした甲斐があるというものだとあざけったのだ。

ちょうどそのとき、べつの水夫がその魚をくすねようとした。しかし、そういう悪ふざけが来るのを予想して、それにぴったりの返事――というのはナイフだったのだが――を用意していたかのように、オバディアはあざやかにやり返した。ふざけて魚をとろうとした水夫は、その返答がなかなか気が利いているのを認めざるをえなかった(もっとも笑いは起こらなかったが)。

「そら、てめえの指のちっぽけなかけらだ」とオバディアは言い、血のついたナイフを見せびらかした。「またおれの魚に手出ししてみやがれ、今度は指先をすっぱり切り落としてやるからな。このナイフが目に入らねえか、ええ?」とにたりと笑ってみせる。「こいつは古びちゃいるがいいナイフでよ、さんざん役に立ってきたんだ。かかってこいよ、この犬どもが! 魚が欲しけりゃてめえの肉と交換だ」

そう言っているときのオバディアは、まるでほんとうに悪魔に変わったかのようだった。どんなに獰猛で恐ろしくても、野生の獣はやはりただの獣でしかない。しかし、人が道を踏み外して畜生に身を落としたら、それはもう人でも獣でもなく悪魔に変じるものだ——この性悪のごろつきのように。そのナイフは、恐ろしい妄想によって(あたかも)それを持つ手の一部のように、延長のように思え、血まみれの鋼の鉤爪のようだった。しかし実際には、オバディアはつるりとした丸顔に意地の悪い笑みを浮かべていて、なにか間の抜けたおぞましい道化師のようにしか見えなかった。

ふたりの水夫は飛びすさり、それ以上はなにも言わずに離れていった。悪ふざけをしかけたほうは、派手に出血している傷に包帯を巻こうと船倉におりていき、もうひとりは大檣《メインマスト》での仕事に戻った。

それからまもなく、しばらくよそへ行っていた甲板長が戻ってきて、甲板に落ちた血をたまたま踏んでしまった。これはなにかとわたしに尋ねながら、同時に目をあげた視線の先では、オバディアがちょうどナイフをベルトに戻そうとしている。オバディアが水夫にけがをさせたのだとわたしが言うと、甲板長はそれ以上はなにも聞こうとしなかった。このときにはミスター・ファルコナーが甲板へあがってきていたので、彼の立つ後甲板に走っていくなり、彼は大声でミスター・ファルコナーに呼びかけた。そして、オバディアは反抗的で危険な狂人のようにふるまっているから、ただちに処分してほしいと激した口調で訴えた。

ミスター・ファルコナーはすぐに甲板長と連れ立ってやって来て、オバディア——このときには落ち着いて針をせっせと動かしていた——に近づき、むやみに騒動を起こし、無体に暴力をふるうという甲板長の叱責に対し、申し開きができるならしてみよと問い詰めた。

オバディアは神妙な顔をして、おとなしく答えた。甲板長が声をかけたときに立ち止まらなかったことについては、ポルトガル人の漁師から買った魚を先に片づけようとしただけで、すぐに戻ってきて甲板長の指示に従うつもりだったと言い、仲間にけがをさせたことに関しては、わずかに残った魚をとっていこうとしたからだと答えた。

「そうは言っても」と付け加えて、「おれのせいで大変な騒ぎが起きたのはたしかだから、罰を食らってもしょうががねえと思ってます。みんなといっしょに岸にあがるのを許さねえってぐらい重い罰でもあきらめます」

みょうなことを言うとわたしは思ったのだが、こんなふうに言いながら、オバディアはミスター・ファルコナーをやけにじっと見つめていた。そしてしまいに、驚いたことに、はっきり片目をつぶってウィンクしてみせたのだ。このなれなれしい無礼な行動をごまかすために、彼は急いで二、三度目をぱちぱちさせると、こう声をあげた。

「なんてこったい！　こりゃ失礼、まぶしくって目が痛くなっちまって」

「ついでに舌も痛くなればよかったんだ」甲板長は不機嫌に言った。「おれが船長なら、おまえの望みをかなえてやって、岸へあがるのを禁止するところだ」

「いいや」ミスター・ファルコナーが激した大声で言った。ふだんの話しぶりとはまるで別人のようだった。「甲板長、きみの言うとおりだ。保証するが、船長もまったくそのとおりとおっしゃるだろう。この騒ぎについては船長のお耳にも入れるつもりだ。だから、この罰がそのとおり実行されると思ってまちがいない」

オバディアは大声で抗議しはじめ、それは厳しすぎるというような文句を言った。いっぽう甲板長はそこに突っ立って、困ったような顔で頭をかいていた。かっとなりやすいたちではあるものの、芯から無慈悲な男ではない。きついことを言うのもただの脅しで、本気で言っているのではないのだ。

「いえその、けがをさせたと言っても大したことじゃねえんで」彼は言った。「もう罰も受けてますし、こうして反省もしてるようだし――」

「もう言うな、決まったことだ」ミスター・ファルコナーが遮った。

それを言うときはいつもの陰気な声に戻っていたが、すぐにこちらに背を向け、おなじみの大儀そうな足どりでのろのろと後甲板に歩いていった。残されたわたしたちは、ぽかんとしてそれを見送っていた。

「まいったな、まさかあの人がなあ」甲板長がその背中を見つめながら言った。

そこであたりを見まわし、舷側板のそばに立っている水夫数名が興味深げにこちらを見ているのに気づくと、くるりとまわれ右をしてあちらに行ってしまった。オバディアは、ミスター・ファルコナーの話が終わってから、自分にはなんの関係もないというようにうずくまって熱心に仕事をしていた（ように見えた）が、顔をあげて針をおろすと、離れていく甲板長に目をやり、親指を鼻につけて手のひらを広げ、ばかにしたように渋面を作った。

この奇妙な状況に、わたしは少なからず好奇心を刺激された。サンタクルス沖合に停泊していたときにミスター・ファルコナーがオバディアに魚を提供してやったことと、罰のことでふたりのあいだに了解と協力関係があるらしい（理由はわからないが、オバディアはどうやら上陸したくないようだった）ことを考え合わせると、それがなんであれ、そこにはこの航海——つまりミスター・ハクスタブルの目的——に対する障害が潜んでいる、とわたしは抜け目なく推測した。

このみごとな推理（だとわたしは思ったのだ）に得意になって、わたしはすぐにこれをミスター・ハクスタブルに伝えに行こうとした。しかし、その途中で立ち止まってよく考えてみた。仕事中に邪魔をするのは性急すぎるのではないだろうか。船長のボートが戻ってきてはくれないかと、岸のほうを見るともなく見る。もっとも、あと数時間は戻ってこないのはわかっていた。二、三艘の小型船が岸辺で荷を揚げ下ろししており、一隻の大型船が船体を傾けて清掃されて——つまり、フジツボなどのこびりついたやっかいなものを焼き払われて——いて、澄んだ空に白い煙が立ちのぼっていた。ややあって、甲板長が呼子を吹き、ロングボートの乗員を呼び集めるとすぐに漕ぎだした。からの容器を積んでいるのは、水を補給しに行くのだ。

正午少し過ぎ、ようやく船長のボートが見えたので、それをミスター・ハクスタブルに伝えに行った。船室のドアは開いたままになっており、なかに入ると彼はデスクに向かっていた。デスクには紙が何枚か置いてあり、手にはペンを持っている。わたしが入っていくとこちらをふり向いたが、その顔は厳しく、目は射抜くようで、わたしは大いにうろたえた。とはいえその表情はすぐに変化し、ただ考えごとに没頭していただけだとわかって少なからずほっとした。

頼まれていた役目を果たすと、わたしはさらにオバディアと甲板長について、そしてミスター・ファルコナーの奇妙なふるまいについて報告した。オバディアとミスター・ファルコナーのあいだに秘密の了解事項があるのではないかという疑惑のことも話したが、ひょっとして笑われるのではないかと思っていたのに、ミスター・ハクスタブルは笑うどころか、深刻そのものの表情で最後まで聞いてくれたし、その目の色からも明らかなように、そこにはわざとらしいところはまるでなかった。

「なるほど」わたしが話し終えると彼は言った。「よく知らせてくれたね。これからもよく気をつけて、なにかおかしなことがあったら教えてくれ。しかし、ほかの人たちにはしゃべってはいけないよ」

そのとき正餐のベルが鳴った。全員が席に着くが早いか、船長は肉を切り分けながら総督と面会した話を始め、総督の館がいかに豪華で、いかに惜しみない賛辞を贈られたかと機嫌よく物語った。「わたしが国王の船の船長であったとしても、いやそれどころか、英国貴族の一員だったとしても、いかなる点から見てもこれ以上のことはしていただけなかったでしょう」

思うに、これはさらなる賛辞を引き出そうとしていたのだろう。ミスター・ハクスタブルは礼儀正しくその期待に応えた。

「いやいや、それは驚くようなことではないと思いますよ。なにしろ、船長は並外れて高位のかたがたとおつきあいがあるのですから、それに染まっておられても不思議はありません。朱に交われば赤くなるというではありませんか」

「そう思われますか」船長は食べるのも忘れて言い、顔を紅潮させて身を乗り出した。

「もちろんです」ミスター・ハクスタブルは答えた。「人はみな、心から愛するものがあればそれを模倣しようとするものですからな」

しかし、真意をはかりかねるというか、いささか疑わしげな表情が船長の顔に浮かぶのを見て、彼はさらにこう付け加えた。

「船長、わたしはたんに外見の話をしているのではありません。人はみな、自分がぜひとも模倣したいと思うものの性質を帯びるようになるもので、その意味ではまさしく虚栄心によって駆り立てられているのです。総督は大きな邸宅にお住まいだそうですが、内側も外側に劣らず立派でしたか。国を出てこの地域に住み着いたスペイン人やポルトガル人は、大きな家を持ちたがるが、家具調度や内部の装飾にはほとんど関心がないと聞いたことがあるのですが」

「みごとな絵画が何枚かかかっておりましたよ」船長はそう簡単に答え、その後は食事をしながらなにごとか考え込むふうだった。ミスター・ハクスタブルの言葉に、熟考すべき課題を与えられたかのように。

第十一章　ペルナンブコに上陸のこと

正餐のあと、ミスター・ハクスタブルは約束どおりわたしを岸へ連れていってくれた。しかし、長々とくわしい説明（そもそもそんなことはできないのだが）をしていると話が先に進まないから、記憶にはっきり残っていることのみ取りあげることにしよう。

第一に、ペルナンブコの町はかなりの大きさだった。大通りは広く、家々は二階建てか三階建てで、頑丈な石造りで壁は分厚く、屋根はパンタイル瓦で葺いてあり、バルコニーつきの家もあった。またいくつか際立って大きな建物もいくつかあり、そのひとつが総督邸で、船長が言っていたとおりとても目立っていた。しかし、大きな建物の大半は教会堂や修道院であり、ローマ教皇に関連することはなんでもそうだが、その鐘の音は町じゅうを支配下においているようだった。そびえる塔は天上の、そして修道会の影を小さな敷石の通りに投げかけているかに見える。そして頭巾をかぶった修道士たち——黒、白、灰色の——は、まるでこの世を訪れた亡霊のように人々のあいだを通り過ぎていく。茶色い亜麻布の制服姿の兵士も見かけた。しかし、人々の圧倒的多数は黒人で、人足として波止場の荷物を運んだり、店で立ち働いたりしていた。また、馬にまたがる主人のわきを走っている者や、ハンモックに寝そべる主人を運んでいる者もいる。

そのハンモックは輿《パランキーン》と呼ばれるもので、それはなかなか面白い眺めだった。黒人ふたりが長い柄を担いで運ぶのだが、本体は綿布でできている。色はたいてい青だ。その柄から覆いが垂れ下がっていて、それが乗り手をすっぽり覆い隠している。ただ、その覆いが開いてあるときには、乗り手が頭に枕をあてがって休んでいたり、通りで出くわした知り合いに挨拶したりしている姿を見ることができた。

そんなパランキーンがふたつ、並んで止まっているのをいちど見かけた。乗り手は枕に背中をもたせ、脚を片側に垂らしたかっこうで座り、のんびりしゃべっていた。そのふたりはでっぷり太ったポルトガル人かスペイン人（どちらだかわからなかった）だったが、いっぽう黒人たちは主人を担ぐ仕事から解放されて休んでいた。見れば、ハンモックの柄は両端をそれぞれ頑丈な竿で支えられている。竿の根元には鋭く尖った鉄がついていて、それが地面にしっかり刺さっていた。主人たちが腕や手をふりあげてしゃべっているあいだ、黒人たちは驚くほどじっと落ち着いて立っていた。黒光りする顔、ぶあつい唇や鼻をした黒檀の彫像かと見まがうほどだった。

町の中心部にも外縁部にも庭園があって、果樹——とくにオレンジとライム——や花々、香草、野菜が植えられていた。わたしにわかるかぎりでは、キャベツとカブとタマネギがあった。また（ミスター・ハクスタブルが教えてくれたのだが）さまざまな薬品のとれる植物——サッサフラス、蛇草（蛇の毒消しになる植物）、ナンヨウアブラギリなど——も植わっていた。美しく珍しい木々も見かけたが、なかでも大きな幅広のべとつく葉をした木（アダムとイヴがその葉で身体を隠したイチジクの木のこと）を見たときは、祖父の居間にかかっていたエデンの園の場面を描いた絵を思い出した。

これらの庭園には多くの鳥、とくにキジバトやイエバトがよくやって来る。また華やかなオウムも見かけた。梢にとまって葉をむしりながら金切り声をあげていて、まるでかんかんに怒っているかのようだった。

果物について言うと、ミスター・ハクスタブルの話では、季節がこれほど遅くなければ(もう晩秋だったのだ)、ここにはびっくりするほど多種多様な果物が売られていて、世界のどこの町や国もかなわないだろうと言う。大量のオレンジ、ライム、ぶどう、スモモ、メロン、パイナップル、ザクロ、プランテーン、バナナのほかに、ほかの場所ではお目にかかれない果物もあるらしい。実際、この季節にもまだ出まわっている果物もあり、店に売られているのを見かけた。たとえば丸くて緑色で小さなオレンジぐらいの大きさのものとか、サクランボ大の小さな赤いものもあったが、これは底面が平べったく、かぼちゃのように盛りあがった畝のある果物だった。どちらもおいしいさわやかな果物で(両方とも食べてみたのだ)、ただ少し舌を刺す酸味があった。

町の最も高級な地域には遊歩道があり、庭園とともに町をより美しく広々と見せるのに役立っていた。そんな遊歩道を歩いているとき、少し先のほうにわたしたちの船の水夫ふたりが見えた。黒人女性と連れ立って歩いていたのだが、ひとりがこちらを向いてわたしたちに気がついた。するとかれらは足を速め、遊歩道の端に着いたところで、狭い脇道というか裏小路にそそくさと入っていき、姿が見えなくなった。

これを大いに不快がっているのは、ミスター・ハクスタブルの態度を見れば明らかだったが、理由を尋ねてもそのうち説明すると言っただけだった。もっとも、のちに真実の崇高な愛について話してくれたときに、それを不埒に濫用すれば魂の澄んだ目が曇らされると彼は言った。外国人女性、とくに黒人女性とのだらしない行き当たりばったりの交際は、船乗りのあいだでは広くおこなわれているが（ペルナンブコであのふたりを見たとき、彼が不快に思ったのはこれが原因だった）、それは肉体という健康な衣装を地獄の衣蛾《イガ》のように損ない、食い荒らす結果になるというのだった。

船長が購入した補給品は、日没の一時間前に波止場に届けられる手はずになっていた。その時刻までに水夫たちは船に戻ることになっていたのだ。そんなわけで、町をあらかた散策し、食堂でチョコレートをかけたスペインふう砂糖漬けを食べて元気を回復すると、補給品の積み込みを監督したいからそろそろ港へ戻ろう、とミスター・ハクスタブルは言った。

港へ戻る途中、大通りでカトリック教徒の行列に出くわした。行列が通っていくあいだ、おごそかな聖歌隊の詠唱に合わせて教会の鐘がいっせいに鳴りはじめると、多くの痩せた大型犬がそれに応えて（そのように見えたのだ）やかましく吠えだした。

「豪華絢爛ですね」行列が通り過ぎたあと、わたしは言った。

「たしかに」ミスター・ハクスタブルは辛辣に言った。「まったく豪華絢爛だ」

「ただのむだな見世物ではないんですか」わたしは言った。「そのお口ぶりからして、おんなじょうに思ってらっしゃるみたいなのに、どうしてあれが通り過ぎるときにお帽子をとったんですか」

「それはちがうよ」彼は答えた。「ある意味ではむだではないのだ。あの人たちはまちがいなくあれに価値があると思っている。そう、あれにひじょうに重たいものを積んでいるんだ。美徳や慈善だけじゃなく、罪や無慈悲な圧政や、恥ずべき悪徳まで積み込んでいるんだから、あんなきゃしゃな乗物には過大な重荷だよ。ただの虚栄の船にあらゆる自信を積み込み、迷信という織物にあらゆる豪華絢爛を包んでいるんだ」

そう話しているとき、一軒の店の前に差しかかった。人に慣れたサルやオウムやインコやその他の華やかな鳥が売られている。この機会をとらえて(というのは欲しくてたまらなかったので)、オウムを買ってもらえないかとわたしは頼んだ。

彼は気前よくその頼みを聞いてくれ、わたしはすぐにしゃべる鳥を一羽買ってもらった。きれいに金メッキを施した鳥かごに入っていて、目にもあやなピンクと灰色の羽根をしていた。

店を出たとたんにオウムは声をはりあげて、発した言葉は「なんじらに平安あらんこと《パクス・ウォービースクム》を(司祭が会衆にかける別れの挨拶)」だった。それを何度も、ちょっとしわがれた声で、愛情深くやさしい調子でくりかえした。ミスター・ハクスタブルは笑いだした。

これはどういう意味かと尋ねると、カトリックの司祭のあいさつの一種だと彼は答え、「恐れ入ったね、オウムまで改宗させているんだから」と言った。

わたしたちのボートは険しい丘の近くの砂浜に泊めてあったが、丘のうえには倉庫が建っていて、荷物の積み下ろし用のクレーンが設置されていた(その腕は、ロープや滑車で天秤の棹のように上げ下げでき、荷物をしっかり固定するため鉤がついていた)。それが目指す方向のいい目印になっていた。

わたしたちが着いたときには、大半の水夫がもう戻ってきていた。甲板長が気短に呼子を吹いて、まだ集まっていない者――斜面をくだってくるのが見えた――を急かしている。補給品(木枠に収まっていた）はすでに、一部はロングボートに、一部は雑用船《ジョリーボート》に積み込まれていた。

わたしのオウムは、水夫たちにとってよい気晴らしの種になっていた。集まってきて見物するうち、ひとり（黒人女性と歩いているのを見かけたうちのひとりだった）が言った。「いま思うと、無理してでもおれもこういうのを買っときゃよかったな」

「なんで買わなかったの」わたしは尋ねた。

「そりゃ、しゃべる鳥を船に持ち込んだら、船長が怒るんじゃねえかと思ってさ」

水夫たちはあとからついて来させることにして、ミスター・ハクスタブルはボートに乗り込んだ。指示に従ってわたしは舳先の席に座り、オウムのかごをひざに載せた。

ボートが岸を離れるとき、オウムは司祭の言葉をまた口にした。それは、この華やかでおしゃべりな鳥にふさわしい別れの挨拶のように思えた。

第十二章　ペルナンブコから出立のこと

翌日の早朝、潮が変わるのを待って、船は錨をあげて出港した。爽快な陸風を受け、天候にも恵まれた。

港からだいぶ離れはしたが、まだ陸地が見えるぐらいのころに、船は南に針路をとった。東風が吹きはじめたため、しかたなく浅瀬に沿って進むことになった。五日か六日ほどそのようにして進み、そのあいだはとくになにも起こらなかった。風はまったく安定せず、海風が吹いたかと思えば陸風に変わった。しかし、数日にわたって突風が吹いたりやんだりしたのちに、ようやく南風が吹きはじめた。この機会をとらえて、岸から大きく張り出している浅瀬の風上に出ようと、船は沖合に向かった。

ペルナンブコを出て七日から八日、船はこの浅瀬の深いほうの端を帆走していた（測深で確認していた）。浅瀬のうえにいるあいだ、水夫たち――もちろんオバディアもそのひとりで、まさに手ぐすねひいていた――は大きな魚をどっさり獲っていたが、なかにはとても珍しい、色あざやかで奇想天外な姿の魚もあった。このあたりでは、鳥や果物だけでなく魚まで、数も種類もきわめて豊富なようだ。

その後、短いあいだだったが西からの強風が吹き、スコールに遭遇し、四日から五日雨が降りつづけた（風は弱く、しょっちゅう風向きが変化したが、しまいに安定した南風が吹きはじめた）。南向きの沿岸貿易風帯と、南東向きの一般的な、つまり本物の貿易風帯のはざまに差しかかっていたのだ。このころ、船の周囲にはたくさんのイルカが泳いでいたし、サメも何度か見かけた。ミズナギドリも多かった。これは小型の黒い鳥で、海面すれすれに水をなぐように滑空するのでこの名がある。また一度は小型のクジラも見かけた。潮を吹くと、それが薄い噴霧のように輝いていた。

翌日、風は東から吹きはじめ、船はそれを受けて数日南に向かった。そうするうちに、ミズナギドリのほかにも多くの鳥が周囲に集まってきた。なかにはガチョウほどもある大きな鳥もいた。またカモぐらいの鳥のなかには、黒いのや灰色の鳥のほか、白地に黒の斑点があるものがいた。これはマダラフルマカモメという鳥で、群れをなして海のうえを滑空したり、海面に座っているかのように浮いていたりした。この鳥が現われるのは天候が悪化するときなので、当然ながら船乗りには嫌われている。とくにいまのように、船の周囲に集まってくるのは嵐の前触れだからなおさらだ。

この不吉な鳥を見た日の暮れがた、夕陽を浴びて雲はとても美しい金色《こんじき》に染まっていた。水平線のすぐうえには煙のように黒っぽい雲がかかっていたが、太陽がその雲の向こうに沈んでいくときには、雲の下のほうは混じりけのない黄金色に、上のほうは血のような真紅に染まり、高くなるほどその色が濃くなっていく。

船尾楼の手すりのそばで、わたしはその壮麗な日没に見とれていた。しかし、いっしょに眺めていたミスター・ハクスタブルは、それが予告するものを思うと恐ろしいと言った。とくに季節を考えると（もう冬になっていた）、激しい嵐が来るにちがいないというのだ。

「これは人生においても同じだ」と、彼はいつものように哲学的な思索に結びつけて付け加えた。「魂にも雲や霧がかかることがあるが、空のそれに劣らずそれははっきり見えるものだよ。人そして内なる太陽は、同じようにその雲を輝かせ、華やかながら不吉な壮麗さで染めあげる。人はそれを見て、感情の荒れ狂う最大級の嵐が来ると察知するのだ。それに備えなくてはならない。中檣帆《トップスル》に手をかけて、いつでもおろせるように用意しておくことだ。船長がまもなくそう命令するから見ていてごらん。世界は前兆に満ちている。心の内にも外界にも――ばらばらにひとつふたつと現われるのでなく、すべてがいちどきに集まってくるのがわかる。見る目があればね」

当時のわたしには、彼の言葉の意味がよく理解できないこともあった（というより、これはいまでもそうだ）が、この賢明な恩人をわたしはあつく尊崇していたら、その一言一句を心に書き留めて――そう、この本にも！――忘れないようにしていた。

さて、嵐について彼の恐れていたことはやはり的中した。夜のうちに西北西の風が強くなり、朝になって甲板に出てみると、船は風に乗って飛ぶように進んでいた。海にはほかに帆は見えない。ただこの船の縮帆されたメイントップスル（メインマストの下から二番めの帆）と、帆桁《ヤード》を三分の一ほど下ろした前檣帆《フォアスル》（先頭のマストの一番下の帆）が見えるだけだ。

海は嵐に荒れ狂っていた。激しく渦巻き、ぶつかりあう荒波。空は陰鬱な雲に覆われ、海鳥が海面を滑空しながら悲しげな声で鳴いている。船尾楼に立ち、わたしは奇妙な光景を眺めた。

ミズナギドリ《ペトレル》が船尾の下に集まってきている。船のあとをついてゆっくり飛びながら、最初は片方の脚で、次にもう片方の脚で海面を叩く——ダンピア船長の『航海記』に書いてあったとおりであり、またそれが名前のもとになったのだろうが——さまは、ゲネサレトの湖を歩く聖ペトロを思い起こさせる。

この激しい風は一昼夜続き、おかげで航海は大いにはかどったものの、雨が降りだすと不快このうえなかった。しかも雨は頻繁に降り、それも黒い雲から滝のように落ちてきて、まるで巨大な水槽の底が抜けたようだった。そしてその後は前にもまして風が強まるのである。しかし、風に乗って飛ぶように疾走していたおかげで、船が波をかぶることはほとんどなかった。その後、嵐が収まってからも、変わりやすい風に乗って船はさらに東に進み、おおむね航海はきわめて順調に進んだ。

第十三章　ミスター・ハクスタブルの悲しみ

書き残すほど重要なこと――少なくとも、わたしの物語に真に関係するという意味で――が起こらなかった時期のことを長々と書いてもしかたがないから、このあとの航路に関してはごく簡単に述べるだけにしよう。

そんなこんなで船は喜望峰にたどり着き、水を補給するために寄港したのち、さらに東に向けて二日航行したが、そこで針路を変えて貿易風をつかまえた。それから七、八週間は天候が不安定で雨降りの日が多かったが、南緯二十度に達するころ、急に異常なほど激しい風が吹きはじめ、ときおり短時間やむ以外はそれが二週間ほども続いた。おかげで船はろくすっぽ帆をあげずに風に押されて進んだ。

ようやくその暴風が弱まり、ついにやんで、ごくかすかな風が吹くだけになったときには、うねる波にもまれてほとんど舵をとることもできないほどだった。その翌日、空は晴れあがった。

ミスター・ハクスタブルは、船尾楼端で船長とむずかしい顔で話していたが、すぐに四分儀で太陽の観測を始めた。だが実際のところ、最近、つまり嵐が続いているあいだ、彼はずっと物思いに沈んで不安そうな様子だった。船の位置を確認すると、切羽詰まった低い声でなにごとか言ったが、なんと言ったのかわたしには聞こえなかったし、また船長もなんの返事もしなかった。ただ、最後のほうだけはこう聞こえた——「もう無風帯に差しかかっている！」

それから、ミスター・ハクスタブルは言った。「大凪になりそうだが、これがどれぐらい続くことやら」

そう言いながら、激しい感情に駆られたように片手をふりあげた。それからすぐにまわれ右をすると、はしごを伝って通路におりていった。船長はその後ろ姿を見送っていたが、その顔には深く思い悩むような表情が、そして目には同情の色——彼にそれほどの感受性があるとは意外なほどの——が浮かんでいた。

その日の午前中はもう姿を見ることはなく、次にミスター・ハクスタブルと会ったのは正餐のテーブルに着いたときだった。暗い顔でなにごとか考え込んでいて、食べるのも話すのも（船長に話しかけられたときだけだが）上の空の様子だった。そんな彼を見ているのはつらく、なにが原因なのかとわたしは思い、そこからさらに、どんな目的でこの航海に出たのだろうかと考えた。ふつうでない目的があるにちがいないと、あるていど推測してはいたのだが、このときまではあまり深く考えていなかったのだ。

正餐のあと甲板に出てみると、たしかにもう大凪に突入していた。うだるような暑さだった。風はいまではやむ寸前で、ほとんど息も絶え絶えというありさまだ。太陽がぎらぎら輝きはじめ、まるで温室のなかにいるようだった。

船はすべての帆を広げていたが、ゆっくりと揺れて針路からそれてはまた戻り、帆桁を揺らし、鐘を鳴らし、それが夕方まで続いた。しかし、陽が沈んでからはまた風が多少は吹きはじめ、みな少し希望を取り戻した。

その夜、わたしはよく眠れず、何度も夢を見て目を覚ましていた。二度めか三度めに目覚めたとき、船室内は射し込む月光で昼より明るく、わたしの頭はふだんより冴えわたっていた。とそのとき、船首のほうでなにか物音がした。騒ぎでも起こったのかと思ったが、そのときはほとんど気にも留めなかった。その後に起こったこと(それについてはこれから述べる)がなかったら、思い出すこともなかっただろう。

翌朝は一時間以上も寝過ごしてしまい、それに気づいて(船室の壁に小さな時計が掛けてあるので)わたしは驚いた。なぜミスター・ハクスタブルは、だれかに様子を見に来させなかった、というより、自分で見に来てくれなかったのだろう。しかし、着替えながら耳を澄ましていると、中甲板を急いで行ったり来たりする足音がするし、上甲板からも大きな足音が盛んに聞こえてくる。これはなにか尋常でないことが起こって、ミスター・ハクスタブルはそれどころではなかったのだと気がついた。

そのほかには、うだるような暑さと船の穏やかな揺れからして、いま船は完全に立ち往生しているのだろうと察しがついた。すぐに上甲板に出てみるとたしかにそのとおりで、まさに絵に描いたような立ち往生ぶりだった。

かすんだ青い空を背景に、帆が高く静かに立ち並んでいたが、それがまぶしい日光を浴びてしおたれている。濃青色の海は見渡すかぎり波もない。しかし、なによりわたしの目をとらえたのは、水夫たち――というより全乗組員――が後甲板の下に集まっていることだった。船長は後甲板のうえからかれらを見おろし、片手で手すりをつかみ、憤懣やるかたなげな表情を浮かべている。そのわきにミスター・ハクスタブルが立っていなかったら、もっと荒っぽい言動に出ていただろう。

後ろから近づいていくと、甲板長がほかの者たちより少し前に出て、長たらしい演説をしているところだった。さんざん遠回しな言葉を並べ、へりくだった言い訳やら大仰な称賛の言葉やらを垂れ流したあげく、しまいに彼はだしぬけにこう言った。

「ぜひともミスター・ハクスタブルに、幽霊や海の悪魔のことをお聞きしてえんです。どういうものなのかとか、どんな凶事を引き起こすのかとか」

「なんと、これはまたなんたるたわごとだ」船長が大声をあげる。「そろいもそろって、みんな完全に気が狂ってしまったのか」

しかしミスター・ハクスタブルは「船長、ここはひとつ」と言い、手すりに進み出て甲板長に笑顔で話しかけた。「いったいどうして、わたしにそんなことを尋ねたいと思ったのかね。この船にはお化けなど乗っていないと思うのだが」

「いいえ、それが」と甲板長。「正直な話、この船にゃ幽霊が出るとおれたちゃ恐れてるんです。一部の者はもとからそう疑っておったんですが、フィリップ・キャンピオンが当直のあと、下におりようとしているときに目撃したちゅうんで。明るい月の光ではっきり見えて、そりゃあ恐ろしかったそうで」

「なんと、それはどんなふうな様子をしていたのかね」ミスター・ハクスタブルは尋ねた。「ほらキャンピオン、前に出てきなさい」と、だしぬけにその男（仲間にまじって立っていたので）

に顔を向け、「その恐ろしい幽霊について説明してくれないか。どこで、いつ見たのか、どんな姿をしていたのか。馬に似ていたかね。それとも猿やダチョウや、それともただのオウムのようだったかね」

皮肉まじりではあったものの、その口調はけっして不快でも冷淡でもなかった。しかしキャンピオンはもじもじして、下を向いて黙って立っている。見るからに窮屈そう、居心地が悪そうだった。痩せぎすだが大柄な年配の男で、腕も脚も奇妙にねじくれている。そのせいでいささか滑稽に見えたが、素朴な顔は羊のように穏やかで、伸びほうだいの薄いあごひげは白くなっていた。しかし、仲間たちにせっつかれて、というより無理やり前に押し出されて、彼はやがてつっかえたり口ごもったりしながら話しだした。

「そいつは、後甲板の後ろのほうにおりやして。気味の悪いおっそろしいやつでした。大きな緑色の丸い目でじっと見つめてきやがるんで。いやほんとに、その頭ときたら、こう突き出しておりやして。いやほんとに、岩のとんがったてっぺんみたいで」

風車小屋の窓で、またそのあと二度もわたしが恐ろしい化物を見たことをご記憶だろう。であれば驚かれることはないと思うが、この話を聞いてわたしは背筋がぞっと冷たくなり、思わず声をあげそうになるのを危うくこらえた。

「高く突き出してて、細くて」キャンピオンはややあってから続けた。「先っぽが細くなった岩みてえでした。そのおっそろしい不気味な尖った頭を見たら、全身に震えが来たんでさ。おっそろしい緑色の、光る目ん玉のうえに高く突き出してやして」

水夫たちのあいだからぼそぼそとつぶやき声があがった。ミスター・ハクスタブルはこっそりわたしのほうを見たものの、すぐに水夫たちに向かって話しはじめ、この問題についてはよく考えてみると言って安心させ、さらになにも恐れる必要はないと言って聞かせた。キャンピオンの見たのが本物の悪霊で、たんなる空想の産物(たぶんこちらだろうと彼は考えていた)ではなかったとしても、どんな悪霊も神の支配のもとにあるのだから、神を信じてお任せすればよいのだと。

あの信心深い老船乗りのジャイルズ・ケジリーは、仲間たちから少し離れて立っていたが、ミスター・ハクスタブルが話しているあいだ、ときどき重々しくうなずいては、そのとおりと賛同の言葉をはさんだ。それがミスター・ハクスタブルの言葉に重みを加え、水夫たちを納得させ、悪霊への恐怖を鎮めるのに役立っていた。

この船に幽霊が取り憑いているかどうかはともかく、しかしわたしは恐ろしい想像にとらわれていた。水夫たちが散っていき、船長(恐ろしく不機嫌でむすっとしていた)が甲板の反対側に歩いていくと、わたしは我慢できずにミスター・ハクスタブルにそれを打ち明けた。悪霊が——つまり、水夫の見たものとわたしの見たものが——よく似ているという恐ろしい偶然に関しては、ミスター・ハクスタブルから納得のいく説明をしてもらえたわけではなかったが、たんに話を聞いてもらったというだけで、またいかにも理性的で頼りになる人という彼の表情もあいまって、わたしはすっかり心が軽くなり、また大いに力づけられた。そのあと彼は、わたしが賢明にも口をつぐんでいて、水夫たちになにも言わなかったのはえらかったと褒めた。そして「今度はわたしのほうからこの航海の目的を打ち明けて、きみの好奇心を満足させてあげよう」と言ってくれた。

しかし、わたしがまだ朝食をとっていないことを知って、彼は給仕に食事を用意させ、あとで船室に来るようにとわたしに言った。

その後、彼は中国への航海の話をしてくれた。妻子をともなって中国に向かう途中、船が海賊に追跡され、分捕られてしまったのだという。皆殺しにされてもおかしくなかったが、ミスター・ハクスタブルは海賊船の船長を説得し、生命を助けてくれれば、指定の場所にたんまり身代金を持参しようと約束した。海賊船の船長はそれに同意したものの、ミスター・ハクスタブルの息子は人質にとられてしまった。海賊は、英国への船旅にじゅうぶんな金を与えて、ミスター・ハクスタブルと妻をインドの岸におろした。しかし、海賊に襲われたうえにわが子と引き離されて、妻はすっかり気力を失い、健康を損ねて帰国の途中で亡くなったという。

息子を取り戻すことだけを希望に悲しい帰国を果たしてみると、資産の大半を預けていた貿易会社が多大な損失を被っていた。そんなわけで、身代金のみならず会合場所までの航海費用を得るために、地所を売らざるをえなくなった。あの農家もその一部だったが、親切な購入者の許可を得て住み続けていたのだ。オバディア・ムーンは海賊のよこした使者で、インドの海域に入ったら会合場所まで案内することになっているという。

「オバディアは悪党だとずっと思ってました」彼の話が終わると、わたしは言った。「でも、どうして自分で届けずにぼくに手紙を預けたんでしょう」

「それはわたしにもわからない」彼は言った。「ただ、用心のためだったのではないかな。ああいうふてぶてしい悪党は、往々にして陸《おか》ではやたらと臆病になるものなのだよ。勝手がちがうからね。しかし、おまえを追いかけたことについては、あいつが言うには（というのはわたしが尋ねてみたからなのだが）、ちょっと頼みたいことがあったかららしいよ。ただ、それがなんだったのかは忘れたと言っていたが」

「それにしても、ぼくは幸運でした。あいつに出くわしてなかったら、お宅を訪ねることはなかったでしょうし、あのままだったらどうしていたか、どうなっていたかわかりません」

「だれでも海賊から恩を受けるわけではないからね」と、彼は愛しげな笑みを浮かべてわたしを見た。「しかし、救済を運がよかったで済ませてはいけないよ。恩知らずな人々のように、悪いことがふりかかると、今度は逆に神の恩寵を非難することになりやすいからね。しかし、なにが凶事でなにが吉事かどうしてわかるだろう。神は凶事のふりをして吉事をお送りになる。使える道具はなんでも――海賊でも、殉教者や聖人と同じようにお使いになるのだ。おまえを救った手は、わたしを苦しめたのと同じ手なのだから」

彼は目をあげて、向かいの壁にかかっている妻と子の肖像画を眺めた。そのとき、舷窓からななめに射し込む光があの美しい婦人の絵にまともに当たり、その光に照らし出されて彼女は微笑んだ（ように見えた）。金の額縁からたおやかにこちらを見おろしている。そのときわたしは、彼女の魂がそばにいて、わたしたちを祝福しているのを感じた。この狭い船室の内外をはるかに超える広い空間に、彼女の魂は超自然的に取り憑いている（ほかによい言葉が見つからないので）ようだった。

その美しい顔はしだいにぼやけてきた――あるいは、涙でわたしの目が曇っただけかもしれない。ミスター・ハクスタブルを見あげると、奇妙な恍惚とした目で絵を見つめていた。その目に驚嘆と歓喜とが共存し、調和して輝いているのを見て、わたしはふいに心を奪われた。言葉にしようもない強烈な喜悦にわたしの魂はうっとりとして、天界の太陽の目もくらむ明るい光輝に魅せられていたのだ。

この恍惚状態がどれぐらい続いたのか——わずか一瞬か、それとももっと長かったのかはわからない。まるで時間が止まったかのようだった。しかし、そのとき——最初は鈍くかすかに、夜に夢から目覚めたときに聞こえる音のように——船室の扉をどんどんと強くノックする音が聞こえてきた。

それは水夫のひとりで、船長に言われて、南東の風が吹きはじめたとミスター・ハクスタブルに伝えにきたのだった。

これはまことにありがたい知らせだった。その意味に気がついた——というのは、彼は最初のうち耳が聞こえていないようすで、ぼうっとしたようにただ目を見開いているだけだったからだ——とき、彼は椅子から立ちあがり、すぐに甲板に出ていった。わたしもあとに続いた。

吹きはじめた風は弱かったが、それでも凪に閉じ込められたわたしたちに救済の希望を与えてくれた。しかも日中はかなり一定して吹いていたし、夜中もほとんど吹きつづけていたため、おかげで北東へ数リーグ進むことができ、こうして船はふたたび赤道を越えたのである。

しかし朝になると、また大凪とうだるような暑さが待っていた。船はいまでは海流に乗っており、ゆっくりと東に流されていきつつあった。

第十四章　驚くべき海賊船の謎

甲板に出てみると、水夫たちが何人か左舷側に集まって、海のほうを一心に見つめていた。霧が出ていたが、わたしが起きてすぐ甲板に出たときよりは薄れてきていた。そちらのほうを見やるとすぐに、ぼんやりした亡霊のような影が見えた。三本マストの大きな船の影だった。

とたんにミスター・ハクスタブルは驚きの声をあげ、船長の腕をつかんだ。

「船が！」と叫んで指さす。「ほら！　見えませんか」

「たしかに」と船長。「見えました。ちょっと、双眼鏡をとってきて」と、これはわたしに向かって言った。「わたしの船室にあるから。急いで！」

わたしは飛んでいった。あの船こそまさしく、ミスター・ハクスタブルがはるばる探しにきた（先ほど話してくれたとおり）海賊船かもしれないとわかっていたからだ。

戻ってきて双眼鏡を渡すと、船長は自分でのぞこうとはせず、気を遣ってミスター・ハクスタブルに差し出した。彼はそれを長いことのぞいていたが、そのあいだ船長とわたしは無言でそこに立ち、はらはらしながら見守っていた。

ミスター・ハクスタブルが双眼鏡をおろしたとき、期待はずれだったのかとわたしは心配になった。それぐらい彼の顔は厳しく、また青ざめていたのだ。

「あの船ですか」船長が尋ねる。

「ええ、まちがいありません」ミスター・ハクスタブルは答え、すぐにわたしに向かってオバディアを呼んでくるようにと言った。甲板上にはどこにも姿が見えなかったのだ。

彼は船首部の水夫部屋にいた。自分の衣服箱のうえに横になって眠り、大口をあけていびきをかいていたのだ。あまりぐっすり眠っていて、起こすのに難儀したほどだった。

やっと目を覚ましたあとも寝ぼけていて、ぶつぶつ言いながらかすんだ目をぎょろつかせていた。しかし、やっとわたしに気づくと、口汚くののしりはじめた。というより、危害を加えようとしていたのだと思う。しかしわたしは先手を打って、彼を起こす前にあらかじめ牙を抜いておいた――つまり、ナイフを取りあげておいたのだ。

しかし、なぜ起こされたのか理由を聞くと、彼は起きあがってわたしとともに甲板にのぼっていった。ミスター・ハクスタブルはすぐにオバディアに双眼鏡を渡し、あれが見知った船かどうか確認させようとした。

このころには霧はだいぶ晴れて、船がさっきよりはっきり見えた。オバディアは双眼鏡をのぞくとこう答えた。

「へい旦那、まちがいなくあの船だと思いやす。失礼ながら、おれよりよくわかるやつがどこにいるかってね。これで懐かしの船長に合流できるってもんで。こんな長旅をしてきたんだから、せいぜい歓待してもらいてえもんだ。それにしても、ひでえからっから陽気でのどが渇いちまいましたよ。旦那にとっちゃこんなにうれしい知らせはねえでしょう、その礼と言っちゃあなんですが、恐れながら一杯恵んでもらっても悪かねえと思うんですがね」と言って彼はにんまり笑った。

しかし、ミスター・ハクスタブルは下がれと言っただけだった。しかし、オバディアがぶつぶつ言いながら離れていこうとすると、柵のそばに残っているようにと命じた。

そこで今度は船長に向かって、ボートをおろすよう命令してほしいと頼んだ。「このムーンとともにあの船に向かいたいのです」

しかし、これはあまりに大胆で性急すぎると感じたらしく、船長は双眼鏡をおろして（そのときのぞいていたので）強い口調で言った。

「いえ、それはいけません。男をひとりしか伴わずに乗り込んでいかれるなど、いささか軽率で無謀に過ぎます。どうしても行かれるなら、どうかロングボートでいらっしゃってください。お許しがあれば乗員を集めますので」

ミスター・ハクスタブルは船長をさえぎって言った。「お気遣いありがとうございます。しかし、ご存じのように、ひとりで来ることという取り決めになっておるのです――いっしょに来ていいのはこのムーンという使者だけなのですよ。たまたまこうして海上で出会ったからといって、その条件が変わるわけではありません。ある意味ではこれは不運な偶然です。こちらに手出しをしようと思われるかもしれませんからな。この船の乗組員を危険にさらしたくはありません。そんな危険がありうるとは思っていませんでしたし、またこうなったせいで、わたしの目的がおびやかされることはあるまいとも思っています。しかし、ここでぐずぐずしていては危険です。わたしがこの船に乗っているのを向こうは知らないわけですから、ボートを繰り出してこちらを攻撃してこないともかぎりませんし、もし向こうがやって来て、そしてこちらの用向きを海賊たちに理解させることができなかった場合（これはじゅうぶんにありうることです。あちらの船長が同行していなかったら、英国人がひとりも交じっていないかもしれないわけですから）、攻撃されて戦闘が始まってしまうかもしれません。もしわたしが戻らなかったら」（と声をひそめて）「どうすべきかはとうぜんおわかりでしょう。船長、どうかただちにボートをおろすよう命じてください」

しかし、船長はありとあらゆる疑念や問題点をあげて反対しはじめ、この船の乗員はみな、生命の危険をおかしてても喜んで同行するだろう（これはまちがいなくそのとおりだった）と言ったが、ミスター・ハクスタブルは完全にしびれを切らした。

「これ以上言いあいをしているわけにはいきません」と気短に船長の言葉をさえぎり、「ただちに甲板長にボートをおろすよう命じてください。さもなければわたしが自分で命令します」

これは効果てきめんだった。「仰せのとおりにいたします」と船長は言って、ぎくしゃくと小さく会釈をした。火を噴きそうに顔を真っ赤にしている。と思うと、早足で手すりに歩み寄り、いきなり怒声を張りあげてミスター・ファルコナーを呼んだ。彼は船首楼で大工と話していたのだが、呼ばれてやって来ると、船長は頭ごなしに怒鳴りつけた。「なんであんなところにいるんだ。いつから下級水夫の仲間入りをしたんだ、あの連中とやけに親しくしているじゃないか。これからは食事も、連中といっしょに船首楼でとるつもりなんだろう」

ミスター・ファルコナーは怒りもせずにおとなしく返事をしたが、それで船長はいよいよ激昂した。

「きみはあれだな」といやみたっぷりな口調で言う。「まるで泥か粘土でできた人形みたいだな。とてもまともな思考力のある人間には見えんよ。オランダかどこかののっぺりした平野でこねて作られたんだろう。それじゃ、ちゃんと動けるかどうか見てみようじゃないか」船長が侮辱の言葉をここで切りあげたのは、ミスター・ハクスタブルが怒りに眉を曇らせているのが目に入ったからだった。「ボートを出したまえ。もたもたしていると、おりていって揺さぶってやるぞ」

船長が口をつぐむと、航海士に対するこの言語道断な仕打ちが腹にすえかねる様子で、ミスター・ハクスタブルはものも言わずに舷門に向かった。オバディアもそこに立っていて、ボートがおろされるのを待っている。

しかし、ボートが波間に浮かび、ミスター・ハクスタブルが梯子に足をかけようというとき、わたしはだしぬけに身を切られるような悲しみに襲われた。海賊船にどんな危険が待ち受けているかありありとわかって、見捨てられたような絶望感がひしひしと迫ってくる。もしミスター・ハクスタブルがじつの父親だったとしても(実際、彼はほんとうに愛情深い父親のように可愛がってくれた)、これほどの絶望は感じなかっただろうと思うほどだった。わたしは駆け寄って彼の上着のすそをつかみ、目に涙をためて行かないでくださいと懇願した。それがだめなら、せめて連れていってくださいと。それはできないと彼は言い、ボートに乗り込もうとする。なんとかついていこうとしたが、彼はふりむき、わたしを舷門に戻らせて、元気を出せ、子供っぽいまねはやめなさいとたしなめた。

「そもそも、なにをそんなに心配するんだね」彼は言った。「考えてもごらん。これから身代金を受け取ろうというときに、わたしを殺したりするはずがないじゃないか。まさか、海賊が金のガチョウを殺したりすると思うかね」

こう言うと彼は腰をおろし、オバディアがその後ろに乗り込んで、ふたりはオールを手にしてさざ波の立つ海面を遠ざかっていった。

船長は腕を船縁にのせて立ち、ときどき双眼鏡を目に当てて海賊船を眺めていたが、ミスター・ハクスタブルのボートが四分の一マイルほども進んだころ、とつぜんふり向いて、先ほどより多少は穏やかな調子で、この船は防衛態勢に入ると宣言し、ミスター・ファルコナーに小火器（船室に保管してあったのだ）を水夫たちに配るようにとか、そういうことを指示した。しかしこの船には大砲は備わっていなかった。それもまた、海賊船の船長の出した条件だったのだ。

そんなおり、船長が下におりた機会をとらえて、甲板長がわたしに近づいてきて情報を引き出そうとした。抜け目なくも、わたしがなにかを知っているにちがいないとにらんだのだ。しかし、その意図にいち早く気づいたわたしは、こちらも同じことを考えて彼から情報を引き出そうとしているふりをして、おかげでどうにかごまかすことができた。とはいえ、彼は本気でミスター・ハクスタブルのことを案じていたのだと思うし、ほかの者もそれは同じだった。理由はわからないながら、彼がなにか危険をおかしているのは察していたのだ。だから仕事がないときには、ふたり三人で集まっては話をし、押し殺した声で質問しあったり、重々しく頭をふったりしていた。

このようにして時間は過ぎていった。四時間ほどたって（わたしにはそれでも長すぎるほどだった）正午を少しまわるころに、見慣れたボートが見えてきたときは心底うれしかった。しかしながら、見ているうちにすぐに重く不安がのしかかってきた。ボートが近づいてきてミスター・ハクスタブルの顔がはっきり見えるようになると、どうもうまく行かなかったらしいとわかったからだ。とても暗い表情をしている――というより、まるで茫然自失の態に見えた。

　彼がまた乗船してきたとき、わたしは背後から近づいていって、船長と話しているのを耳にした。船はまちがいなく目当ての海賊船だったが、完全に無人になっていたという。人っ子ひとり乗っていなかったが、それにもかかわらず、ボートはすべて残っているし、とくにこれと言ってなくなったようなものもなく、異常な点もなさそうだった。上甲板にも下甲板にも、暴力行為があったとか荒らされたような形跡も見当たらない。なにかが不足していたとも思えず、補給品や必要なものはすべてそろっていた。また（謎の総仕上げに）大船室（一般に船尾の幅いっぱいに作られる広い船室で、船長や高級船員用）には宝物でいっぱいの櫃がそのまま残っていたという。

　ミスター・ハクスタブルと船長は、甲板をゆっくり行ったり来たりしながら、この驚愕と困惑の謎について深刻な面持ちで話しあっていた。しかし、まもなく用意された正餐のテーブルでは、ふたりともほとんど口をきかず、またほとんど食物も口にしなかった。ミスター・ハクスタブルは、恐ろしい打撃を受けたかのように（というより、じっさい受けていたのだが）ぼんやりと暗い顔をしていた。また船長は、一度か二度ひたいに手を当てて、頭痛がすると言い、しまいにぼそぼそと詫びの言葉を残して立ちあがり、船尾の長椅子で横になると言って出ていった。

　ミスター・ハクスタブルもその後すぐに船室を出て、ミスター・ファルコナーにジョリーボートをおろすよう頼んだ。無人の海賊船をまた見に行こうというのだ。

ボートがおろされ、乗員がそろうと、わたしはミスター・ハクスタブルのあとから梯子をおり(今回は来るなとは言われなかったので)、船尾の彼のとなりに腰をおろした。漕ぎ出せと命じる彼の声は低くて暗かった。しかし水夫たちは、好意を表わそうとするかのように(というのも、彼がひどい失望を味わったらしいのは察していたから)、照りつける太陽をものともせず精いっぱいオールを漕いだ。おかげでたちまちボートは向こうの船に近づいた。しかし、その船が大きく見えてくるにつれ、わたしはだんだん不安になってきた。

廃屋などのようにからっぽで寂しいものは、ときに人の心に暗い影を落とすものだ。だから空想的に過ぎると思われることはないと思うが、この大きくてうつろな船をボートから見あげたとき、わたしもそういう気分に襲われた。船は身じろぎもせず静かに浮かんでいて、その高いマストと重く垂れ下がった帆が、ねっとりした空気のなかで尋常でない大きさに見えた。しかも、それはたんに空っぽなだけではないと感じられた。ただ空っぽだというだけなら、それほど恐ろしいとは思わなかっただろう。それは、なにかおぞましいものが取り憑いているという感覚だった。邪悪な霊に取り憑かれた死体のように、それは周囲に邪気を漂わせ、むっとする空気をいっそう重くさせている。そしてなぜかはわからないが、ぞっとする空想――祖父から教わった地獄の話から発する――とそれが混じりあって、わたしは恐ろしい奇妙な幻覚に襲われた。だしぬけに甲板が木っ端みじんに吹っ飛び、奇妙な炎が噴き出すのが見えたような気がしたのだ。

見れば船尾からロープが下がっていたので、ボートをもやうのにも、よじ登って乗り込むのにも役に立った。全員が乗船を終えると、ミスター・ハクスタブルは乗員たちに、そしてわたしにも、甲板に残っているようにと命じ、すぐにオバディアを伴って下へおりていった。

わたしは甲板をうろつきはじめた。船が乗り捨てられた謎の解明につながりそうな、異常な点でも見つからないかと思ったのだ。美しい船だった——というか、かつては美しい船だったのだろうが、高雅な彫刻の多くは、わたしたちの船以上にはぎ取られており、わずかに残った金箔もあらかたすり減り、塗料も日光にさらされてはがれている。甲板はタールのしみだらけだった。

開けた場所は容赦なく太陽に照らされ、そのせいで帆の落とす影がいっそう黒く見える。この船に対する恐怖はいまもつきまとって離れず、途方もない不気味な空想が心に浮かぶ。この船には魔法がかかっているのだ。いや、乗組員は残らず悪霊に連れ去られてしまったのだ。こんな船に乗っていたら、ミスター・ハクスタブルもわたしたちも、いつ超自然的な危険にさらされるかわからない。ほかにどんな原因があれば、見たところなんの理由もなく乗員が船を棄てるというのか。超自然的な原因しか考えられないではないか(とわたしは思った)。早くミスター・ハクスタブルに戻ってきてもらいたくてしかたがない。もしなにかあったときは、彼のそばにいたかった。

しかし、そうこうするうちにも太陽はまぶしさを増し、空は真鍮でできているかのようだった。まるで油の海のように小さな波がものうく船を洗っている。いつしか頭がぼうっとして眠くなってきた。甲板をさらに二、三度まわったのち、わたしはメインマストのそばに広げてあったマットレスに横になった。とたんにいわば病んだ眠りに沈み込み、夢を見た。暗く混乱した恐怖の幻影に支配された夢を。

目が覚めたときはしゃにむに空《くう》をかいていたが、そばにミスター・ハクスタブルが立っているのに気づいて、どれだけ安堵したか知れない。彼は心配そうにわたしをのぞきこみ、「こわがらなくていい」と言った。「ただの夢だよ。たぶん陽にあたりすぎたせいで、こわい夢を見たんだろう。あっちの船に戻ったら、薬箱に入っている水薬をあげよう」

「いますぐ戻りましょう！」わたしは叫んだ。

「もうすぐ戻るよ」彼は答えた。「ただ、まだ調査が終わっていないのだ。おいで、また船室に入ってみよう。海賊の宝箱を見せてあげるよ」

彼のあとについて大船室に向かった。ところが入ったところで、手をドアの把手にかけたまま、彼は急に立ち止まった。横からなかをのぞき込んで、わたしは目をぱちくりさせた。というのも、彫刻で飾られた背の高いオークの椅子に、太った小男が座ってテーブルに向かっていたのだ。ひげをきれいに剃ったつるんとした顔に穏やかな表情を浮かべ、青い服をきちんと身に着け、われらが船長と同じようにかつらをかぶっていた。ミスター・ハクスタブルがさっき見たときは無人だった船室に急に現れたのも奇妙だが、男のやっていることもそれに劣らず奇妙だった。ビーズ玉を糸に通していたのだ。それも、子供が首飾りを作るような色ガラスの小さなビーズ玉である。おまけに、それをいまになってもやめようとせず、わたしたちが入ってきたのに気づいたそぶりも見せなかった。しかし、その姿を見たとたんにわたしは気持ちが明るくなり、恐怖の霧がたちまち心から吹き払われた。

「失礼だが、どなたですかな」ミスター・ハクスタブルは尋ねたが、小男は返事もしない。まるで声が聞こえていないかのように、ビーズを糸に通しつづけている。

「いったい、この人はどうしたというんだ」ミスター・ハクスタブルは言って、船室のなかに足を踏み入れた。「失礼ですが、どなたかとお尋ねしたのですが。この船にどういう身分で乗っておられるのですか」

あいかわらず返事はなく、「いやはや、おかしなこともあるものだ」とミスター・ハクスタブルは言った。男に歩み寄り、腕に手を置く。「よろしいですか」と彼は言った。「なにかお心づもりがあって、聞こえないふりや演技をなさっているのなら、その手には乗りませんぞ。さあ、そんな子供の遊びはやめて、どうかこちらに目を向けてください」

ここに来て小男は椅子のうえで身じろぎしたが、こちらに目を向けようとはしなかった。やがて立ちあがったかと思うと、ゆっくりと落ち着いた足どりで船室を歩いていき、壁の小さなドアをあけ、手を突っ込み、一冊の本を取り出した。それをテーブルに置いたのを見れば、四つ折判の手稿で、帆布で表紙がつけてあった。その後、男はいままでと同じあきれた態度で椅子に戻り、子供っぽい作業を再開した。

その手稿は小さなきちんとした文字で綴られていて、形式は航海日誌のようだった。しかし、それ以上のことはわからなかった。ミスター・ハクスタブルはわたしにのぞかせようとせず、その内容を教えようともしなかったのだ。ただ、なにが書いてあるのか意味がわからないと言うばかりだった。

「まったく信じられん」そう言いながら、彼は開いたページを読み、次のページを繰った。

ややあって彼は立ちあがり、また奇妙な男と話をしようとし、いっしょにわたしたちの船に来るように誘った。

「いやはや、こんなおかしな話は聞いたこともない！」ミスター・ハクスタブルは言った。なにをしても――言葉も身ぶりも――まるで役に立たず、小男はあいかわらずビーズを糸に通しつづけ、うっとりとひとり微笑んでいるのだ。「人が見たら、魔法にかかっていると思うだろうな」

そのあいだ、わたしは周囲を眺めていたのだが、そこはじつに美しい船室だった。とくに壁には豪華な布――刺繡を施したものや絵を描いたものもあった――がかけられ、また偃月刀《えんげつとう》と呼ばれる湾曲した剣のほか、短剣や戦斧などが、真鍮製の盾のまわりにみごとに配置されていた。贅沢にも柄に黄金をかぶせ、宝石で飾られているものも何本かあった。

船尾側の窓際に、三重の鉄の帯を巻いた櫃が置かれていた。ふたはあいていて、なかに黒檀の箱が入っていた。櫃とさほど大きさは変わらず、森の木々に囲まれた象という不思議な絵で飾られている。箱にはほぼいっぱいに宝石が入っていた。ダイヤモンドやルビーやエメラルドの嵌まった指輪など、高価そうな装身具のほか、加工されていない原石のままのものもあった。また大きな金袋が五つか六つ、それに延べ金が何枚か、銀のふたつきジョッキ、純金製らしい大きな酒杯も見えた。

ミスター・ハクスタブルは、すでにこの櫃のなかを調べており、黒檀の箱を持って戻るつもりだと言った。そして箱を取り出し、壁からおろした豪華な刺繡の入った布で包んだ。手癖の悪い者の目に触れさせたくなかったのだろう。そのうえで片腕に箱を抱え、片手に日誌を持つと、ふたたび例の小男に話しかけた。

「いっしょに来ませんか」彼は言った。「それともここに残るほうをお望みですか。わたしどもの船にいらしてくだされば歓迎しますよ」

小男は返事をしなかったが、恐ろしく慎重な手つきでビーズをもうひとつ糸に通すと、残りを小さな箱に入れ、それを上着のポケットに入れて立ちあがり、わたしたちのあとについて外へ出てきたが、まるで夢遊病者のようなのろのろとぎこちない足どりだった。

甲板へ出ていくと、いっしょに出てきた男を見て、水夫たちは声も出ないほど驚いたようだった。それも無理はあるまい！　しかし、すぐにボートに乗り込むように水夫たちに命じると、ミスター・ハクスタブルは例の荷物を抱えてそのあとに続いた。

わたしは小男のとなりに座った。するとあの船室のときと同じく、心の底からの喜びがわきあがってきた。もう日没の時刻だった。わたしはすっかり元気づき、西の空の輝きのように心は明るく晴れあがっていた。

第十五章　もの言わぬ小男の謎めいた日誌、そして怪物登場

船に戻ったとき、ミスター・ハクスタブルはオバディアをわきへ呼び寄せ、あの口のきけない小男が海賊船の乗組員かどうか知らないかと尋ねた。するとオバディアは、あんな男はいままで一度も見たことがないと断言した。

そういうわけで、ミスター・ハクスタブルは小男を連れて船室に向かった。船長はそこで、長椅子に横になってわたしたちの帰りを待っており、入っていくと立ちあがったが、奇妙な連れを見て目を丸くした。それをよそに、小男はすぐに壁際の櫃に腰をおろし、ビーズと針と糸の入った箱を取り出した。船長は度肝を抜かれて、口をぽかんとあけ、目も同じくらい大きく見開いていた。ミスター・ハクスタブルはしかし、暴動でも起きないかぎり驚きの声をあげたりしない人だから、海賊船の船室でこの男を見つけたいきさつを手短に説明し、またその後にあったことを話して、日誌と宝箱を取り出し、それを船長の前で開いてみせた。

「こんな豪勢な宝を残していくとは！」船長は叫ぶように言い、両手をあげてみせながら、魅入られたように宝石を見つめていた。「それはともかく、その日誌になにが書いてあるか見てみましょうか。さぞかしいい手がかりがつかめるでしょう。なにしろ(と愉快そうに笑顔になって)、あんな子供みたいに単純な男から渡されたのですからね」

「ぜひとも」とミスター・ハクスタブルはそっけない口調で言った。「明瞭な文章なのはたしかですから」

かくしてわたしたち三人はテーブルに着き、ミスター・ハクスタブルは日誌のあるページを開いた。文字は小さくはっきりしていたが、なんとなくおぼつかない筆跡に見える。ミスター・ハクスタブルは読みはじめた。

わたしはまた気が遠くなってきた。あのときと同じく――あのとき、あれを見（この一文の残りの部分――つまり「見」のあとから最後までは抹消されています、とミスター・ハクスタブル）。わたしは死ぬか正気を失うだろうから、記録を残しておこうと思う。あれは暗くなってまもなくのことだった。仕事を終えて座って考えごとをしていると、異常なことに気がついた。船室の壁を貫いて緑色の光が射し込んできている。わたしは急いで立ちあが……

「ご覧のとおり」とミスター・ハクスタブルは続けた。「ここで途切れています。このあとはなにも書かれていません。そしてこれより前の書き込みは（わたしはざっと目を通したのですが）、たんに動植物などの自然界の観察記録です。たぶん訪れた土地で目にしたのでしょう。いや、ひとつ忘れていました。もういちど見直そうと思っていた書き込みがありました。『海の蛮人』について書いてあったのですよ。これは注目に値すると思ったのですが、とはいえ、いまはそこに深入りするのはやめて、この文章について検討してみましょう。これだけでじゅうぶん不可解ですからね。これはいったいどういう意味でしょうかね。この人物にいったいなにがあったというのでしょうか。これを書いたのが、いまここにいる人物かどうかはともかく」と言って、もの言わぬ奇妙な男のほうを肩ごしに見やる。男はあいかわらずビーズを糸に通していた。

「そうですな、しかしほかの乗員はどうしたのでしょう」船長は言った。「なぜ、あの船にこの男ひとりが残っていたのか。まちがいなく、ほかはみな海賊の手で海に放り込まれたのでしょうな。奴隷にして売るつもりだったのなら、船に連れてくるでしょうから」

「しかし、あの船じたいが海賊船なのですよ」ミスター・ハクスタブルは言った。「ほかの海賊船に襲われたのなら、大砲の一発も打たずに降伏したということになる。そう思われませんか。ご存じのとおり、あの船には戦闘があったような形跡はまるでないのですから」

そう言われて船長は考え込んだ。彼がそうやって首をひねっているあいだ、わたしは不思議に思わずにいられなかった。ミスター・ハクスタブルは、こんな鈍い脳みそからどんな名案が湧いてくると思っているのだろうか。ひょっとしたら、自分の思考に火をつける火打ち石として船長を利用しようとしているだけなのかもしれない。

しかしふいに、船長はまた口を開いた。「なるほど、わかったぞ！」と声をあげ、「火を見るより明らかですよ。海賊どもはべつの船を発見し、追跡して、大砲を打つこともなくつかまえたのでしょう。この博物学者は研究に没頭していて気づかなかったのです。海賊どもはとらえた船をうまい獲物だと思って――つまりいずれにしても、ひじょうに好都合だと思ったのでしょう。自分たちの船より、航海するによい船だったんでしょうね。それで全員でそろってそちらの船に移り、そっちの乗組員は全員海に放り込んで、その場をあとにしたというわけです。大事な博物学者のことは忘れていたか、あるいはたぶんこっちだと思いますが、こんな理屈っぽい役立たずを厄介払いできて喜んでいたんでしょう。いっぽう博物学者のほうは学問的な沈思黙考からさめて、ひとり船に取り残されたことに気づき、完全に狂乱の発作を起こして——というより、静かな狂気に陥ったというべきかもしれませんが、それで緑の光がどうこうという奇天烈な話を考えつき、そして性《さが》というべきか(つまり、こういう書き物をしたがる人間なわけですから)、それを書き綴っているうちに、口がきけないという狂気の発作を起こしてしまった。それがいまも続いているというわけです」

彼は得意満面でそう話を締めくくり、これは白状しなくてはならないが、じつにあっぱれな説明だとわたしも思った。すっかり船長を見直す気になり、また大きな謎がこうして解明されたと考え、ミスター・ハクスタブルも同じ意見だろうと思った。ところが、彼はあいかわらずの表情でこう言った。

「船長、おっしゃるとおりかもしれませんし、わたしにはそれ以上の説明は思いつけません。しかしそれでも、どうにも納得できない。ここにはもっと深い謎があると思えてなりません。この文章を狂人の妄想と片づけることではその謎は解けないし、またわたしにはこれが妄想とは思えないのです。それに、あなたはこの宝物のことを忘れておられるようだ。博物学者に関しては、忘れることも棄てていくこともありうるでしょう。しかし、この豪勢な宝物にも同じことをするとは、ちょっと思えないのではありませんか」

痛いところを突かれて、船長は自分の愚かさにすっかり気落ちしているようだった。しかしすぐに気を取り直し、「お言葉ですが、この宝物についてはおっしゃるほど重大な矛盾だとは思いません。そもそも、これがこの博物学者のものでないとどうしてわかりますか。もしそうだったとすれば、ああいう海賊どもはふつう仲間うちでは信義を重んじると聞いておりますから、これを盗っていこうとはせず、この男とともに船に残していったのでしょう。わたしはやはり自説が正しいと思いますね。あなたご自身も、もっといい説明は思いつけないとおっしゃったではありませんか」

「海賊は、船を棄てるときはふつう浮かんだままにはしておかないものです」ミスター・ハクスタブルは反論した。「しかし、ここでお願いしたいのだが、この文章にとくに注目していただきたい。ひじょうに奇妙であることは否定できませんが、首尾一貫していますし、狂人のたわごとではありません。

『わたしはまた気が遠くなってきた』(と、指で文字をたどりながら彼は言った)。そのあとに続く文章はあとから抹消されています。『あのとき、あれを見』とあって、最後の部分はよく読めません。なぜ消したのでしょう。おそらく心が千々に乱れていたせいでペンが滑り、突然の動揺のなかで書きつけてしまったのだが、それはあとまわしにしようと思ったのでしょう。『急いで立ちあがった』(と自分で書いているとおり)あとになにが起こったか、あるいはなにを見たかを物語るときまでお預けにしようというわけです。ところが、どういうわけかそこまで書けなかった。ご覧のとおり、ここで文章は途切れているわけですから。この文章は最初から最後まで一貫しています。順序立てて書こうと途中で思いなおすのはもっともなことで、その一貫性をいっそう裏付けているように思うのですが」

ここで船長は言葉をはさもうとしたが、そのひまを与えず、ほかのだれでもなく自分自身に言い聞かせるように、ミスター・ハクスタブルは続けた。

「しかし、この光についてはどう考えればいいのだろう。『緑色の光』と書いてある。『船室の壁を貫いて緑色の光が射し込んできている』と。緑にせよ白にせよどんな色にせよ、どうして光が板壁を貫いて射し込んでくるのだろう。たんに船窓から射し込んできたという意味だろうか。しかしそれなら、なぜ『壁を貫いて』と書いているのだろう。博物学者ならもっと正確に書くだろうに。ふうむ、完全に否定は――」

彼はそこで口をつぐみ、わたしたちは三人そろって座ったまま向きを変えた。このころには存在を忘れ去っていたのだが、例のもの言わぬ小男が立ちあがり、しっかりした足どりでゆっくりテーブルに近づいてきたのだ。

彼は片手を日誌にのばし、開いてあったページにかがみ込んで、なにかを書こうとするような体勢をとった。両腕をテーブルにつき、しばらくその体勢を保っていたが、やがてその手がページのうえで動きはじめた。

ここでミスター・ハクスタブルがすかさずペンを取り出し、その手に握らせた。握力が弱くて安定しないと見ると、動きは妨げないように注意しながら、指を添えて支える。すると、子供のいたずら書きのようではあったが、その手がなにか書きはじめ、それがつながって不器用ななぐり書きになった。しかし、しばらくすると（ミスター・ハクスタブルは器用にインクを足していった）文字が、続いて単語が、そして「ガラス　青　シナモン色」という単語の連なりが現われた。

これは次の行でも繰り返され、その後に「ヒマワリ」らしい語が続き、そして二、三行あとに「岩の柱」。

しかし、そのあとは単なるいたずら書きに戻ってしまい、やがてペンは止まった。

また手を動かしはじめるかと待っていたが、もうそれで終わりだった。しばらく同じ体勢で座っていたが、やがて男はゆっくりと立ちあがると、そのままじっと立っていた。その目つきは、まるで夢を見ている幸せな幼児のようだった。

ミスター・ハクスタブルは日誌を手もとに引き寄せ、彼の書いたものをじっくり調べはじめた。船長とわたしは、その両側から首をのばしてのぞき込む。

「これはまったく、まるでわけがわからない」しまいに船長が言った。「いやはや、とんでもない道化者を連れていらっしゃいましたな」

「たしかに、そのように思われるのは認めます」ミスター・ハクスタブルは答えた。「しかし、この人物は通常の感覚を超越した忘我の境にいるのかもしれません。夢のなかにいるようなものですね。そして夢にはふつう、日常生活で起こった物事のなんらかのイメージや空想的な表現が現われるものです。ですから、わたしが思うに、きわめて奇妙な、そして（一見すると）ばかげたことを書いているよう見えますが、これは夢と同様の状態にあるのではないでしょうか。つまり、ここには実際に彼が経験したことが混ざっているのかもしれません。たとえば『岩の柱』という語句は、たしかにじつに奇妙ではありますが、この謎にかかわるなにかを意味しているように思えます。また『東屋《あずまや》』とか『シナモン色　青』とか――」

彼はそこで言葉を切り、その語句をくりかえしつぶやいた。その目には、なにかすばらしく楽しいことを思いついたかのような表情が浮かんでいる。

船長もまた口をつぐんでいた。一度か二度、なにか言おうとするかのように口を開きかけたのだが、まるでなにかの魔法で黙らされたかのようだった。

ふいに椅子から立ちあがり、船長は手を背中で組んで船室内をうろうろしはじめた。そしてやたらに大仰な気取った口調で話しだした。「この問題については、わたしなどよりあなたのご意見やご判断のほうを尊重したいと思います。なにしろわたしにとっては、ラテン語やギリシア語やヘブライ語のようにちんぷんかんぷんですから。もっとも、ラテン語についてはまったく無知というわけでもないのです。いま思い出しましたが、尊敬おくあたわざる友人ミスター・ダニエル・ウォルダーヴィルにいちど尋ねられたこともあります――ちなみにこの人物は、ノーサンバーランド州の大邸宅ウォルダーヴィルの主人で、その所領は先祖が征服王ウィリアムから賜ったものです。それで思い出したことというのは、この友人があるとき、自家の紋章――つまりそれに入っている銘句《モットー》について説明してくれと言ってきたことがあるのです。意味を忘れてしまったからと言って。

『きみのほうがわたしより学があるから』と彼は言いました。『これに引っかかるたびにいらいらするんだ。今日もミストレス・マーガレット（これはサー・ジョン・オールドフォードの娘さんなのですが）に尋ねられてね。まったく、こんなばかな文句を考えだした連中がいまいましいよ！』と声をあげました。あの種の人たち――つまり古い家柄の人ということです――によくあるように、いささか気の短い人なのですよ。『こんな銘句も、銘句を作り出した連中も悪魔に食われればいい！』と言って、部屋の向こうにガシャーンと――つまり、その銘句の入った銀の皿を投げつけたのです。

『意味を教えてくれたまえ』と彼は言いました。『いや、きちんと書き留めておいてもらいたい。それを懐に入れておいて、いつでも読めるようにしておくから』。わたしが書き留めると、彼はほんとうにそのとおりにして、その後はそれで困ることはなくなりました。いやしかし、これは失礼いたしました。ずいぶん脱線してしまいまして」

「たしかに、一、二点（三十二点法による方位の表現。一、二点はおよそ十一～二十二度）ほど針路からずれてしまわれたようですな」ミスター・ハクスタブルは上機嫌に言った。その表情からして、なにか明るく愉快な変化が起こっているようだ。わたし自身、このときも、そしてあの船室に入るのとほとんど同時に、そんなふうに不思議と気持ちが明るくなるのを感じていた。このもの言わぬ小男がそばにいると、なぜかそういうことが起こるのだ。

「まことに、これは途方もない謎ですな」船長は言った。とりとめもなくさまよいだす考えをまとめようとしているらしい。「いったいぜんたい、乗組員はどうなったのでしょう。それにこの日誌。まるきりわけがわからない！　いやまったく！　そうか、全員そろってこの男と同じように頭がおかしくなって、海に身投げをしたんでしょう。たぶんのどが渇いて。いやちがうな、それはおかしい。船には水がどっさり積んであったとおっしゃってましたからね。ではどう考えたらいいのだろう。やれやれ、お許しがあれば、わたしはもうこの問題で脳みそを痛めつけるのはやめにいたします。いくら考えても時間がむだになるだけですし、五里霧中をさまようことになるばかりだ」

彼がそう言い終わらないうちに、通路から足音が聞こえてきた。と言ってもふつうの足音とはひどくちがっていた。重くぎこちなくくぐもっていて、まるで肉趾のある大きな動物の足音のようだった。

この船で聞くにしては奇妙な音で、なんとなく不安に襲われた。しかしまもなく船室のドアが乱暴に開かれ、わたしは心臓が止まるかと思った。そこに現われたのは、まるで怪物だったのだ。ずんぐりした毛むくじゃらの黒っぽい動物で、四肢も両手両足も途方もなく大きく、水掻きがあって魚のひれかマナティのひれ足のようだった。しかしその顔は、ひたいが突き出していて先端が細くなっており、大きな丸い目は黒く光って、先にも述べた、これまでに三度ちらと目撃したあの恐ろしい化物に似ていた。

しかしそれが見えたのはほんの一瞬で、化物はすぐにまわれ右をして逃げていった。ミスター・ハクスタブルは立ちあがり、船長とともに目を丸くして見送っていた。と、次の瞬間にはふたりしてドアに駆け寄り、わたしもそのあとに続いて、三人で通路を抜けて甲板に走った。

甲板では、水夫たちが一団になって走りまわり、大声で叫び、驚きと恐怖でほとんどわれを忘れていた。甲板長が近づいてきて右舷側を指さしたが、その指がマラリア熱の発作でもおこしたかのように震えている。「あっちに逃げました」彼は叫ぶように言った。「あそこで姿を消したんです。なんと恐ろしい、気味の悪い海の悪魔が！」

わたしたちはそちらに急いだが、見えたのは穏やかなさざ波だけだった。月が明るく照っていたから、あの怪物が海面を泳いでいればじゅうぶんに見えたはずなのだが。

「たしかに見たんだね、海に逃げたのを」ミスター・ハクスタブルは甲板長に尋ねた。ほかの水夫たちとともに、わたしたちの背後にそろそろと近づいてきていたのだ。

「はい、まちがいありません」彼は言った。「飛びあがって船縁を飛び越えたんです。海に落ちたときの水音も聞こえました。この連中も見聞きしております。なあみんな、そうだな」

うなずく者もいれば熱心にそのとおりと言う者もいて、それを受けて甲板長は付け加えた。

「ぜったいに間違いねえです。あいつ、もと来た海に戻っていったんだ。ああいう海の悪魔の話は聞いてましたが、いまのいままで信じちゃいませんでした。ところが、あいつはふつうの生きものみたいで――つまり、ちゃんと肉と骨があって、あの世の不気味な悪霊なんかじゃねえとなると、なんであんなにこわがってたのかわからんです。怪物なのは間違いありませんけどね。ともかくおれとしちゃ、いまじゃもう大して気になりません。あいつが海の獣の一種とか、野蛮な種族とか（考えてみると、たぶんこれじゃねえかと思いますが）、それとも人魚かな、もしそう呼べるとすればだけど、ともかくそういうもんだとすれば」

ミスター・ハクスタブルは同意のしるしにうなずいた。とそのとき、水夫のひとりが声をあげて笑いだしたので、なにがおかしいのかと彼は尋ねた。

「いやあ、だって旦那」とその水夫（大工助手の、元気で快活な男だった）が答えた。「男の人魚があんなに不細工なら、女の人魚だって大して器量良しじゃねえだろうなと思ったんですよ。

だったら、人魚に魅入られてのぼせあがっちまうなんてことは、まあなさそうかなって」

それを聞いてほかの者も笑いだし、ひとしきり下品な軽口の応酬が起こった。見ていると、ミスター・ハクスタブルはそれをむしろ喜んでいた。水夫たちが元気をとり戻すのに役立ったからだ。とはいえ、船長はひとりでぶつぶつ言っていた。そこで、この無作法なふるまいにまた船長が癇癪を起こさないうちにと、ミスター・ハクスタブルはまもなく水夫たちを解散させた。

第十六章　オバディアの話

「いやはや」船長はまた声が出せるようになって、水夫たちが散っていくのを見ながら言った。「思うに、あの馬鹿者どもが亡霊が出ると言っていたのは、まさしくあれのことだったのですな。あの怪物はどこかに隠れていたか、あるいは出たり入ったりしておったのでしょう。しかし、あんなおぞましい化物がこの世に存在するとは、まさか思いもしませんでしたよ」

「それにちがいありませんね」ミスター・ハクスタブルは応じた。「しかしこのウィルは、乗船前からあの驚くべき奇妙な生物を目撃したと言っておりまして、何度か出たと言っておったのですよ」

そこでこちらに目を向けて、彼は明るい口調で言った。「しかしこれで、甲板長の言うように、おまえもあまりこわくなくなったのではないかね。恐ろしい悪霊だったのがいまでは実体を備えた生物だとわかったし、おまけにああして暇乞いをしていったのだ。まちがいなくあれが今生の別れになるだろう。二度とここにお楽しみを求めに来ることはあるまいからね」

「しかし、まだひとつ問題がありますな」と、また船長に顔を向けた。「ひょっとしたら、あの海の怪物には関係ないかもしれませんが――まちがいなく船長もお気づきでしょう。オバディア・ムーンが、なりふりかまわず魚を確保しようとしておったことですよ。しかし、これはあまりにも途方もない話だとお思いかもしれませんな」

「とんでもない」船長は、我慢も限界と言わぬげに身体を左右に揺らしながら言った。「今後はなにがあっても、途方もないなどと思うことではありませんよ。これほどわけのわからない、まったくあきれ果てたことが立て続けに起こるのですから、はっきり申し上げて、もうなにがあっても不思議はないという気持ちです。ああして乗船でき、この船にいっしょに乗っていられるぐらいですから、悪魔や怪物や地獄の鬼がパンがゆを食っていても驚きませんよ！　まぶしい光が船室の壁を貫いて射し込んでくることだって、頭のおかしい男が魔法の奥義を解き明かすこともあるでしょう。ですから、どうぞお好きなようになさってください。なにもかもお任せします、わたしはどんなことでも受け入れます。しかしあのムーンというならず者が」と（いささか冷静になって）彼は言った。「これに一枚噛んでいるとお思いですか。いやはや、そんなことがあるものでしょうかな」

「わたしも確信があるわけではないのです」ミスター・ハクスタブルは答えた。「しかし、じつに奇妙に思われる点がありまして」と言って、大枚をはたいてでもオバディアが魚を確保しようとしてきたことを、いくつか実例をあげて説明してみせた。わたしは気づいていなかったが、彼は思った以上によく見ていたのだ。

「なるほど」船長は言った。「そういうことでしたら、すぐにこの船室に呼んで話を聞きましょう。もしお疑いのとおり、あの怪物をこの船に連れ込んで隠していたのなら――たぶん船倉にでしょうが――しかし、まさかそんなこととは考えもしませんでしたよ。いやはやまったく、あきれた話ですな！　しかしほんとうにそうなら、そんなふざけたまねをしてくれた礼に、干し魚よりもっとぴりっとするものを褒美に与えてやろうじゃありませんか。ええ、まちがいなく！」

「とにかく調べてみなくてはなりませんね」ミスター・ハクスタブルは答え、「しかしその前に、あの化物を見たかどうかミスター・ファルコナーに尋ねてみましょう。どうもお姿が見えないようだが」

「ほんとうだ、なぜここに来ていないのでしょうか」船長は声をあげ、あたりを見まわした。「どっちが鷹匠《ファルコナー》なんだか。まったく――これ、ミスター・ファルコナー！　こっちへ来たまえ！」後甲板のほうに一歩踏み出しながら、船長は叫んだ。

しかしミスター・ファルコナーは、常と変わることなどなにもなかったかのように、持ち場に立ったままだった。返事もせず、それどころかぴくりとも動かなかった――船長が二度めに呼んだあとでですら。これで逆上した船長は、こぶしをふりまわしながら甲板を走っていった。

「この魚より鈍い、血の通っておらんぼんくらが。なにがあっても動きもせんのか。天が落ちてくるまでは動かんというのか」

逆上のあまり船長がわれを忘れているさまを、水夫たちは目を丸くして眺めている。ミスター・ハクスタブルはあとを追って走りだした。「どういうことですか」彼は言った。「子供っぽい癇癪をぶちまけている場合ではないでしょう。水夫たちが動転しているじゃないですか」こうきつくたしなめたのが功を奏した。

しかし、ミスター・ファルコナーは舷側板のそばに突っ立ったままで、身じろぎひとつしなかった。それを見て思い出したのは、水夫たちが亡霊におびえていたあの夜のことだ。あのときもいまと同じように、月の光を浴びたミスター・ファルコナーは、死人のように青い顔をしていたものだ。しかしこのときは、わたしたちが近づいていくと、彼は空中に異常なものでも見えたかのようにさっと首をまわした。その目はうつろでどんよりしていて、熱に浮かされて鈍い光を宿しているように見えた。

最初に話しかけたのはミスター・ハクスタブルだった。

「ミスター・ファルコナー、いったいどうしたのだね」彼は尋ねた。「なにかあったのかね。船長はきみを二度もお呼びになったんだよ」

「しかし、これはむだですな」と彼は呼びかけをやめて言った。「どうも様子がふつうではない。こちらの声が聞こえていないようです」

「ふつうではないですと」船長が叫ぶように言って、ミスター・ファルコナーの胸を突いた。「失礼ながら、言わせていただけるならこの男は――」

そこで言葉を切って目を丸くした。ミスター・ファルコナーは、またすばやく首を左右にふると、途切れ途切れにとりとめのない言葉をつぶやきはじめた。目の表情もそうだが、その口調にはなにか強烈な驚愕が表われていた。

しばらく黙り込んだが、やがてまたぶつぶつ言いはじめた。しかし今度は恐ろしい悪夢にうなされているかのように、見るも恐ろしいほど顔をひどく歪めていて、どうやらおぞましい偶像についてのように聞こえたのだ）狂ったようにうわごとをつぶやいていた。

しかし、ほどなく彼は黙り込み、表情も少し落ち着いてきた。目を閉じて、ため息をつき、また目を開いた。ぼんやりわたしたちを見ると、眠りから覚めた人のようにひたいに手をやった。

ミスター・ハクスタブルが話しかけようとしたが、とそのとき、水夫たちがいきなり大声をあげて騒ぎはじめ、わたしたちは驚いてふり向いた。水夫たちはみなそろって左舷側を走っている。二、三人が指さすほうに目をやると、船から一鏈《れん》(約二百メートル)ほどのところに、水中を動くものが見えた。それはどう見ても、先ほど海に飛び込んだあの奇妙で醜怪な生物だった。

船長はそれを認めるなり、急いで拳銃をとってきてくれとわたしに頼んだ。船室の壁にかけてあるからと言い、どうして最初から持ってこなかったのかと自分で自分をののしった。

わたしが戻ってきたときには、例の生物の頭はもう水中に没していて、立って見ている水夫たちもほとんど見失いかけていた。ところが、昇降口では大工助手がオバディア・ムーンと言い合いをしていた。オバディアは甲板に出てきたばかりらしく、いつものとおり大酒を飲んで酔っぱらって不機嫌だった。その彼の発したただならぬ言葉に驚いて、わたしは思わず足を止めた。「船長だろうが王さまだろうが知ったことか」彼は叫んだ。「ジェリーを殺してみやがれ、ただじゃおかねえぞ」

これを聞いて、大工助手ははでに吹き出した。「なに、ジェリーだと?」両手で自分の両脇を叩きながらも、目ではオバディアの抜いたナイフを用心深く見張っている。「こいつはいいや、ジェリーときたか。勇ましいハンサムなジェリーちゃんだぜ、まったくよ! おいおまえら」と、見物していた二、三人に声をかけた。「あの化物にゃ名前があったんだぜ。このトチ狂った野郎が教えて――」

しかし、船長をあまり待たせてはいけないと、わたしはもう歩きだしていて、そのあとはもう聞こえなかった。とはいえ、オバディアの言葉についてはミスター・ハクスタブルの耳に入れようと決めていた。あの怪物をもとから知っていたような口ぶりからして、ミスター・ハクスタブルの推測は少なからず裏書きされたように思えたのだ。しかし行ってみると、彼は船長と口論のさいちゅうだった。あの怪物を撃ち殺すつもりだという船長に反対していたのだ。あれがまた船に乗り込んできて、こちらに害をなそうとするのでないかぎり、なにも殺すことはないというわけだ。

そんなわけで、近づいて拳銃を差し出したとき、船長の受け取りかたは丁重にはほど遠かった。わたしの手からひったくるように取りあげたうえに、なにをこんなにぐずぐずしていたのかと頭ごなしに叱りつけてきた。しかしそこで、自分の乱暴なふるまいが恥ずかしくなったのか、そそくさと離れていって甲板の向こうのほうへ行ってしまった。

いっぽう、ミスター・ハクスタブルは航海士の世話にかかっていた。正気には返ったものの、ひどく動揺していて足もとがおぼつかないので、船室に連れていこうとしていたのだ。おかげでオバディアのことを伝えそびれてしまった。

そのろくでなしのほうは、このころにはだいぶ酔いが覚めて(そのように見えた)、彼を笑いものにしている大工助手たちはもう相手にせず、いまでは驚くべき行動をとっていた。それはまさしく、ミスター・ハクスタブルの推測の正しさをいっそう裏付けるものだった。船首から船尾までうろうろ歩きまわりながら、ずっと海面に目を向けてなにかを探しているのだ。ときどきちらとあたりを見まわすのは、たぶん見られていないか警戒しているのだろう。しかし、からかう以外の目的で、彼に目を向ける者はいなかった。ただ甲板長だけは、メインマストのそばに立って煙草をふかしつつ、ときどき考え込むような目でこっそり様子をうかがっている。しかししばらくすると、虚しい捜索をあきらめて、オバディアは甲板をおりて船首楼に引きあげていった。

その姿がまだ消えないうちに、ミスター・ハクスタブルは甲板に戻ってきて、後甲板にのぼった。そこから甲板を見わたし、オバディアはどこだと声をあげる。わたしが答えると、呼びに行ってすぐに船室に来させてくれと彼は言った。

言われたとおり船首楼に向かおうとしているとき、彼が船長に「いっしょに来てください」と言うのが聞こえた。「すぐにあの男に話を聞きましょう。なにか知っているかもしれない」

行ってみると、オバディアは自分の衣服箱のうえにだらしなく寝そべっていた。片手にラム酒の壜を持って、それを幼児がするようにぶらぶらさせている。しかし、この子供っぽい無邪気なしぐさとは裏腹に、わたしの顔を見るなり、その目には険悪で不機嫌な表情が浮かび、月が欠けるように(こう言ってよければだが)その顔から間の抜けた表情は消えていった。わたしがなんの用で来たのかわかっていたのか、あるいは察しがついたかだろう。

「なんだって出てかなきゃなんねえんだ」わたしがミスター・ハクスタブルの言葉を伝えると、彼は叫んだ。「働きづめの船乗りには休むひまもねえってのか。おれはいまな、頭がふわふわ軽くて、まるでコルクでできてるみてえなんだ。具合が悪くて行けねえって伝えといてくれ」と哀れっぽい声を出す。「そしたら、お礼にいいもんをやるぞ。おれはな、おめえが見たこともねえようなすげえ珍しいもんを持ってるんだ。約束する、見せてやるから、どれでも好きなもんをひとつ選ばしてやる。だからミスター・ハクスタブルに話をして、おれがすごく具合が悪くて寝込んでるって言っといてくれよ。いやほんとに」と片手をひたいにあてて、「生きるか死ぬかって重病にかかっちまったみてえだ。ああ気分が悪い」

「そんなわけにはいかないよ」わたしはすげなく断わった。「気分が悪いのはラム酒の飲みすぎだろ。ぐずぐず言ってないで、早くいっしょに来たほうがあんたのためだと思うな。ミスター・ハクスタブルと船長が待ってるんだから」

「なに！　船長もか」と声をあげると、聞くに堪えない悪態を吐き散らしながら、酔いを散らそうとするかのようにこぶしで自分の頭を叩きはじめた。しかし、ともあれ彼は立ちあがり、わたしのあとをついてきた。船室に着くまでずっとぶつぶつ言いどおしではあったが。

船室に入っていくと、ミスター・ハクスタブルはオバディアに厳しい顔を向け、こちらに来いと指で合図をした。これはオバディアにとってはまことに愉快ならざることだった。というのも船尾の大きな窓のそばに立つことになったからで、明るい月の光を浴びて、彼はかすみ目をさかんにしばたたかせていた。

「いったいおれにどんなご用件ですかね」居心地悪げに言う。ミスター・ハクスタブルにまともににらまれるのは、この月明かりのなかではいっそう気まずかったにちがいない。「いま頭が枯れ木みてえなんで。それで、言ってみりゃ風見鶏みたいに中身がぐるぐるまわってて、ひでえ目まいがするんでやすが」

「ふむ、それも不思議はあるまい」ミスター・ハクスタブルはそっけなく言った。「その理由は自分でもわかっているんだろう」

「いや、おれにゃ見当もつきません」オバディアはぶすっとして言った。「旦那みてえなご立派なかたがたの前じゃ、とうてい口にできねえような理由ならべつですがね」

「ラム酒だ」ミスター・ハクスタブルは言った。「それが理由だ。もっとも、ここに来てもらったのはそれとはなんの関係もない。立っているのがつらいなら、椅子を引っ張ってきて座るがいい」

船長がなにか言おうとしたが、ミスター・ハクスタブルが一瞥を投げると口をつぐんだ。オバディアは「ありがてえ、旦那、恩に着やす」と言いながら、長椅子の前から椅子を一脚運んできた。

オバディアが腰をおろすのを待って、ミスター・ハクスタブルは辛辣な口調で言った。「さてミスター・ムーン、親しい友にして愛する仲間から棄てられて、あれほど強い友愛のきずなを結んだあとだけに、さぞかし半身を失ったようなつらい思いをしていることだろう。友人がこんなに急に去っていったのはなぜだと思うね。なにか不足でも生じたのかな——たとえば、魚の供給というような面で」

オバディアは度肝を抜かれて、ぽかんとしてミスター・ハクスタブルを見つめていたが、それを船長が揺さぶった。

「ぼうっとしてるんじゃない！」と金切り声で叱りつける。「丸太ん棒じゃあるまいし、なんとか言ってみろ。いまの話が聞こえなかったのか。さっさと返事をしたらどうだ、ええ？」

ふだんから素行も態度も悪い男だが、こう言われてさすがに大きく息を吐き、哀れっぽく暗い声でこう言った。

「なにをお尋ねなんやらおれにはさっぱりなんですがね、旦那。この船にゃとくに仲のいい友だちがいるわけでなし、まあエフライム・ソーキンズはべつですがね、けどあいつだって言うほど仲がいいわけじゃねえし、とくに親しくつきあっとるちゅうわけでもねえ、ごくふつうのつきあいでさあね、わかるでしょうが（こんな口をきいてすんません）。それにあいつはべつにどこにも行ってねえし、それはさっきも言ったとおり、ふだんから大して親しくねえってのと同じぐらいたしかなことで、ただ言ってみりゃ、同じ船首楼で寝起きする仲っちゅうんですかね。それと魚の供給がどうとかいう話ですが、なんのことやらさっぱりで。たしかに、おれは魚がとくべつ好きですが、だからってべつに――」

「もういい！」と、ミスター・ハクスタブルは大声で遮った。「そんなばかばかしい言い逃れをして、ごまかそうとしてもむだなことだ。なんの話かちゃんとわかっているだろう――おまえの友だちというか仲間というのがなんのことなのか。おまえがあれをこの船に隠していて、魚をやって飼っていたのだろう。観念して白状すれば楽になるぞ。すべて包み隠さず白状して、いつどうしてあんなとんでもない友だちを作ったのか、なぜこの船に連れてきたのか、その他関わりのあることを洗いざらい話すなら、今回のことは大目に見てやってもいい。しかし、強情をはるなら――」

ここで言葉を切って、船長と話をしなくてはならなかった。なにを甘っちょろいことをと、明らかに不服そうな顔をしていたのだ。それをなだめてから、重々しい深刻な口調で言葉を継ぎ、隠しごとをすれば厳しい罰が待っているとオバディアに言い聞かせ、いっぽうすべてを打ち明けるなら軽い寛容な処分ですむだろうと言い、無用に厳しい処罰をわが身に招き寄せないように、答えかたには気をつけるようにと警告した。彼は眉をひそめつつ言い終えたが、そのあいだずっと船長は噛みつきそうな顔をしていた。

オバディアはしばらくなにも答えず、ただ椅子に座ったまま身体を左右に揺すっていた。あれかこれかとそわそわ軽重を計っているかのように。しまいに、彼は次のように語りはじめた。あの無礼でうなるような話しぶりはいまでもよく憶えている。

「いやね、旦那」(と彼は言った)「旦那の命令に逆らうわけにゃいかねえし、なにもかもお話ししやすよ、なにひとつ包み隠さず、旦那のお尋ねのこの問題についちゃあね。たしかに、やっちゃなんねえことをやっちまいましたよ。ただ、悪気があったわけじゃねえ。船乗りがオウムだのサルだのを買って船に持ち込むようなもんで、この坊ちゃんもペルナンブコに上陸したときにおんなじことをしてたじゃねえですか。もっとも、それよりちっとばかし行きすぎじゃなかったとは言いませんがね。

それで、考えたんですが、これは旦那にも、旦那がこの航海に出なすった目的にもかなり関わりのあることなんで、それでずうずうしいとは思いやすが(堪忍してくださるちゅう旦那の約束を軽く見とるわけじゃねえ、旦那のお情けはようくわかってやすし、腹の底から感謝しておりやす)——ともかくずうずうしいことながら、もう少々お願いがありやして。なんせ旦那もご存じのように、おれは卑しい貧しい船乗りで、この世に持ってるものちゅうたら、このベルトや古い綿布に包んで持ち歩いちょるもんばっかりなんで。それで、旦那が甲板でおれたち水夫にご親切にも話をしてくださるのを聞いてて思いついたことがあって——つまりそれで思いついて——」

「いい加減にしろ！」ここで船長が口をはさんだ。「いつになったら本題に入るんだ。話す気があるのか。ええ？」

しかしミスター・ハクスタブルは、先を続けるようにと厳しい口調で言い、オバディアは言いにくそうにまた話しだした。

「おれが言いたかったのは、つまりその」（と彼は言った）「あつかましくも旦那の親切に甘えて、その、また故国《くに》に戻って陸《おか》にあがったとき、もうこん次は海になんか出ねえと決心したとして、つまりその、海はおれにとっちゃ破滅のもとで、そのせいで人生台無しになったんで。意地が悪くて見返りの少ねえもんで、海ってやつは——見返りがなさすぎて魂に害があるぐらいで。そんなわけで、旦那が親切にもああ言ってくだすったんで、それで思いついたわけなんすが、希望が生まれたちゅうか。次に故国に帰って陸にあがったときにゃ（神のお恵みで、おれたちみないつかは帰るわけなんで）、もうちっとましな暮らしをして、罪のつぐないができねえかって。つまりその、おれがこれから話すことは、旦那にとっちゃけっこう大事なことで、旦那がこの航海に出た目的を達成するのにすごく役に立つんでさ。しかもおれの頼みってえのはほんの数ポンドのことなんで、つまりその、それでこぢんまりした家を買って、庭があって——」

「それと果樹園がついていて、梨の木の林があるんだろう」ミスター・ハクスタブルはそう皮肉って、この厚かましい要求を遮った。「ああそうだ、養魚池のことを忘れていた。これがなければ魚が手に入らないものな。大事な仲間にして愛する昔なじみを、まさかそのささやかな天国から締め出すつもりはあるまい。ミスター・ムーン、おまえにはひとつ美点があるな。つまり、欲しいものを求めるのにためらわないところだ。おまえがほんとうに田舎暮らしを夢見ていると信じられればいいのだが、しかしおまえの嘘とごまかしには果てしがないな。いますぐ本題に入らなかったら、そして嘘やごまかしがあるのに気がついたら(わたしはカモメではないから——というより、おまえのえさに食いつく魚ではないと言ったほうがいいかな)、きっと船底に縛りつけてやるからそう思え。鎖もふんだんに用意してやる」

このきつい警告は効果絶大で、オバディアもすっかり恐れ入ったようだった。やがて、酔いもさめたようにまじめな口調で先を続けた。

「わかりやした、旦那。これから話すことは、まちげえなくほんとにあったことで、なにひとつ隠さず話すんで、おれの話しぶりがあんまり大げさで、でっかい帆を張ってるように聞こえてもかんべんしてやってくだせえ。

おれが乗ってた船のこた旦那はご存じだが、失礼ながら、船長が知ってなさるかどうかはわからねえんですが」

「大丈夫だ」ミスター・ハクスタブルは答えた。「船長も、あちらの船長とわたしの交渉のことはご存じだから。途中で言いやめたり隠したりする必要はない、なにもかもありのままに話してくれ」

「承知しやした」オバディアは言った。

「まあそんなわけで、さっき言おうとしてたとおり、あの船でちょうどこのあたりに差しかかったときのことでした。考えてみると、いまこの船がいるところからそう遠くなかったと思いやす。まだ一年も前のことじゃねえ、ていうのはちょうどおれの誕生日だったんでよく憶えてるんで。毎年憶えてて祝うことにしてるから」

「飲んだくれて祝うんだろう」船長が皮肉った。

「まあ、そんなとこでさ」オバディアは答えた。「誕生日を祝うのにちょっぴり飲んだって、ばちはあたらねえでしょう」

「それに、ほかにだれも祝ってくれる者がいないからだろう」船長がやり返した。

「早く続きを」ミスター・ハクスタブルが声をあげた。その苛立った口調に、船長もさすがに口をつぐんだ。「一年くらい前、ちょうどこのあたりに来たときだったと言ったね。それで？」

「へい旦那、それでやっぱり、いまとおんなじに風がぜんぜんなくて蒸し暑い日でした。朝起きて、外を眺めてまっさきに気がついたのが、旦那の言葉を借りればおれの友だちで。左舷の舳先の下を泳いでやがったんでさ。最初は僻地のインディアンかと思ったんだが、海面に浮いてきて姿がはっきり見えたときは、全身ががたがた震えちまいましたよ。あいつを見たのはそれが初めてで、まだ慣れてなかったんで。あとではね、慣れましたけどね、ていうのはこっちへ来いって呼んで船に乗せて、みんなで大事にしてたんで。けど、あんときは太陽の下で見たからまだよかったが、あれが月の光で見たんだったら正気じゃいられなかったかもしんねえな、あんまり不気味で」

「呼んで船に乗せた？」ミスター・ハクスタブルは言った。「いったいどうやったんだね。自分から寄ってきたりはしないだろう。それとも寄ってきたのかね。しかし、そんな話は聞いたこともない。あんな珍しい奇妙な野生の生きものが」

「いえ旦那、それが自分から寄ってきたんでさ」オバディアは答えた。「なんか目的があって来たのか、送り込まれたかと思うとこですが、ほんとにほいほい寄ってきたんで。そもそも船のすぐそばを泳いでましてね、おれが声をかけたら、仲間がみんな船縁に集まってきたが、あのとんがり頭をひと目見たらえらくびびっちまって。

なかには拳銃で撃とうとするやつもいたが、操舵手がやめろつって船長を呼びに行かせたんす。船長はまだ寝てたんで（いつも朝寝坊な人でね）。でもそうこうするうちに、あれ見たらだれでも驚くでしょうが、おれたちもみんな驚いて——ついでに恐ろしくぶるっちまったんですがね、海面から上半身を起こして、舷側をよじ登ってきやがって。手は魚のひれみてえだし、頭はぶよぶよしてるし、えらくおっかねえ顔をしてるし、こりゃおれたちゃ皆殺しにされると思って、甲板じゅうを逃げまわったよ。マストの縄ばしごに取りついて登りだしたやつもいたな。いやほんとに、悪魔が海からあがってきたと思い込んだもんだ。おれたちゃみんな殺されて、網で魚をつかまえるみてえに、魂を魔王のもとへ送り込まれるんだってさ。だって魔王は昔から、釣り針と漁網を用意してて、あわれな船乗りが船から落っこちてくんのを待ってるみてえなもんだから」

第十七章　オバディアの話の続き

　ここまで話してきて、最初よりずいぶん舌もなめらかになってきたところで、オバディアは口をつぐんだ。狡賢そうな小さい目でしばらくミスター・ハクスタブルの様子をうかがい、ややあってなにやら言いにくそうに口を開いた。

「旦那、このあとのことも包み隠さずお話ししてえとこなんで、旦那の言うおれの『仲間』とどうして仲よくなったかとか、そのあとにあったこととか。ただ、こんなにぶっ続けで長い話をするってのに慣れてねえもんで、口ものども干上がっちまって」（と言って唇を歪めてみせた）「まるで砂みたいにからからで。ちっとばかり口を湿すもんがもらえると、もっと話しやすくなるんですが」

　それを聞いて、ミスター・ハクスタブルはわたしに向かって、水を持ってくるように言った。それはオバディアが口を湿したいたぐいの飲物ではなかったが、それでも（よく言うように）万やむを得ずそれを受け取って飲むと、いささか苦虫を噛みつぶしたような顔で周囲を見まわした。

　オバディアがわたしにコップを返そうとするころ、ミスター・ハクスタブルは言った。「二度と話を途中でやめるんじゃないぞ。さもないと、大目に見てやるというさっきの話はなかったことにするからな。さあ先を続けろ、ごまかそうなどと思うな」

この警告が効いて、オバディアはまた話しはじめた。おもねるようにわびを言いながら、「さっき話してたのは、ジェリー（あとでそう名前をつけたんで）が船にあがってきたとこでしたが、だけどあいつをこわがる理由なんかなんもなかったんだ。だれにも乱暴なことなんかひとつもしなかったし、キジバトみてえにおとなしいやつでね。すっかり人気者になっちまって、みんなして肉やらビスケットやらやってみたんだが、あいつ魚しか食わねえんですよ。けど魚はまたこれがどっさり食うんで。おれがあんなに魚魚言ってたのはそのせいなんで。あいつに食わさなきゃなんねえから。

いったん慣れちまったら、あいつはおれたちにとっちゃすごくいい気晴らしの種になったよ。船医のミスター・ヴァーテンブレックスはすっかり夢中になって、一種の珍品ていうか、とんでもねえ大発見だってすげえ興奮して、日誌にそのことを書いて——」

「ちょっと待て」ミスター・ハクスタブルが声をあげてさえぎった。「そのミスター・ヴァーテンブレックスというのはなんだ。無人の船で見つかったあの人物のことか」

「へい」オバディアは答えた。「あの人のことでさ、まさしく」

「しかしおまえはあのとき、船の乗員ではない、こんな男には会ったこともないとはっきり言っていたじゃないか」

「旦那、ありゃ嘘だったんです」オバディアは哀願口調になった。「このとおり、白状しやす。面目ねえこって」

「しかし、なぜあんな嘘をつくのだ」ミスター・ハクスタブルは尋ねた。「そんなことでわたしをだまして、いったいなんの得がある？」

「旦那、得なんかありゃしません。ただ、ジェリーをこの船に隠してるって気づかれやしねえかと心配だったんで。たしかにじかに関わりのある話じゃねえけど、川はみんな海に通じるって諺にも言うじゃねえですか。こっち側から風が吹いてきたら反対側に顔を向けるかもしれねえし、そうなったらどうなるかわかったもんじゃねえ。さっき白状しやしたとおり、おれは嘘をつきました。けど、その罪滅ぼしにこうして洗いざらいぶっちゃけてるんで、ここはひとつお赦し願って、水に流していただきてえもんで」

「おまえはとんでもない食わせ者だな」ミスター・ハクスタブルは言った。「しかし、たしかに自分で認めたんだし、ほかの点では正直に話しているようだから今回は目をつぶろう。それじゃ続きを聞こうか。おまえの言うジェリーという生きもののことを、ミスター・ヴァーテンブレックスが日誌に書いていたという話だったな」

「へい、さっき言いましたとおり、ミスター・ヴァーテンブレックスはジェリーを引き受けてずいぶんいっしょに過ごして、どういう生きもんなのか、なんで不思議にも海からあがってきたのかとか、わかるかぎりのことを調べちゃあ、そのことを日誌に書いたんで。そりゃもうどっさり書いてやしたよ」

「これですよ」ミスター・ハクスタブルは船長に向かって言った。「あの日誌に、またあとで見てみようと思った箇所があると申したでしょう。たしか『海の蛮人』という言葉を見たのですよ。あとでまた調べてみましょう。しかし、ミスター・ヴァーテンブレックスは、その海の生物と話ができたのかな」（と、今度はまたオバディアに向かって言った）「あの人は口がきけたのか。しかし待てよ！　そのミスター・ヴァーテンブレックスが、あの無人の船で見つけたのと同一人物だとすれば、そしていまと同じ状態だったとすれば、その海の生物と話ができるはずがない。いまはひとことも口がきけないようだからな。ということは、おまえがあの船に乗っていたころ、彼は話ができたのか。ふつうの人と同じようにふるまっていたのかね」

「そのとおりで」オバディアは言った。「おれがあの船に乗ってたころ、あの人は旦那やおれとおんなじぐらい（失礼ながら）ふつうの人間でやした。しょっちゅう字ばっか書いてましたがね、これはさっきも言ったっけ。なんであんなふうに変わっちまったのか、おれにはさっぱりわからねえし、見当もつきませんや。もちろんほかの連中がどうなったのかもわかりやせん。たぶん尋常でねえことが起こって、人間が見ちゃなんねえもんを見ちまったんじゃねえかな。それで思い出したんだが、口のきけねえみょうな船乗りの話を聞いたことがありやす。船の救命ボートに乗って海を渡ってインドの海岸にたどり着いたんだが、そんときゃすっかり頭がおかしかったって。ただ、そのあとそいつがどうなったのかはわからねえけど。もうひとつ思い出すのは、海にいったん骨を奪られりゃ、あとでいくら探しても見つからねえっちゅう海のことわざで」

「なに、それはどういう意味だ」船長が言った。ことわざや警句のたぐいには目がないのだ。ミスター・ハクスタブルが自分で説明し（読者には自明のことと思う）、すぐに先を続けるようオバディアに言った。

しかし、こんな垢抜けないやくざ者の言葉をずっと読まされるのは退屈だろう。その問題がこれほどわが身に密接に関わっていなかったら、わたしたち自身もとても聞いていられなかったと思う。というわけでオバディアの話を簡単にまとめると、ミスター・ヴァーテンブレックスは身ぶり手ぶりで海の蛮人とあるていど意思の疎通ができるようになったという。またあの生物は一種の言葉を話すことができた――というか、少なくとも音声を発することができ、オバディアはそれをひじょうによく理解することができた。そんなわけで、彼をミスター・ハクスタブルへの使いに出したとき、船長（海賊船の船長である）はジェリー（彼もあの生物をそう呼んでいたのだ）をいっしょに英国へ連れていってよいと許可を与えた。ジェリーはことのほかオバディアになついていて、どんなことでも頼めばやってくれたという。

ダンピア船長が刺青男のプリンス・ジェオリーを見世物にしようと考えたように、オバディアもジェリーを英国で見世物にし、そのあとで売ろうという腹づもりだった。しかし、ブリストルに着いたところで、こんなあっと驚く見世物を出したら、どこから目をつけられるかわからないと不安になった。なにしろ海賊の手下なのだから、公衆の面前に出るのは気が進まなかったわけだ。

そんなわけで、宿をとってから――ちなみにその宿というのは、わたしがミスター・ハクスタブルの手紙を届けに行った小路の近く、〈シェイクスピア亭〉の一室だったのだが、彼はジェリーを見世物にするどころか、なるべく人目につかないように宿の一室に隠していた。

さて次は、船長に与えられた役目を果たさなくてはならないが、理屈にあわないことながら、ミスター・ハクスタブルに会うのが恐ろしくなったというか、気後れしてしまい、彼の言によれば「陸《おか》じゃまるで勝手がちがう」ため（オバディアがわたしに手紙を届けさせた理由について、ミスター・ハクスタブルが農場で話した推測は当たっていたわけだ）、一日一日と先のばしにし、所持金がほとんど底をつくまで宿屋で飲み食いして過ごしていた。このころ、毎晩ミスター・ファルコナーがその宿屋に食事に来ており、それで知り合ったのだという。

「いつも酒杯の前に座っとって」とオバディアは言った（以後はまた、できるだけ彼の言葉に近い文体で続ける）。「だれともひとこともしゃべらねえんで。顔は青白いけど、服には海のにおいがしみついとるし、おれたちしゃべくり仲間は、たぶん一等航海士か二等航海士で、川に停泊しとる船に乗っとるんだろうと思ってたんだが、それにしても冷たいみじめったらしい雨みてえな顔つきだし、だれも話しかけようってもんはおらんかったね。初めての客なんかは、ひまつぶしかなんかで話しかけたりすることもあったけど、なんせ陰気な返事しか戻ってこねえし、すぐに避けるようになっちまうんだ。隣の席に座ることにでもなって、たちまち憂鬱の底に引きずり込まれちゃかなわねえからさ。

ところがある晩、いつもの暖炉のそばの席に座ろうとしたら、あの人が指を一本立ててこっちへ来いと合図するんだ。『なんだあいつ、えらそうに。あれでおれを呼びつけようってのか』ってておれは胸のうちで思ったね。『後甲板から命令でもするみてえによ。殴られてえのか』

てなわけでいつもの席に座って、ラム酒を注文して、ダチがチップの箱を出してきて、そいでさいころ遊びが始まったんだが、そのあいだじゅうずっと、あいつの視線を感じてたわけだ。顔をあげると、あいつの目がこっちをじっと見るんで、座ってるベンチからけつをチクリとやられたみたいにぎょっとしちまってね。それで急に、自分でも気がつかねえうちに、おれはさいころを振ったあと立ちあがって、どの目が出たか確かめるのも忘れて、あの人が座ってる椅子のそばへ寄っていったんすよ。

『おまえの耳に入れたいことがある』とあの人は言って、となりに座れって合図してきた。それで腰をおろすと、耳もとでこうささやくわけだ。『ぐずぐずしてないでさっさと立ち去れ。見張られてるぞ』って。

『なんでわかるんだい』と言いながら、おれはもうぶるっちまってた。

『つまらない質問で時間をむだにするな。さもないとつかまるぞ。どこに隠れるか考えるんだ。いい場所を見つけて、船が出るまで隠れていろ』

これでまたおれはぞっとしちまいましたよ。こいつは、おれがジェリーを連れてることを知ってるんだってはっきりわかったもんでね。それで、忠告どおりにする決心を固めたわけで。それで隠れ場所についちゃ、運よく、たまたま前の日に旦那の農場をこっそり様子見に行ってたんで、そんときとくに目についた風車小屋のことを思い出しやしてね。がらんどうだったから、なんでだろうと思ったもんで。

ミスター・ファルコナーに（とは言っても、こんときゃまだ名前は知らんかったわけですが）その話をしたら、明日の夜までにジェリーを連れてそこへ移れって言うんでね。そんでそこに隠れたら、昼間はどっちも外へ出ちゃならん、夜まで待てって、それも闇夜だけにしろって。『けど、食いもんはどうすりゃいいんだい』って訊いたら、『心配するな、要るものはわたしが用意する』って言うんだよ。

旦那はとっくにおわかりとは思うけど、おれみてえに貧しい不運な男にとっちゃ、気が滅入るどころじゃなかったっすよ。まあ、ほかのだれにとってもおんなじとは思いやすがね。だから、あの風車小屋にこもるってときにおれがラム酒をどっさり持っていったとしたって、似たような不運に見舞われたもんならだれでもそうしただろうし、船乗りならだれだってそのとおりと言うよ。まあそんなわけで、おかげでおれたちふたりとも危うく死にかけちまって、つまりその、風車小屋に火がついちまったんで、それは旦那もご覧のとおり――ていうのは火事のことで、その不運な火元のことじゃなくて。ミスター・ファルコナーは夜中にやって来て入り用のもんを差し入れしてくれやした。肉とパンと、それにジェリー用に干したニシンをどっさりね。話した憶えはねえんだが、ジェリーは魚を食うって知ってたみてえで。

ミスター・ファルコナーがどうしておれのことなんか気にかけて、宿屋で忠告してくれたのかはわからねえし、おれとジェリーのことをなんで知ってたのかもわからねえ。わけのわからんことばかしで、五里霧中ってやつで。司法官だかなんだか、おれを探してるやつから逃げられたわけで、おれにとっちゃそれだけでじゅうぶん。おれの軽いおつむにゃ、こんな謎々は歯が立たねえし、ミスター・ファルコナーはなんも言わねえしさ。そいでも、おれがジェリーを連れて船に乗るのをたぶん旦那は許さねえだろうから、もし連れていきてえなら(もちろん連れていきたかったんで)底荷に隠しとけ、手は貸してやるって言ってくれて――」

オバディアはそこで話を中断した。船長が悪態をつきはじめたからだ。口にできるかぎりの侮蔑の言葉を並べて、ミスター・ファルコナーをあしざまに罵る。

「あいつがろくでなしなのはわかっていたんだ」怒りにわれを忘れて彼はわめいた。「くそ、しおらしげな生っちろい顔をして、とんでもない食わせ者だ。あの悪党！　ずる賢い詐欺師が、こそこそしおって！　おまえに手を貸したんだと？　くそ、どうしてくれよう——」

そう言いながら立ちあがり、ドアに向かって歩きだしたが、ミスター・ハクスタブルが引き止めた。

「船長、お願いですから」と指を一本立てた。「まずは、この男の話を最後まで聞こうではありませんか。ミスター・ファルコナーの件はそのあとで処理しましょう。この男からできるだけ情報を仕入れないと、いまのところまるで事情がわからないのですから。わたしとしては、船長も同じようにお考えなのだと思っておりました」

そう言われて船長はまた腰をおろしたが、いらいらと不機嫌になにごとかつぶやいている。それを横目に、ミスター・ハクスタブルはオバディアに先をうながした。

「でもね旦那、これ以上はあんまし話すことはねえんじゃねえかな。おれはどうしてもジェリーをこの船に乗せにゃならんと思い詰めてて、もとは売るつもりだったってのにさ。どうしてそんな気持ちになったのかって訊かれても、答えられねえです。おれは、旦那の言われる聖人みたいな人間だなんてとても言えねえし、よく言う人間らしいやさしさとかいうもんも、おれんなかにゃ大して備わっちゃいねえ。犬猫や船の小僧を見ても、そんな気持ちになったことは——けど、ちっとばかし話がそれちまいやしたね」（こんな冗長な話しぶりに、ミスター・ハクスタブルがいらいらしはじめたのに気がついたのだ）「で話を戻すと、おれはジェリーをこの船に乗せようと決心したわけです。そしたらミスター・ファルコナーが知恵をつけてくれたんで。出帆の一日二日前の夜に、ジェリーを川べりに連れてって、船に乗せて、船首《ピーク》の狭部に隠しとけって。船には当直がふたり乗ってるけどそいつらはなんとかするって言うんで、金をつかませるのかって訊いたら、そうじゃねえ、買収しようとするのは危険がでかすぎるって言うんでさ。あのふたりは身も心も、マストのてっぺんから船底まで、ミスター・ハクスタブルの忠実な部下だからって。

『買収はしない。一服盛るんだ』って言って、ふつうの行商人のかっこうをして、アヘン入りのラム酒を売るんだって言うんで、おれは大笑いしちまったよ。もっともあちらさんは、葬式に出てんのかってぐらい暗い顔してたけどね。

そんなわけで、おれはジェリーを連れて川に向かって出発したんだが、時間をまちがっちまって（白状するが、だいぶきこしめしてたんでね）、まだ夜の早い時間だったんで。それに、ほんとなら窓から見張って、旦那たちの出たり入ったりに気をつけてなきゃならんかったのに（すんません、旦那）ぜんぜんやってなかった。それで、川に着いて船に乗ろうとしたとき、危うく旦那たちと鉢合わせしそうになっちまったんで。つまりその、旦那がこの坊ちゃんといっしょに船に乗ろうとしとられたんで。

まあそんなわけで、時間をまちがったのに気がついた。いきなり声が聞こえて、それが当直の声じゃなくて、昇降口を光があがってくるのも見えましたんでね。おれは急いで暗がりに引っ返したけど、ジェリーのことを忘れてて、あいつは明るいランタンを見たらすぐに川に飛び込んだんだよ。本能ってやつだろうな、水中の生きもんだからさ。ていうのは、これはジェリーのすごく不思議なとこなんですがね、水のなかでも外でも同じように生きられるんでさ。ぶっ通しでいつまでも水中に潜ってられるんで、もう二度とあがってこねえかと思うぐらいで。あいつを見世物にするときは、このあっと驚く離れ業も使えるなと思ってたぐれえで」

「どれぐらい潜っていられるんだね」ミスター・ハクスタブルは口をはさんだ。「まる一分か、それとも二分ぐらいか」

「一分ですって、旦那！」オバディアは声をあげた。「一度なんか、まるまる三十分もあがってこなかったことがあるよ。昔の仲間たちなら証人になってくれるんだがねえ、凪でにっちもさっちも行かねえ日はすごかったんだよ。あいつの離れ業を見物して、おれたちゃ喜んであいつの欲しがるものを褒美にやってたんだ。古い鳥打ち帽とか、派手なネッカチーフとかさ。あんまり長いことあがってこねえから、もう待ちくたびれてきちまって、きっと溺れちまったんだろうとか、もう帰ってこねえのかと思ったこともあったぐれえでね。ときどきは、海の底からなにか拾ってくることもあったな。ほらこれ、珍しいでしょう、旦那には失礼とは思いやすが、よかったらもらってやってくだせえ。こいつは海の底からジェリーが拾ってきたもんなんで。もらっていただけりゃおれもうれしい、旦那に幸運を運んできてくれやすよ」

そう言いながら、ベルトからナイフを抜いた。それは形も作りもひじょうに不思議なナイフだった。全体が石でできていて、継ぎ目はどこにもない。刃には長く細い木の葉の模様が彫り込まれ、柄というか握りの下端には丸に十文字の模様が入り、まんなかあたりにはその他の奇妙な意匠が刻んである。オバディアは、滑稽なお辞儀をしながらそれをミスター・ハクスタブルに差し出した。船長とわたしはよく見ようと椅子から立ちあがった。

「これは大した珍品でして」オバディアは言った。「たとえ世界中探したって、こんなのは見つからねえでしょう。だから、旦那もきっと要らんとは言われんと思いやして」

こんな気前のいい贈り物に、ミスター・ハクスタブルはいささかたじろいだ。最初は（傍目にも明らかに）これを無作法なふるまいと考えかけたようだが、ややあってから「せっかくだからいただこう。おまえが言ったとおり、これはとても珍しいものだ。大切にするよ」と心のこもった丁重な口調で言った。オバディアはこれを不思議なほどうれしがって、大きな子供のようににこにこしていた。

ところが、ミスター・ハクスタブルが言い終わらないうちに、甲板が騒がしくなってきた。水夫たちが走りまわっているようだ。騒ぎは収まるどころか、しだいにやかましくなってくる。なにがあったのか見てくるようにと、ミスター・ハクスタブルはわたしに言った。

わたしは急いで出ていった。オバディアの話の続きが気になって、なるべく聞き逃したくなかったのだ。

甲板に出てみると、月は沈んでいた。星々がまたたいているのが、厳粛な広間に消え残ったろうそくのようだ。そんななかで水夫たちのたてる物音や話し声は、一種の神聖冒瀆のように感じられた。

水夫たちはみな左舷側に集まっていた。最初はなにかつまらないことでけんかをしているだけかと思ったが、近づいてみてわたしは仰天した。ミスター・ファルコナーとあのもの言わぬ小男が、水夫たちのあいだであっちへ引っ張られ、こっちへ引きずられしているではないか。ふたりを舷側へ引きずっていこうとする者もいれば、同じように力ずくでそれを阻止しようとする者もいる。

しかし、ぼうぜんと眺めているうちに、だしぬけに騒ぎは収まって静かになった。あの年老いた信心深い船乗りの声がする。静かに穏やかな口調でいさめている。

「みんな、なあ、聞いてくれ！　こんな罰当たりで乱暴なまねをしちゃいかん。まさか、天罰をわが身に招き寄せたいわけじゃあるまい。神の名にかけて、いますぐこんなことはやめようじゃないか！」

しかし甲板長がそこで声をあげ（これでこの暴行の首謀者と知れた）、激した口調で口汚くののしりはじめた。「そんな老いぼれのたわごと」に耳を貸すな、「凶運をもたらす悪魔」を逃がすなと水夫たちをあおり、このふたりは「忌まわしい魔術師」で、ふたりで手を組んで船と凪の海に呪いをかけているのだと叫んでいた。

「落とせ！　落とせ！　泳がせろ！」彼は激昂して叫んだ。「どうせこいつらの主人の悪魔が助けにくる。来なければ海に呑ませてやればいい、海の薬だ、これで呪いも解けるだろう！　みんな手を貸せ」と叫ぶと、ミスター・ファルコナーの肩をつかみ、乱暴に引っ張っていこうとする。

しかし、年老いた船乗りがまた声をあげた。

「警告を無視してただですむと思うな」彼は言った。「用心せよ！」ほかの水夫たちもその一語を繰り返しはじめ、その声がひとつに重なって、厳かな咆哮がうねるように夜の闇を埋めていく。

さすがの甲板長もこれには勝てなかった。ミスター・ファルコナーをつかんでいた手を放し、ぶつぶつ言いながら背を向けた。水夫たちは三々五々散っていき、先ほどまで怒声をあげていがみあっていたのが嘘のように静まりかえった。甲板のまんなかにぽつんと取り残された航海士とミスター・ヴァーテンブレックスは、それぞれべつの方向へ去っていった。ミスター・ファルコナーは歩きながら上着を整えていたが（引っ張られてなかば脱げかけていたのだ）、それがじつに無頓着で無造作なしぐさで、先ほどの騒ぎは彼とはなんの関係もなかったかのようというか、あんなひどい目にあわされたのが、まるでただの自然現象――たとえば風や波のせいでしかなかったかのようだ。それどころか、あの無言の小男と同じく、心が身内の奥深くに沈潜してしまっていて、外界で起こることにはなんの関心もないような態度だった。それがなにより奇妙なところだった。

そこへ、船長とオバディアを従えて、ミスター・ハクスタブルが甲板に出てきた。わたしはいまあったことを話した。

それを聞いて、ミスター・ハクスタブルは不安そうなげっそりした表情を浮かべ、船長のほうにちらと視線を投げた。船長が極端な行動に走らないか気をつけていたのだろう。もっとも、水夫たちがミスター・ファルコナーに暴力をふるったことで、船長は腹を立てるより喜んでいたのではないかと思う。怒りの言葉をぼそぼそ口にし、「乗員の反乱」がどうこうとつぶやいていたものの、水夫たちはとっくに解散したあとなのだから、反乱というほど深刻な事態と見なすこともないでしょうとミスター・ハクスタブルが言うと、さほど不満そうな顔もせずに同意した。

ミスター・ハクスタブルは言った。「というのも、これは法廷では反乱と裁定されるでしょうが、しかし理性的に考えて、司法がまず認定しないであろうこと——つまり、あの怪物が現われたせいで水夫たちがパニックを起こしていたということですが、そこを考慮しなくてはなりませんからね。ですから、水夫たちを舷側に集めて船長から話してやってください。この問題はなるべく早く片づけたほうがいいでしょう。反乱罪に問われないかといつまでも不安がらせてはいけない」

「なにをおっしゃいますか！」と船長が声をあげた。「ご自身のほうが、わたしより水夫と話すのには慣れておられると思いますが」

「そうですか」とミスター・ハクスタブルは応じた。「では、水夫たちを集めていただければわたしが自分で話しましょう」

船長はミスター・ファルコナーを呼び、主甲板に乗員を集めるように指示した。そこでわたしたちはほどなく、むっつりと暗い顔をした水夫たちを後甲板から見おろすことになった。押し黙っている者もいれば、ぶつぶつつぶやいている者もいる。夜が明けはじめ、冷たいぼんやりした光が上向いた水夫たちの顔を照らしていた。

ミスター・ハクスタブルが話しはじめ、巧みにかれらの不安を鎮めたが、実際になんと言ったのかここに記録することはできない。わたしの頭はもう能力の限界で、柵にもたれて立ったまま眠っていたのだと思う。そのあと船室にどうやって戻り、いつのまにベッドに入ったものやら、実際のところろくに憶えていないありさまなのだ。

第十八章　岩の柱の探索と海に現われた光

　これは無理もないことだと思うが、朝になって目が覚めて、前日のあまりに途方もないできごとを思い起こしたとき、最初のうちは実際に起こったこととは思えず、夢に見た場面だったにちがいないとわたしは思った。

　急いで着替えて甲板にあがってみると、天候はあいかわらずで、船はいまも張れるかぎりの帆を張っている。朝からもう蒸し暑く、海は並外れて暗く見え、スモモのように暗紫色をしていた。そしてその上の空も、雲もないのに暗かった。

　水夫たちは静かにてきぱきと仕事をしていたが、どことなく不機嫌なように思えた。ミスター・ハクスタブルと船長はどこかと尋ねると、朝食をとりに船室に入ったとひとりが教えてくれたので、わたしもそちらに向かった。

　ふたりは、わたしが入ってきたのに気づかなかった。ミスター・ハクスタブルは食べながらなにか考えごとをしていて、船長の言うこともほとんど耳に入らない様子だった。いっぽう船長は激した口調でまくしたてている。

「はっきり申し上げますが」わたしが腰をおろしたとき、船長はそう言っていた。「それは明らかに不合理な話で、どこから見ても迷信以外のなにものでもありません。そんな途方もない話がどこからかもちあがって、水夫たちがおかしなことを考えはじめたりしたら、ご自身で強く叱責なさったはずです。事実、もっと些細なことでもたしなめておられたではありませんか。水夫たちにどんな影響があるかお考えになりましたか。なにも知らせないままではいられませんからね。それでなくても、そういう突拍子もない話をすぐに信じる連中なんですよ。いやはや！　狂人の書き散らしたたわごとを真に受けようというのですか。わたしは納得できません。どうしてそんな気になられるのか不思議なくらいです」

ミスター・ハクスタブルはひとことふたこと、ひげのあいだから唸るように答えただけだった。船長のほうはいつもの甲高い声でまくしたてつづけ、それを聞いているうちに、船長がなぜこれほど苛立っているのかわかってきた。ミスター・ハクスタブルは、無言の男の文章に出てきた『岩の柱』を求めて、この船で探索してまわりたいと希望しているのだ。この海域にあって、人に知られていない小島のことだろうというのが彼の考えだった。

ミスター・ハクスタブルの気のない返答に、ついに船長は完全にしびれを切らした。そして、そんな途方もない決心を翻すように断固として迫り、針路は変えず、本来の目的地に向かうべきだと主張した。

ミスター・ハクスタブルは、その本来の目的地とはどこのことかと尋ねた。指定の会合場所にはまだ着いていないが、目当ての海賊船は見つかって、しかしミスター・ヴァーテンブレックス以外はだれも乗っていなかったのに、と。それに対して船長は、インド沿岸の最寄りの港こそ目的地だと答え、そこで必要物資を補給し、水樽を満たしたら英国に戻るべきだと言った。あるいは、探索を続けるとしても、必要物資を補給しつつインド沿岸を行き来して情報を収集するとか、また海上で出会った船に尋ねるとかすればよい。ミスター・ハクスタブルは、それもよいが、まずは『岩の柱』を真剣に探したいのだと答えた。「先ほど申しましたとおり、きっと見つかるだろうとわたしは密かに確信しておるのです。さらにまた、目的を果たすうえでそれがきわめて重要だとも信じています。しかし、たとえそうでなかったとしても、どんなにばかげた、あるいはあいまいな可能性であろうと、ひとつ残らず試してみなくては気が済まない。ですからこの探索はぜひとも実行し、その結果がどう出るか見てみないわけにはいかないのです」

彼は有無を言わさぬ口調で言い切ったが、船長はグラスを引っくり返すほどの勢いで立ちあがった。

「結果がどう出るかですと！」船長の顔は火を噴きそうに赤く、ひたいには青筋が浮いていた。「なにをおっしゃるやら、結果がどう出るかならお教えしますよ。わたしはこれ以上、あなたの船で船長を務めるのはお断わりです。船長の地位は明け渡します。心ここにあらずの狂人の話を真に受けるつもりはありませんし、またその指図に従う気もありませんのでね。あの狂人を船長になされればよい。そんな白昼夢のような探索には打ってつけですよ」

そう言うと足音も荒く船室を出ていき、力まかせにドアを閉じた。

ミスター・ハクスタブルはじっと椅子に座っていた。テーブルのほうに顔をうつむけていたので目は見えなかったが、厳しい眉と握りしめたこぶしを見れば、彼が激怒しているのはわかった。というより肌で感じられた。以前にもあったように、いまにも雷を落としそうな巨大な真っ黒い雲のようだった。

ようやく、重いものを振り払うかのように、えいとばかりに力をこめて立ちあがると、ミスター・ハクスタブルは船室を出ていった。わたしもあとを追い、いっしょに甲板に出た。

甲板に出たとたん、わたしは驚いた。空がとても暗い。こんなに暗い空は初めて見た。晴れているのに、ほとんど真っ黒に見える。しかしそれ以上に驚いたのは、太陽は空に溶け込んで見える（輪郭すらろくに見分けられないほどだった）のに、その光はふつうの快晴の日とまったく変わらず明るかったのだ。船室のなかがふだんより暗かったのかもしれないが、そんなことはなかったと思う。船のどこを見ても、帆もマストもヤードも、あるいは甲板の影のない部分も、まぶしいほどに輝いていた。

なにか尋常でないことが起こっていると思って、ミスター・ハクスタブルに不安を訴えた。すると彼は、たしかにみょうではあるが、とくに心配することはないと思うと言う。

「でも、大嵐が来る前兆だったりしないでしょうか。こんなに帆をいっぱいに張っているときに、いきなり嵐が襲ってきたら大変じゃありませんか？」

「備えはしてあるから大丈夫だ。それに見てごらん、空には雲ひとつないじゃないか」

「お言葉ですけど、船長はとてもお怒りでしたから、ちゃんと用心して船の指揮をとってくださるか心配です」

「わたしをどんなばかだと思っているんだね。それにはちゃんと手を打っておくよ」と彼はからかうように言った。「それはともかく、このところきみはラテン語の勉強をおろそかにしているのじゃないかね。わたしが厳しい教師だったら、べつの雷を心配しなくてはならないところだぞ。わたしの船室からキケロを取ってきなさい。『老境について』の魂の不死性を論じている格調高い文章を朗読してもらおうか。なにはさておき、あそこだけは頭に叩き込んでおいてもらいたいからね」

船室に向かう途中、船長が甲板を歩いてくるのを見かけた。不機嫌な表情で、むっつりした険悪な声でミスター・ハクスタブルに挨拶していたが、言葉も内容も聞き取れなかった。しかし三十分後、課題を終えて戻ってきてみると、ふたりは並んで歩きながら低く親しげな声で会話を交わしていた。ミスター・ファルコナーの名前が一度か二度聞き取れたが、なにを言っているのかはわからなかった。近づいていくと、ふたりはすぐに話をやめてしまったからだ。それではたと思いついたのだが、先にそのつもりだと言っていたとおり、とっくにミスター・ファルコナーに対する尋問は済ませていたのにちがいない。

この日は一日じゅう、湿った暑い風が吹いたりやんだりしていた。風とも呼べないようなかすかな風だったのだが、それでも船はわずかに進みつづけた。海も空も驚くべき奇妙な色は変わらず、正午ごろにはさらに暗さを増して、いっそう濃い青や紫や褐色を呈していた。

そんなわけで船はあてもなく進みつづけ、そのあいだずっとわたしたちは『岩の柱』に目を光らせていた。最初に見つけた者には多額の報奨金を出す、とミスター・ハクスタブルが約束していたのだ。ここまで読んできたかたは、わたしに劣らず驚いていると思う。なにしろミスター・ハクスタブルのように道理のわかった人物が、こんな荒唐無稽な夢物語――(どう見ても)この話はそうとしか思えなかった――をどうして追求する気になるのだろうか。しかしさほどたたないうちに、それがまったくそうでなかったことが明らかになるのである。

奇妙な海の眺めにいよいよ不安は募り、その色合いや状態にわたしは強く影響を受けてしまった（それがわかるのは、あいまいな謎めいた妄想にさんざん襲われていたからだ）。どう見ても、水夫たちも負けず劣らず不安を感じているようだった。小耳にはさんだ小声の会話から判断すると、凶兆とは言わないまでも、なんらかの予兆だと見ていたようだ。ちなみにオバディアはほかの水夫たちを見下して交わろうとせず、ふんぞりかえって甲板をのし歩き、無礼で卑劣な態度のせいで当然ながらしょっちゅう仲間を怒らせ、けんか口論に巻き込まれていた。

その日のあいだ、わたしはしょっちゅう海を見張って船を探していた。ほかの船が見えれば、心にのしかかる不安な予兆をぬぐい去るのに役立つだろうと思ったのだ。しかし、船影は見えなかった。あのときの心理状態では、見えたらむしろ驚いていたにちがいないと思う。なにもかも奇妙で非現実的で、超自然的な世界に迷い込んでしまったかのようで、ほかの船のような当たり前のものがこの海に現われたとしたら、影や亡霊の住処にいきなり、実体のある現実の存在が突っ込んできたように感じただろう。実際のところ、甲板もマストも帆もまぶしいほどに光っていたにもかかわらず、不安なわたしの目には昼がまるで夜のように感じられた。暗い空は煙の色を思わせ、子供のころに見たきらびやかなスペインの教会を、そこに立ち込める香炉の煙を思い出した。そんな記憶をたどるうちに、まるで夢のなかでのように、わたしの心はあの朝――寄宿学校から逃げ出して、森のなかで目をさまし、明るい草地と青い花々を見ていた朝に戻っていた。

こんなふうに明るい思い出をたどるうちに少しは気分が晴れたものの、急に睡魔に襲われて、わたしは甲板の舷側板のそばに横になり、巻いたロープに頭をのせた。しかし、水夫たちのぼそぼそ話す声、風に揺れて帆や索具の立てる小さな音のせいで、眠り入ることはできなかった。しかし一種の無気力状態で起きる気になれず、横になったままなんとなく外界で起こることを意識していた。

日没のころ、わたしは起きあがって甲板をうろつきはじめた。海も空も暗い紫色という奇妙な表情は変わらなかったが、西の空を見れば沈む太陽の周囲だけはほかより明るく、その硬質で一様な輝きは、紅玉の筋の入った紫水晶を思わせた。

常にない奇妙な静けさが船を覆っているように思えた。水夫たちは話し声――いや、ささやき声すらも立てず、立っている者も動く者も、その動作は緩慢で大儀そうで、まるで麻薬に酔っているようだった。

陽が沈み、星々が現われた。このあたりに来てからは、みごとな黄金色に輝く星々をよく見たものだが、今夜の星にはそんな輝きはなかった。微風はいまでは完全にやみ、霧が立ちのぼってきた。霧はしだいに濃くなったものの、もともとぼんやりした星々の光に、さらに一枚紗をかぶせた程度にすぎなかった。霧はあたりを漂う青い蒸気のようで、真珠光沢のある影となって甲板を覆い、水夫たちはそのなかに立って恍惚としているように見えた。

この日のうちに、わたしは適当な機会をとらえてミスター・ハクスタブルに質問し、オバディアの話についてミスター・ファルコナーからなにか聞き出せたか尋ねてみたのだが、返事はノーだった。一度ならず尋ねてみようとしたが、あのあいまいな問題にちょっと触れただけで、ミスター・ファルコナーの心には大きな影響が及び、たちまち状態も雰囲気も死人を思わせるそれに陥ってしまったというのだ。

床《とこ》についたが眠れなかった。眠れずに甲板に出ていって幽霊に間違われたことがあったが、あの夜と同じぐらい眠れなかった。そして今夜もあのときと同じだった――眠れないまま横になっていると、さほどたたないうちに、起きて甲板に行かなくてはならないような気がしてきたのだ。そして一面では、ただの気のせいだとわかっていた（前回のときもまちがいなくそうだった）のだが、それでもまもなく起きあがり、マントを着て甲板へ出ていった。

晴れた星の夜で、また吹きはじめた微風に霧は吹き払われていた。ひんやりした夜気のなかに出ていくのは快かった。見あげれば星々や三日月が金色に輝き、スミレ色の暗い夜空は柔らかいベルベットのようだ。

あたりを見まわしたが、船にはふだんと異なるところは見当たらなかった。当直は静かに規律を守っているようだし、ほかの水夫たちは船尾楼の下にマットレスを敷いて横になっている。ミスター・ハクスタブルは水夫たちの健康につねに気を遣っているから、この蒸し暑い海域に入ってからは、狭苦しい船首楼のなかで寝るよりそのほうがいいと考えたのだ。ミスター・ファルコナー（いまではふつうの健康状態に戻っていた）が後甲板の舵輪のそばに立っていた。

見守っていると、彼は目的ありげに（というように見えた）さっと首をまわし、舳先の向こう、右舷側の海に目をやった。それでわたしもそちらに目をやったのだが、すると波のあいだに、真珠貝のようにきらきらするものが見えたような気がした。と、すぐに同じものがほかにも現われた。三つ、四つ、全部で五つ。それがみんな、くっつきそうなほど近くに並んでいる。イルカの群れが泳いでいるかのようだった。というより、実際にイルカの群れだろうとわたしは思った。きらきらしているのは、海中の発光生物のせいにちがいない。この海域ではとくにそうなのだが、オールでかきまわしたりして海水が乱されると、そのせいで夜にはなにもかも銀色に光って見えるのだ。

その光るものはすぐに消え、わたしはそれきりそのことは忘れてしまった。しかし、それはイルカではなく、また魚でも、その他の海獣でもなかったのだ。なんなのか（そしてその他いくつかの付随することも）知ってさえいれば、それが現われたあたりをミスター・ファルコナーがじっと見つめていた理由もわかっただろう。この二度めの夜の甲板探検のさいにちらとかいま見たもの——そこにどれほどおぞましく恐ろしい意味がこもっているか、わたしは遠からず知ることになるのだが、その夜ベッドに戻ったときには、変わったことはなにもなかったと思っていた。

真相はこの話が進むにつれて明らかになるが、あまりお待たせしてはいけないから、語るべきことのまったく起きなかった（天候もいままでと同じだった）翌日の昼のことは飛ばして、さっそくその夜にあったことを物語るとしよう。といっても、たとえ文豪の技術や力量が備わっていたとしても、あれを描写することができるものか、また描写したとして、はたして読者に理解してもらえるものだろうか、わたしには見当もつかないのだ。

第十九章　ミスター・ハクスタブルの哲学

夕食の席に着いてみると、船長はすっかり機嫌を直して、ふだんの自分を取り戻していた。というより、夕食が始まってまもなくふだん以上に陽気になり、俗っぽい冗談を飛ばしたり、また立派な知り合い（と彼の考える人々）のことを、前にも述べたような調子で長々と語ったりした。ミスター・ハクスタブルも上機嫌だった。船長のように陽気に浮かれ騒ぐというのではないが、彼のこんなところを見るのは初めてで、これほど上機嫌になれる人だったのかと驚いたぐらいだ。酔ってはいるが、頭は冴えていて理性的な判断のできる人、というふぜいだった。ひたいのしわから、重くのしかかる暗い悲しみの影が消え、目はまるで太陽のように明るく輝いていた。

わたしとしては、船長とミスター・ハクスタブルがこれほど陽気だったのは、ミスター・ヴァーテンブレックスが同席していたせいだ、と考えたいところだった。わたし自身、ふたりに負けず劣らず幸福感と心の高揚を感じていたからだ。そして驚いたことに、ミスター・ハクスタブルもわたしと同じ意見を口にした。

そんなことがあったのは、ミスター・ヴァーテンブレックスが自分の船室に引き取り（夕食が終わり、給仕が片づけに来るとかならずそうしていたのだ）、船長がくだらない冗談の種も尽き、酒を飲み、パイプを吹かした末に、うとうと居眠りを始めたあとのことだった。

「彼といっしょにいると」と、あの無言の小男について彼は言った。「わたしはいつも元気が出て気持ちが明るくなるような気がする。あの人はまるで、精神的なランタンかなにかを身に帯びているようだね」

「ぼくもそう思います」わたしは言った。

「なに、きみも感じていたのか。不思議なことだ。ということは、あの奇妙な客からわたしたちは恩恵を受けているわけだね。なにか秘密の美徳というか力を持っていると考えざるをえないな。それにしても、彼がいまどんな状態なのか、どうしてそうなったのか、不思議でたまらない気持ちだよ。ムーンの話がほんとうなら——こんなことで嘘をつくとも思えないが——海賊たちといっしょだったころにはあんなふうではなかったというし。あんな人を見たことがあるかね、つまり、とにもかくにも、自分がなにをしているか気づかずにいられる——気づかないまま、食べたり眠ったり動きまわったり、夢のなかで行動しているみたいに、そんなことのできる人を」

「ギリシア神話に出てくる黄泉《よみ》の死霊みたいですね」わたしは言った。「それにしては陽気すぎますけど」

「そうだね」彼は言った。「しかし思うに、ミスター・ファルコナーならそのたとえにぴったりかもしれない。しかし、あの夢遊病のような状態で、あの人は頭のなかでは別の世界に生きているのだろうか。そこでは、外界のことがむしろ夢のように感じられるのかもしれないね」

「もしそうなら、その別の世界では子供になっているんでしょうね」わたしは言った。「ガラスのビーズを糸に通して喜んでるんですから。それで思い出したんですけど、ミスター・ファルコナーは船の模型を作ってますが、あれも子供の遊びですよね。ただ、あれは子供には無理だと思いますけど――ミスター・ファルコナーは、模型の舳先にすごく不思議な彫像をつけてますから」

「あれはすばらしく不思議な――」とミスター・ハクスタブルは言いかけて、そこで考え込んだ。「この問題に関係があるかどうかわからないが」とようやく口を開く。「しかし、あの人の書いたもののなかに出てきたヒマワリとか、東屋とか、シナモン色とか青といった言葉に、わたしは子供のころの思い出を呼び覚まされたよ。六歳ぐらいのとき、ディール（英国南部ケント州の町）近くの村の家に両親とともに暮らしたことがある。二、三か月ほどだったが、その家には広々とした庭と茂みがあったんだ。

　庭には種々さまざまな草花や灌木や果樹がどっさり植わっていて、わたしは毎日そこで楽しく過ごしていた。しかしなにより心を魅かれたのは、そしていまも記憶に焼きついているのは、塀（庭を円形に取り囲んでいた）に組み込まれるように建っていた大きな東屋なんだ。しかもいいかね、その東屋の窓ガラスは青とシナモン色に染まっていたんだよ。

　何年も経っておとなになってから、そのあたりを訪ねる機会があって、わたしはその家を見に行った。庭はたしかにわりと広かったが、想像していたよりずっと狭かったよ。子供のころ親しんだ場所を再訪するとよくあることだ。しかし、あの東屋は少しも縮んでは見えなかった。まもなく陽が沈むという時刻で、囲いのない麦畑から眺めていたら、頭上の濃青色の窓ガラスがくすぶるような鈍い光を投げていた。

　もうひとつ、あの人の書いた言葉からよみがえった懐かしい記憶がある。それは、その庭に咲いていたヒマワリなんだよ。大きな丸い炎のような花が金色に染まって、蜜のように甘い香りを漂わせていた」

「不思議ですね。どう考えたらいいんでしょう、なにか思いつくことがおありですか」わたしは言った。「ただの偶然でないとしたら、ミスター・ヴァーテンブレックスは自分の子供時代の思い出を書いていた――というか、少なくともそれが混じっていたってことでしょうか」

「鋭いね、ウィル」彼は言った。「実際きみの言うとおりかもしれない。わたし自身の心にも、そんなような考えが浮かんだよ。もっとも、いささか空想的すぎるかもしれないが。しかしなんであれ、また彼が自分の子供時代を思い出していたかどうかはともかく、奇妙なのはわたしの記憶に言及しているように思えることなんだよ。

この子供時代とそれの持つ魅力というテーマは、わたしの考えに大きな影響を及ぼしてきた。そこを温床としてわたしの哲学は育ってきたんだ。子供時代が失われ、いかにみごとなマントが脱げ落ちて過去のものになったか痛感したときにね。それがわたしの『創世記』の第一章なんだ。『創世記』の失楽園の物語は壮大な寓話で、あれが表わしているのはこの世における人の幼年期、つまり人が無垢で幸福に生きていた時代なんだ。そのころ、人は調和のとれた状態、いわば幸福な完全体だった。肉体と精神を分ける亀裂がまだ生じていなくて、すべてが渾然一体の球をなしている。肉体と精神が完全に溶け合っているから、かの雄弁な言葉――生ける魂――と真に呼べるような状態にある。ちょうど、イヴが創造される（いわば彼自身から分かれる形で）前のアダムのように――いや、自分を補完する連れ合いが必要だとまだ知らなかったころのアダムだね。

ウィル、きみにもいつかわかるときが来るかな(と言って、彼はわたしに微笑みかけた)。しかし、きみにはこういう哲学的な思索を理解する頭脳があると思う——その年齢にしてはありすぎるぐらいだ！　それにいまはよくわからなくても、ちゃんと種を蒔いていれば、いずれ芽を出して立派に育つかもしれない。わたしの著作の一部を読んで聞かせよう。まだ言っていなかったが(言ったかな？)、わたしは本を書いていたんだよ」

そこで船長に目を向けて、まだ居眠りしているのを確かめると、彼はデスクから書類の束を取ってきてテーブルに置いた。それからある箇所を見つけて読みはじめた。

「あの甘美な時代——というのは子供時代のことだよ——には、魂は傷ひとつない水晶にも似て、そのなかで光が輝いている。そしてあらゆる外的な事物のうちに、まるで日光のように火を灯す。知性と感性は一体であり、考えることと感じることはひとつの機能だ。ミルトンは天使について、あたかも全身これ心臓であり、頭脳であり、眼であり、耳であり、知性であり、感覚であるかのごとくに生きていると謳ったが、人もそれと同じように生きているのだ。しかし、悲しい分裂が起こると(悲しいというのはその結果で、その目的、最終的に目指すところにおいてはまったくそうではないのだが)、輝かしい光は曇りはじめる。その変容——楽園の中心に生えていた木の実を食べることはその象徴である——を通じて、人は善と悪を見分けられるようになるだけでなく、あらゆる事物をふたつに分けて、仮面とその裏の顔とを見分けられるようになる。

これより後は、人は楽園から追放されるだけでなく、ある意味では全世界から追放される。楽園《パラダイス》あるいは囲われた庭園（これがパラダイスの原義である）と同じく、それを外側からしか見られなくなるからだ。目は開かれる。しかしそれは、太陽より明るい内なる目ではない。人はプシュケのランプを手にとり、熱い油をこぼし、そして神は立ち去ってしまうのだ」

そこで中断し、理解できたかと尋ねてきた。わたしはよくわかったと答え、ただ「プシュケのランプ」とか「神は立ち去ってしまう」とかのくだりだけはわからなかったと言った。

「そうか、きみが知らないのを忘れていたよ。これは、幼い愛の楽園とその喪失を語った美しいギリシャの寓話なのだ。もうひとつの寓話——つまりエデンの園のことだね——と対比してみるのも悪くないだろう。あちらほど高尚ではないが、しかしある意味ではこちらのほうがずっと明快で、さまざまなことに広く当てはまるのだ。その話を読んであげよう、べつのところで書いているから」

ページをめくってから、彼はまた読みはじめた。

「プシュケはある王の娘であり、小さな翼のある乙女として描かれることもあれば、蝶の姿で描かれることもある。これは主として、純粋な愛という風にのって軽々と舞う魂を象徴しているのだろう。しかし、嫉妬した女神アプロディテは、息子のエロスまたはキューピッド（エロスの別名）を遣わして、現世の恋の炎によってその目もあやな翼を焦がしてやろうとした。しかし、このもくろみは完全に失敗した。というのも、ひと目見るなり、エロス自身がこの麗しい乙女に心を奪われてしまったからだ。そして、死すべき人間との恋に落とすはずが、パラダイスの谷間の宮殿に連れていき、ふたりはそこで幸福に暮らしていた。

しかし、このパラダイスにもやはり禁制は存在した。プシュケは、その肉の目でエロスを見ることを固く禁じられていたのだ。とはいえ、彼女はそれを望んだことはなかった。ずっと心の目にその姿をとらえているのに、どうしてそれ以上を望むことがあろうか。

こうして彼女はずっと幸せに過ごしていたが、嫉妬深い姉妹たちにそそのかされて、つい好奇心を起こしてしまった。そしてある夜、ランプを手に、エロスが眠っている部屋に忍び込んだ。ところが見つめるうちに全身が震えて、熱い油のしずくがこぼれ落ち、それが肩に当たって神は目を覚ました。そして言いつけを破ったことを厳しく咎め、ただちに彼女を棄てて立ち去ってしまったのだ。

プシュケはうつろなパラダイスに住みつづけることはできなかった。見るものすべてが、失われた甘い喜びの影を投げかけてくる。明るい光は、濃い闇よりも耐えがたい。すべてが空虚で静まりかえっている。ときおりエロスの声が聞こえる——あるいは聞こえたと思う。それはうつろに消え入るつぶやきであり、むなしい悲嘆の声だ。耐えられずに彼女は逃げ出した。より恐ろしくより偉大な声によって、罪を犯したふたりがエデンの園から追放されたのに似ている。

そして実際、プシュケもまたつらい労苦を強いられる運命《さだめ》だった。エロスを求めてむなしくあちこち探しまわるうちに、ついにアプロディテの神殿にたどり着いたからだ。女神のもとで彼女は卑しい仕事を言いつけられ、ついには冥界へ、プルトンの暗い王国へ降りていくよう命じられた。冥界の女王ペルセポネの化粧品の箱を取ってこいというのだ。

この過酷で恐ろしい仕事を彼女はやり遂げるが、箱をあけたとたん、その香りに圧倒されて地面にばったり倒れ、精神から切り離された肉の感覚の、すなわち目に見える形をこっそりのぞき見たことへの最後の罰を受けることになった。目に見える形というものは、美においては死に顔であり、精神が眠っているときにランプの光によって立ち現れるものだ。このようにかいま見られた眠れる神の姿は、はかない肉の姿（それを人が正しく受け取るなら）である。信仰の目にとっては、死が人の顔に与える静かな表情は、不死の表象と受け取ることもできるだろう。価値ある生を生きた人々においては、その死に顔は神々しいと言ってよいほどなのだから。

そして実際、プシュケは不死を獲得した。エロスはもう愛情を抑えきれず、駆けつけて彼女を生き返らせるのである」

読んでいるあいだ、彼はときどきページから目をあげて、わたしがちゃんと聞いて理解しているか確認して（そして大いに満足して）いた。ここまで読み終えるととてもやさしい目を向けてくれ、わたしは黙って座ったままうれしさにわれを忘れていた。そこでもうひとつ、すばらしくも奇妙なインドの寓話も聞かせてあげようと彼は言った。

「これはミスター・ファルコナーから聞いたのだ。つまり、もとは単純なお話なんだが、わたしがそれを頭のなかでふくらませて、解釈を付け加えてみたんだよ」

そう言うと、彼はまたページを繰って読みはじめた。

（Ⅰ）編者注

(i)プシュケとエロスの物語は、言うまでもなく、通常は魂の経験する三段階を表わすとされている。すなわち、生まれる前の自然な至福の状態、地上での苦役、そして未来の幸福な不死の生である。ミスター・ハクスタブルは、たんに他と比較すれば、幼年期はその第一段階になぞらえられるとしているわけで、すなわちその「投影」と呼んでよいかもしれない。

この主題のとくにすぐれた変奏としては、「なんと楽しく野から野へさまよい」で始まるウィリアム・ブレイクの詩がある。
(ii) ミスター・ハクスタブルはふたつの楽園物語を対比させているが、ギリシア彫刻における復讐《ネメシス》の女神の表現はその対比の妥当性を強く示している。女神はエロスの背後に立ち、伝統的に彼女の象徴とされたリンゴの木の枝を持っているのだ。

「はるかな昔、セイロン島の南の沖合に、ひじょうに大きく緑豊かな島が浮かんでいた。島の住民は、プラトンが『ティマイオス』に書いた島大陸アトランティスの住民と同じく、初期の時代には並々ならぬ繁栄と叡知を誇り、また廉潔にして高貴な民族だった。

かれらは最初のうち、高次元の視覚を有していた。これはまさに人の想像を超える神の恩恵であり、それによって光の世界——現世はその影でしかない——とつながることができた。つまり人々は、自己の本質である光明を通じて、事物の形状すなわち実体を見ていたのだ。したがってそれは、肉の目で見る形よりはるかに輝かしく、また本質に近いものであった。窓から外を眺めるように、一方向に外なる永遠を眺めるのではなく、空気の球から見るように、かれらはあらゆる方向から内なる永遠を眺めていたのだ。そして筆舌に尽くしがたい甘美な芳香と、事物の活き活きと美しく鮮やかな色彩は、かれらの魅せられた魂の衣装であり元素でもあった。

かれらの知っている互いへの愛には、肉体の檻という障壁がなかった。魂と魂を融合させ、ほとんどひとつになり、完璧に調和するのだ。太陽を愛していたが、その現世での破壊的な合成物、すなわち火については知らず、また知る機会もなかった。

しかし時がたつうちに、この純粋で本来的な魂の性質が変化しはじめた。至福の源であった直接的な視覚(出会って結合することが真の認識だから)は外向きに変わり、感覚は物質的になって、真の姿ではなくかりそめの影しか見えなくなった。かれらは心に想像するとおりの存在に変化していき、その結果として生じた孤立という幻想において、自己は縮んで物質的な肉体に収束したように思い、その物質的な影の手段、すなわち接触によって結合が達成できると考えるようになった。かれらはこれで、真の実質を獲得したと考えた。しかしそれは、絵画の実体は絵の具とカンバスだと考えるようなもの、あるいは詩の実体はインクと紙だと考えるようなものだ。インクと紙は破壊することができるが、詩はまた印刷すれば百もの実体が生じる。しかし、詩の真の実体は韻律や単語の正しい順序にあるのであって、それが崩れればその詩は失われる。かれらは見かけに、つまり外側に惑わされ、分類の原則として、たんに見かけがちがうというだけで——肉体と魂、男と女のように——誤った区別立てをし、霊的な合一のなかにありもしない差異を見いだすようになった。

同様にして、美醜という性質もまた善や真から切り離された。人々は驕りと強欲と野心の力にとらわれ、その共同体全体——喜ばしく得がたい社会——はばらばらになり、小集団どうしが戦いあう混沌状態に陥った。

しまいに、自分たちの状態が変化したことに気づいて、人々は嘆きはじめた。また、知恵ある人がいないわけでもなかった。そういう人々は、みなで手をとりあって、この悲しむべき逸脱を修正し、本来の姿に立ち返るべきだと主張した。なかでもとくに知られていたのが、熱意と高潔な精神をもつひとりの老哲学者だった。

彼は、人々の堕落した欲望の本質とその影響をはっきりと示し、いかにそれがむなしく、いかに誤っていて有害かと説いた。おいしい約束をして誘いながら、実際にはなにも得られない。そのような欲望は個々の組織を傷つけ狂わせ、ひいては共同体全体を混沌に陥れるのだ。

そして結合を貪欲に追い求めることは、その目的のために用いられるまさにその手段において、期待を裏切ることになる。というのは、接触の感覚は結合ではないからだ。顔あるいは外見は、霊魂の形状（これもまた実体である）から分かつことはできない。知性が近づかないかぎり、肉体を接することは霊的に近づくことにならない。しかし霊魂は空間のなかを動くのでなく、またそこに存在するのでもない。その領域は天上にある。というのは、物質的な領域と天上の領域はべつべつに存在するからだ。いっぽうを渡るのは光、他方は愛――すなわち霊的な光だ。こちらは無限であちらは有限、こちらは永遠であちらははかない。

人々は迷妄と感覚の穴に落ち込んでいる、と老哲学者は警告を発し、そこから這いあがらなければならない、さもなくばまちがいなくいっそう深く堕《お》ちていき、いずれは深い闇に、果ては恐怖に呑み込まれるだろうと戒めた。

この知恵ある教師の声に、多くの人々が耳を傾けるようになった。そのまま行けば、これによって改革が実現していたかもしれない。しかし他方で、同じように傑出した資質と知恵をもちながら、それを悪用する人物が現われて、人々にもうひとつの容易な道（と彼は主張した）を提示した。失われた幸福を取り戻すことはできなくても、少なくとも新しく喜ばしい発見によって経験と快楽の幅を広げることはできるというのだ。

この人物は高齢ではなく、いまだ人生の盛りにあったが、刻苦勉励の昼と長い研究の夜のせいで顔はやつれ、肉体も衰弱していた（これに対してもういっぽうは、高齢ながら頑健さを失っていなかった）。彼は自然科学を深く学んだだけでなく、この世の測りがたい秘密の力――これを操作することを魔術という――を学ぶことにかけては、達人の名に恥じないはるかな高みに達していた。

彼は地、水、火、風という四元素の隠れた性質を探求しただけでなく、光の謎めいた性質も追求した。そして薬以上に効果のある見えない光線を発見した。これは薬品以上に肉体に効くだけでなく、魂にも作用するのである。

彼の主張によれば、魂もまた地、水、火、風というさまざまな元素から成り立っており、それは外界の元素と対応しているのである。彼は、その各元素（内外両方の）と親和的な対応関係にある光線を合成・生産できる装置を発明したと称し、どれであれ望みの元素と領域の境界内に、人の認知能力を縮小して移転させることができると主張した。それによって、外界でそれと対応する元素の純粋な本質に近づくことができるというのだ。なんの夾雑物もなく、その元素に属する生物の性質や動きに精通することができ、想像を絶する新奇な感覚を体験・享受できると。

またさらに彼の主張によれば、これらの光線によってふだんは目に見えない（肉の目には透明にしか見えないため）多くの生物が発見され、そのなかには驚くほど珍しく奇妙なものもいて、人の心を楽しませ、また見聞を広げることもできるという。

彼は自信たっぷりにこう請け合った。貴族ならだれでも（このころにはそのような名ばかりの高位者が誕生していたから）、名乗り出てくれれば彼の作った機械を試してみることができるし、きっと満足してもらえると思う。そして、それを通じて民衆も満足してくれるだろう——こう言ったからといって、けっして民衆を軽視しているわけではないがと。

この斬新で広範に影響を及ぼす発見は、すべての人に開かれた演壇から発表された。人々は歓呼の声で迎え、貴族はこれを承認した。貴族のなかには、臆することなく試してみようとする者もいた。そして実際に試した者は異口同音に、効果があるうえにこれほどすばらしく愉快なものはほかにないと熱狂的に証言するのだった。

すぐに、島のあちこちにこの装置が設置されることになり、最初は貴族だけだったが、のちには一般の民衆も（設置数が増えたため）利用するようになった。

最初のうちはわからなかったが、この装置の悪影響はしだいに明らかになってきた。気の毒な犠牲者はその毒牙から逃れるすべはなく、しだいしだいに深く堕《お》ちていった。徳への愛と内在的な美に背を向け、たんなる外形に心を奪われた人々は、いまでは悪魔——奇怪でおぞましい妄想——にとらわれていた。

この邪悪な行為によってついには自然とその力も破壊され、そのために氾濫が起こった。島はほとんど海中に没し、並外れて固い岩でできていた高い山の一部だけが残ったが、それも侵蝕されて海面からやっと顔を出す程度になっている。

この島のなれのはてのうえで、数少ない生存者がどうにか生き延びていた。ときには波に呑まれそうになることもあるが、魚は豊富にとれる。そしてその岩山のなかに組み込まれる形で、水すなわち海という元素に属する光線を生成する装置が一台残っていた。いまはこのように生きるしかなくなったことを考えれば、これはひじょうに好都合なことだと人々は考えた。そして、その装置を一途に頻繁に使用することにより、自分自身をその元素に調和・適応させていった。このようにして、かれらとその子孫は徐々に変化していき、心や魂のみならず身体すらも変化して、海の生物と呼べるような身体の構造と機能を獲得したのである」

第二十章　不可思議な光

「ここまでだ」とミスター・ハクスタブルは言って、原稿をきちんとそろえてテーブルに置いた。「これを書くのはとても楽しい仕事だったよ。ただ、同時につらい仕事でもあったけれどね。ウィル、これを清書するのを手伝ってくれるね。きみならせっせとやってくれるだろう」

そう言ってから黙り込み、なにか考えているふぜいだった。そのあいだ船長はずっと眠っていて、子供のようにすやすやと寝息を立てていた。

彼の朗読を聞いているあいだずっと、わたしの頭は驚くほど冴えわたっていて、まるで尽きることのない蝋板に刻んだように、彼の一言一句が記憶に刻みつけられているほどだ。だから写しを作る必要はほとんどなかった（というのは、彼の原稿はのちにわたしが受け取ることになったからだ。わたしの義務として、いずれ出版して公にするつもりである）。

とはいえ、もうふだんの就寝時間はとっくに過ぎていたし、船室は空気がこもって暑かったしで、眠気を誘う船長の寝息の影響にわたしは屈しはじめていた。座ってミスター・ハクスタブルを見ながら、いま朗読された話のことを考えているうちに、あいまいで思い出せない夢の世界にすべり込んでいきそうになった。両腕をテーブルにのせてうつらうつらしはじめたとき、ミスター・ハクスタブルが驚きの声をあげた。

「光が！」彼は叫んだ。

顔をあげたとたんにわかった。なにか超自然的なことが起こっている。それが証拠に、船室じゅうが暗い光に満ちているようだったが、にもかかわらずわたしは目がくらんでしまったのだ。実際には、それは光の暗さの結果（のように思えたのだが）ではなく、原因だったのかもしれない。ランタンの光はぼんやりと白く、水晶のように透明だったが、まぶしい暗さ（としか表現できない）に劣らず摩訶不思議で信じられなかったのは、ろうそくの炎が少しも小さくなっていないことだった。

向かいの席のミスター・ハクスタブルは、仰天した様子で座ったまま身じろぎもしない。その見開かれた目には、並はずれて大きな驚嘆の色が見えた。話しかけたかったが、言葉がまるで出てこない。動こうとあがいて動けない、そんな夢のなかの恐怖をわたしは体験していた。まるで柔らかく重いものに全身を包まれ、押さえつけられているようだった。空気が凝集して重みを増し、超自然的な粘度を獲得したかのようだ。椅子から立ちあがり、ミスター・ハクスタブルのほうへ歩きだしたが、これほど悪戦苦闘して船室を歩いているのはわたしではなく、わたしの亡霊のように思われた。

わたしたちは死んで、この船は海の底に沈んでいるのではないかと思いついた。そうでなかったらもっと驚いたと思うのだが、ミスター・ハクスタブルのところへたどり着き、手を伸ばしてつかもうとしたとき、指はそこに届いているように見えるのに、なにかに触れた感じがまったくしなかった。またミスター・ハクスタブルも身動きひとつせず、わたしが見えたようなそぶりもなく、いままでどおりの表情で固まったまま目を見開いている。なにかの魔法にかかったかのようだった。

ミスター・ハクスタブルを起こそうとして失敗したのだから、今度は船長を試してみようとするのが当然かもしれないが、わたしはそうはしなかった。すっかり狼狽して、自分がなにをしているかろくにわかっていなかったのだ。しかし、さらに奇妙なのはそのあとのことだ。つまり、とくにそちらを見たわけでもないのに、船長が座ったまま眠りつづけていることがわかったのである。また、それを驚くべきことだとも意外とも感じていなかった。

しかし、このように突っ立ってむなしく空気をつかんでいるうちに、だしぬけに恐怖と驚愕の渦は弱まっていき、あとに不思議に強烈な静けさと孤独感、そしてぼんやりした不安な憧れというか、なにかはわからないがなにかが欲しくてたまらないという、疼くような感覚が残った。それはしだいに強まり、身を焼き焦がす炎のような焦燥感となって、そのなにかを求める気持ちはいっそう強烈になっていった。

と同時に、船室に満ちる暗い光が変化した――明るくなったというのではなく、その内部に、紗に覆われたような輝きが生じてきたのだ（とでも言うしかない）。わたしは天にも昇る歓喜を覚えた。ぞくぞくする、魔法にかかったような喜び。その光はゆらゆらとやさしく柔らかな動きでわたしの魂のなかへ流れ込み（そのように思えたのだ）、肉体的な感覚をその明るさで溶かし、その元素、すなわち太陽さながらに輝く天上の風のうちに精神を解放した。

ここに来てわたしは、薄ぼんやりと気づいて憧れていたものがなんだったのか悟った。それは、ミスター・ハクスタブルの美しい夫人の訪れだったのだ。至福のまぼろしのなかでわたしは彼女を見、表現しようもないほど緊密にして親密に交流することができた。そしてさらに喜びをいや増していた(そんなことが可能ならだが)のが、ミスター・ハクスタブルもいっしょだと感じられたことだ。そしてたしかにちらとそれが見えた。彼の目は輝き、それ以前とはまるで別人のようだった。

しかし、そのまぼろしは長くは続かず、その後に訪れたのはいまわしい恐怖だった。とつぜん光がちらついて魔法は破れ、明るい水晶の世界に影が差し、まるでマラリア熱のように灼けつく熱さと凍える寒さがこもごも訪れた。そのとき、身もすくむ亡霊の声が聞こえてきた。それが祖父の声なのはなんとなくわかった。祖父は痩せこけて縮んだ姿でわたしの前に現われ、警告するように指をあげた。こちらを見てその指を下に向け、姿を消した。

それと同時に、船室は醜い怪物だらけになっていた。浅黒く恐ろしい顔、尖って高く突き出した頭、大きく光沢のある黒く丸い目、てっきり地獄の悪魔かと思った(この船に現われた海の怪物のことは、とっさには思い出せなかったのだ)。うち一匹がじっとりと冷たい両手でわたしをつかんだ。海獣のひれにそっくりなその手でそいつの胸にしっかり抱え込まれたのだが、その胸が全体に毛に覆われており、濡れて水のしたたるさまは海草のようで、おかげで窒息しそうだった。わたしはそうやって船室の向こうに運ばれていき、そのあいだにほかの怪物どもがミスター・ハクスタブルと船長に近づいていく。

おぞましい悪夢のようだった。怪物どもはまったく話し声を立てず、それがますます悪夢めいていた。かれらはただよだれを垂れ流し、たるんだあごをうごめかし、耳障りにはっはっと息を吐き出すのが魚のようだ。わたしは船室から運び出され、甲板に連れていかれた。

最初は恐怖で声ひとつ出なかったが、ここでわたしは叫び声――というより悲鳴――をあげ、水夫たちに助けを求めた。なんの役にも立たなかったが、ぶよぶよした腕のなかで弱々しく身をよじってなんとか自由になろうともした。しかし、水夫の姿はどこにも見えなかった。月光に皓々と照らされた甲板はがらんとしている。

この新たな謎に衝撃をうけながらも、わたしはここでやっと、オバディアがこの船に隠していた不気味な生物のことを思い出した。そしてわたしをつかまえている怪物も、また船室に押し入ってきたほかの者たちも、あれにそっくりだと気がついた。あれは無害な生物だとオバディアが言ったのを思い出したが、それで安心しかけたのもつかのまだった。わたしがそれを思い出した次の瞬間には、怪物はわたしを抱えたまま船縁に飛び乗ったのだ。そのせつな――そいつが船縁に飛び乗ってから、海に飛び込むまでの――に目に飛び込んできた光景は、とんでもなく奇妙な経験ばかりだったこの航海中の記憶のなかでも、最もあざやかに脳裏に刻みつけられている。

一鏈ほど先に、黒い岩の柱が現われていた。海面から十四、五フィートほどの高さに突き出している。波はほとんどなかったのだが、それでも周囲では大きなしぶきが飛んでいた。そして船と岩のあいだの海面には、人の頭のような黒いものがいくつも見えた。岩のほうへ泳いでいこうとしているようだ。とそのとき、わたしを抱えた怪物は船縁から飛びおりた。

冷たい海水に飛び込んだ衝撃でいくらか活を入れられ、海面に浮上して息をついたところで、どうにか頭がまともに働くようになってきた。おかげで、このあとにあったことについては、客観的に見て正確に解釈できるようになってきた。

わたしを片腕に抱えたこの魚めいた怪物は、仲間たちとともに海を泳ぎ、わたしをどこかへ運ぼうとしている。その向かう先にあるのはあの柱のような岩だ。怪物の泳ぎは驚くほど速く、岩はたちまち近づいてきた。そこで見えてきたのだが、その裏側には同じ黒い岩のいわば台地があった。しかしほとんど海面すれすれで、波が寄せるたびに泡立つ海水をかぶっていた。

この岩の台地にたどり着くと、怪物はそのふちに手をかけ、わたしを抱えたままひと息にそのうえにあがり、息をあえがせながら、波の洗う岩のうえにわたしをおろした。

それから立ちあがり、わたしの上着のえりをつかむと、わきのほうへ引きずっていった。すぐに気づいたのだが、わたしの立っていた場所から数歩のところで、岩に穴があいていたのだ。人工的なもののようにきれいな方形をしている。波が岩を洗うたびに、そこに海水が流れ込んでいた。船の昇降口と同じぐらいの大きさだった。奇妙な岩の柱が折れ残ったマストの根元のようで、おかげでますますそんなふうに――つまり、海面にやっと浮かんでいるというか、浸水した（船乗りならこう言うだろう）難破船のように見えた。

その連想にうながされて見やると、わたしの船は遠くにじっと浮かんでいる。少し出てきた風を受けて帆が翻っていた。

ちらとそれを認めたところで、怪物のぶよぶよした指に腕をつかまれた。抵抗するすべもなく岩の穴に引きずられていき、ついにそのふちまで来て無慈悲に突き落とされた。これで最期かとすっかり観念して、ろくに悲鳴もあげられなかった。

ところが穴はさほど深くなく、おまけに落下の衝撃も大したことはなかった。岩のうえではなく、なにかもっと柔らかいもののうえに落ちたのだ。人間の身体だと気がついたが、深く考えるまもなくわたしは気を失った。

第二十一章　メドゥーサの恐怖

意識が戻ったときにはぐったりしていて、無気力のあまり自分が呼吸しているかどうかもわからないほどだった。その状態が一時間以上も続き（と思う）、そのあいだは体力も気力も完全に失せて麻痺していた。

ふと気づいてみれば、わたしは暗闇のなかに横たわっていた。不思議と恐怖も悲嘆もなく、淡々と、ではこれが死ぬということなのか、とまずは思った。しかし、ふいに知覚力というか理解力がよみがえってきて、ぞっとして周囲を見まわすと、そこは完全な暗闇というより、不気味で陰鬱な暗がりと言うほうがあたっていた。なんとなく広大でうつろな場所のようだ。広さは城の塔の十二倍ぐらい、壁は岩でできており、天井は楕円形の円蓋のようだった。そこではたと気がついた。いま横たわっているのは一種の岩だなで、そのうえに乾燥した海草が分厚く敷いてある。岩だなは側壁から突き出してぐるりと壁を一周しており、ほかにも横になっている者がいた。左右どちらにも、わずかなすきまをあけて、男たちがわたしと同じように横たわっている。岩だなのへりに足先を向けて、というかそこから足をはみ出さんばかりにして、仰向けになっているのだ。暗がりのなかでどうにか、知った顔がいくつか見分けられた。

声を殺して、すぐとなりに寝ている男に声をかけ、次にもう少し大きな声で呼んだ。寝返りを打って腹這いになり、這って近づいていった。しかし、向こうは口もきかず、ぴくりとも動かない。近づいてみたら、それは甲板長だった。目をあけたまま横たわっていて、しかもその目はなにかを見つめているふぜいでまったく動かない。最初は死んでいるのかと思い、わたし以外はみんな死んでいるのだと思った。

そう思ったせいで、あのときの恐怖と落胆がいや増したとは思えない。すでに膨れるだけ膨れあがっていたからだ。また逆にしぼむこともなかった——少し開いていた彼の口に手を当ててみて、呼吸していることがわかったときも。

腕をつかんで揺さぶってみたが、まるで効果はなかった。彼の表情を見てわたしはぞっとした。こちらを見つめる（ように思える）その目は、邪悪で忌まわしい喜びに光っていたのだ。わたしの魂は反発した——まちがいなく、強烈な嫌悪感に身震いして飛びすさった。そのとき、あの怪物のような野蛮な生物から岩の穴に放り込まれたことを思い出し（先に述べたとおり）、この恐ろしい場所は海中の洞窟の一種だろうと思いついた。

岩だなの下をのぞこうとして、少し横のほうの暗がりに目を向けた。なにかが岩だなのうえを、その縁に沿って動いている。すべるようなのたくるような動き。それは太くて楕円形のぶよぶよしたもので、色は少し暗い赤、大蛇の身体に似た管状のものの先端らしかった。こわいもの見たさと正体を知りたい好奇心で目をこらしていると、お椀のようないぼか吸盤のようなものが盛りあがっているのがわかった。かすかにしゅっと音を立てて、それは不意に岩だなの縁から引っ込んでしまい、わたしはそれが消えたあとの空間をただ見つめていた。

あれがなんだったのかわからないし、まるで見当もつかなかった。しかし全身がぞっと冷たくなり、髪の毛が逆立つのを感じた。そして、恐怖の冷たい手に引っ張られて、わたしは岩だなのふちに寄っていって底を見おろした。

いまでは目が暗がりに多少慣れていたので、驚くほど巨大でからっぽの縦穴をのぞき込んでいるらしいとわかった。丸い縦穴の五十フィートほど下には、どうやら水がたまっているようだった。

しかし、その瞬間（つまり、岩だなの下をのぞき込んだとき）にはそれには気がつかなかった——というより、途方もなく巨大なふたつの丸い目にしか気づかなかった、と言うべきだろう。大きさは舷窓と同じぐらい——いや、もっとずっと大きかった。分厚い縁に囲まれていたから。その目はわたしを見あげているようだった。悪意をこめて、それでいてびっくりしたようににらみつけてくる。その目には地獄の憤怒が宿って燃えているようで、それが闇のなかで、底知れない、情けを知らない憎悪をこめて金属のようにぎらぎら光っていた。まるでメドゥーサそのひとの目のようで、ひと目見ただけで全身が麻痺してしまった。動くことも声を出すこともできず、石像に化したも同然だった。

しかしそうこうするうちに、その全身がぼんやり見分けられるようになってきた。あの目立つ恐ろしい目は身体の上部についていた。その上部は細いが、下のほうは大きく広がってふくらみ、インクのように黒い水からなかば持ちあがっていた。そして頭（胴体の上部というべきだろう。それこの怪物には胴体しかないようだったから）の上から腕が分かれて四方八方に伸びている。見ればそのはとてつもなく巨大な蛇のようで、洞窟の側壁に向かってうねうねと広がっていた。

腕は全体にいぼのようなものに覆われていて、先ほど見た物体――岩だなの縁にそって動いていた――についていたものとよく似ていた。

わたしが横になっている場所のすぐ下で、なにかがこすれるような小さな音がした。はっとして目をやると、蛇のような腕の先端が見えた。まちがいなく、さっき岩だなに沿って動いていたのと同じモノだった。それがまた這い登ってくる。岩だなまであとわずか一ヤードまで迫っており、確実に近づいてきていた。とっさの衝動に突き動かされて、自分で気がつくより早くわたしは後ろへ飛びすさり、体側を下にして横になった。そのとき、ついにそれは岩だなのてっぺんに到達し、と思ったらいきなり襲いかかってきた。吸盤が大きく開いて、おぞましく貪欲な口かなにかのようだ。あとほんの一インチずれていたら肩に当たるところだった。

かくして目当てをとらえ損ね、それはしばしゆらゆらと空中で揺れていた。それから岩の表面をあちらこちらと探りはじめた。しかしそのあいだに、パニックのもたらす素早さでわたしは四つんばいになり、かなり遠くへ逃げていた。岩だなの横のほう、隣で寝ている男のそば――つまり甲板長とは反対側の男のほうへ逃げたのだ。そしてその逃げた先で、あまりの恐怖に圧倒されて（無理もないと思うが）わたしはすぐに気絶してしまった。

意識はすぐに（と思う）戻った。というのも、目をあけた記憶があるからだ――が、一瞬ちらとあけただけで、また眠り込んでしまった。しかし、それはふつうの自然な眠りではなかった。その眠りに取り憑いた夢はたんなる脳の空想の産物ではなく、生々しい実体を備えていてはるかに恐ろしかった。

そしてその奇怪な夢のなかで、わたしは不可思議な暗い海を眺めていた。船が現われたが、その形状も様式も船には見えなかった。甲板も舷側も楕円形だったが、マストも帆もなにもついていないのだ。色は青みがかった緑色で、一部の貝殻の内側のような光沢があり、いわばこの世のものならぬ内なる光彩にきらめいていた。船とは言ったが、それが生きものでもある（とでも言うしかない）ことにわたしは薄々気づいていた。

全体にかすんでいてよく見えなかったが、やがていくらかはっきり見えるようになり、わたしはすっかりその舳先に目を奪われてしまった。並外れて奇妙な様式で、材料は木材ではなく、またどんな固い材質のものでもなく、動物の肉体でできており、その柔らかさがえも言われず心をそそる。見たところ女性的な形状なのはわかってきたが、それは人間ではなかった。しかし、どこが人間と異なるかと言われるとわからない。筆舌に尽くせないほど魅力的で、どんな人間の女性も——たとえそれがトロイのヘレンやクレオパトラでも——かなわないほど、蠱惑的でうっとりするほど美しかった。

しかし結局、細かく見分けることはできなかった（できなくてよかったのではないかと思う）。というのも、だしぬけに硫黄の火のような閃光が走ったかと思うと、その曖昧で謎めいたものの四方八方から、恐ろしく巨大な触肢が何本も飛び出してきたのだ。噴き出す煙のなかで、それはメドゥーサの髪のようにくねくねとのたくっていた。

こうして闇が、そして恐怖が訪れた。わたしの魂は窒息しそうな濃い闇にすっぽり包まれ、地獄の忌まわしい力に呑み込まれたようだった。必死で抵抗したせいもあるが、形容しようもないすさまじい嫌悪感のおかげで、わたしはそこではっと目が覚めた。

とはいえ、眠り込んだその場所で目が覚めたとき、それはある恐怖から逃れてべつの恐怖に飛び込んだも同然だった。

しかし、恐ろしい洞窟はもう無音ではなかった。あちこちから、面食らったような低いざわめきやうなり声があがっている。すぐに気づいたが、横になっていた水夫たちの声だった。がたがた震えながらわたしは立ちあがった。薄暗い光で何人かの姿が見えたが、全員が身を縮めて岩だなの縁に寄っていた。ほとんどが四つんばいになり、下をのぞき込んでいる。薄暗い悪魔の劇場の観客のようだった。

とつぜん恐怖は消え、いわば静かで耐えがたい好奇心に捕らわれた。わたしは身をかがめ、岩だなの縁から下をのぞき込んだ。

しかし、まっすぐ下を見る勇気はなかった。あの悪意のこもる丸い目は二度と見る気になれない。ところがそれで目に飛び込んできたのは、もっと差し迫って恐ろしい光景だった。あの大蛇のような触肢の一本が宙に高々とそびえ立っていると見れば、その先端を巻きつけられてひとりの男が持ちあげられていたのだ。横になったわたしの頭上、ほんの四、五ヤードのところに吊り上げられた男――それはミスター・ファルコナーだった。

彼は抵抗もせず、悲鳴もあげなかった。あまりの恐怖と動揺で身動きもならないのだろう、と最初は思った。しかし、あっちを向いていた彼の顔が、触肢のゆるやかな回転でこちらに返り、真正面からはっきり見えるようになった（すぐ近くに持ちあげられていたので）とき、その顔に浮かんでいたのは、先ほど甲板長の顔に見たのとそっくりの、あふれんばかりの野放図で奇怪な喜悦の表情だった。

それを見ていてふと思った。これもまた、恐ろしい夢の見せる空想の場面にすぎないのかもしれない。水夫たちの様子からも、そう考えたほうがぴったり来る気がする。ふだんと感じがちがっていて、未知の不可思議な変化を遂げているかのようなのだ。暗がりのなかで見分けられるかぎりでは、その姿勢や動き（動けばだが）からも、また理解を超える奇妙な表情からもそんなふうに見える。

かれらの見せる不安や恐怖（とわたしには思えた）からして、ちゃんと意識があるとしか思えないのだが、にもかかわらずどこか不自然だった。

そこで悪魔の惑わしか、こんな考えが頭に浮かんだ――こういう変化が起こったのは、死んで罰を受けているからだ。わたしたちはみな地獄の大部屋に閉じ込められているのだ。しかし、そう思い込んで恐怖しかけるのと同時に、ミスター・ヴァーテンプレックスのことを思い出した。正気をなくした水夫たちの状態は、彼のそれによく似ていると気がついたのだ。

そんな考えが脳裏をよぎるが早いか（あっというまだった）、そしてミスター・ファルコナーの満足しきった喜悦の表情という信じがたくおぞましい謎の光景がまだ眼前にあるうちに、かすかな衣ずれのような音がした。背後の岩壁の、はるかに高いところから聞こえてくる。ふり向いて見あげると、そこに、なんとなく明るく見えるあたりの壁ぎわに、細く長い蛇のようなものが垂れ下がっていた。それが降りてくる。同時に声も聞こえてきた。聞き憶えのない声だった。高いが落ち着いていて、豊かな鐘の音のように耳に快い声。それが叫んでいた。

「こっちを見ろ、上を見るんだ！　ロープだぞ、これで逃げられるんだ。いちばん手近の者からあがってこい。順序よく、落ち着いて登ってこいよ。さもないと助かるものも助からないぞ！」

わたしが驚愕のあまり突っ立って見あげていると、さらに大きな声でこう聞こえた。

「しっかりしろ、逃げるんだ！　そのままだと生命がないぞ！　目を覚ませ！　立て！」

わたしにわかるかぎりでは、だれひとり動く者はなかった――二度めの、さらに切羽詰まった呼び声にも、少し頭をあげた者がひとりいるだけだった。その男もすぐにその頭をおろして、眼下の身の毛もよだつ光景をまた眺めはじめる。いまでは触肢は下がってきていて、ミスター・ファルコナーを下へ連れていこうとしていた。

「ばかなやつらだ！」声が怒鳴った。「もう遅いのか、助けようがないのか。しかしきみ、そこの少年――きみにはわたしの声が聞こえるだろう、意味がわかるだろう。となりの者たちを起こしてみてくれ。さあ、力いっぱい揺さぶれ！」

このころにはやや驚愕から立ち直っていたから、言われたとおりにしようとした。しかし、脚ががくがくしてろくに動くこともできなかった。

それでも手近の男たち――甲板長ともうひとり――の肩をつかみ、渾身の力をこめて揺すってみた。しかし、甲板長は低くなにごとかつぶやいただけだったし、もういっぽうはまったく口もきかなかった。

もういいからきみひとりでも登ってきなさいと言われ、わたしは恐慌に襲われて急いでロープに取りついた。あの恐ろしい触肢の一本が岩だなの下をこすっている音が聞こえたのだ。恐怖のおかげで力が湧いてきた。そうでなかったら、身体に力が入らなくて登ることなどできなかっただろう。船に乗っているあいだにこつを身に着けて、ロープを登るのは得意になってはいたのだが。てっぺんまで登りきると、だれかに上着のえりを両手でつかまれ、壁にあいた小さな開口部に引っぱり込まれた。

「さあこっちだ、急げ!」男は言った。

顔をあげてわたしは仰天した。ミスター・ヴァーテンブレックスではないか!

「口がきけるんですか!」わたしは叫んだ。「てっきり——」

「わかってる」彼は急いでさえぎった。「説明はあとだ、早く!」

「でも、ミスター・ハクスタブルが」わたしは重大なことを思い出した。「ぼくだけ逃げるわけにはいきません」

「心配するな、あの人は船に乗ってる」そう言って、せっかちにわたしの腕をつかんだ。「早く!」

そこは岩のなかの回廊のようになっていて、あの大洞窟からじかに分かれて伸びていた。はるか奥のほうからぼんやりと光が射し込んでくると見えたが、実際にはほんの十四、五歩の距離だった。そこを抜けていく途中、いくつか壁に絵が描かれていた。明るい活き活きした緑色に塗られていて、先を急いでいたせいでよく見えなかったが、円や三角形などで構成された奇妙な幾何学模様のようだった。

端までたどり着くと、その先は狭い方形の縦穴のようになっていた。頭上から明るい日の光が射し込んでくる。出口だ。あの奇怪な海の蛮人に投げ込まれた、岩の台地からの脱出口だった。

いっぽうの壁にロープが下がっていて、縦穴の深さはせいぜい十二から十四フィートというところ。ロープをつかむと、ミスター・ヴァーテンブレックスはただちによじ登っていった。わたしもそれにならい、登りきったところで目に飛び込んできたのは——言葉も出ないほど驚いたことに、それはわたしたちの船だった。この岩から二鏈と離れずに停まっている。

わたしたちの真上にそびえているも同然で、向かい風に流されないように帆は縮めてあった。そして舷門にはミスター・ハクスタブルが立っている。舵をとっているのはジャイルズ・ケジリー——あの年老いた白ひげの船乗りだった。

夢を見ているような気分で、明るい陽差しのなかにわたしは突っ立っていた。あの暗く忌まわしい洞窟から救い出されたのが信じられなかった。ここから眺める船は美しく頼もしく見えた。懐かしくてやさしげで、わが家に帰ったようだ。ミスター・ハクスタブルの姿を見て、どんなに安堵したかわからない。まるで生き返ったような気分だった。

しかし、そのときだしぬけに恐怖感が襲ってきた。冷たい亡霊の影が落ちたようだ。それと同時に、あのただ一本の岩の柱のことを思い出した。わたしの立っている場所からほんの数歩先で、岩盤からそびえ立っている。

そちらをふりあおぎ、いったいこれはなんなのだろうと思った。どう見ても自然にできたものではない。正確な円柱形をしているし、なめらかに磨かれている。おまけに、一種の方形の基壇のうえに立っているのだ。目をあげていくと、てっぺんの近く、海のほうに向かって、大きな舷窓のような丸い穴があけてあった。

しかしよく見るひまもないうちに、ミスター・ヴァーテンブレックスに急かされた。

「ボートに乗ろう」彼は言った。「急がないとあいつらが戻ってきて、船にたどりつく前につかまってしまう」

あいつらというのがあの怪物めいた海の生物なのはわかったが、いったいどこに行ったのだろう。しかしそれを知っているかと彼に尋ねはしなかった。男の頭――正確に言えばそのてっぺんのあたり――が岩の縁から見えたからだ。近づいてみると、それはオバディア・ムーンだった。船のボートを岩のすぐ下に着けている。

彼はこちらを見あげて、歯を見せて笑った（あの状況で、なにがそんなに面白かったのかはわからないが）。わたしはボートに飛び乗り、ミスター・ヴァーテンブレックスがそれに続いた。すぐさまオバディアはオールで岩を押してボートを出した。たった三度オールを漕いだだけで、たちまちわたしたちは船に帰り着いた。

第二十二章　ミスター・ハクスタブルの最期

わたしは驚き、また少なからず傷ついた。ミスター・ハクスタブルは、わたしが船に戻ってきたのにまるで無関心だったのだ。ボートが舷側に近づいて手を振ったときも、それどころか船に乗り込んだときですら、こちらに気づいた様子もなかった。

彼は考えごとに没頭しているようで、船縁に両ひじをついてあの海の岩のほうを眺めていた。こんな状況でこれとは、まったく奇異な態度だと思った。いくら、わたしがどんな危地を脱してきたか、どんな恐ろしい目に遭ったかを知らないと言っても。わたしはプライドを傷つけられた——というより、白状すれば——ひどくすねてしまって、こちらから声をかける気にならなかった。期待を裏切られた落胆が大きかったのだ。やっと助かったのだから、喜びと愛情の言葉をかけてくれると期待するのは自然なことだと思うが、それだけではなく、あのおぞましい洞窟で経験したことをすっかり打ち明けて（少年らしい誇張も多少は交えて）、不安や恐怖を吐き出したいという気持ちもあった。

ミスター・ハクスタブルになにがあったのか、またあの怪物どもが船室に入ってきたとき、どうやってかれらの魔手を逃れたのかと思い、そこではたと、彼の様子を見てぞっと背筋が冷えた。ミスター・ヴァーテンブレックスの日誌にあった、船室の壁を貫いて射し込む光という謎めいた文言のことを思い出し、この船の船室に射し込んできたのもそれと同じ光だったのではないかと思いついた(たしかにあれは、壁を貫いて射し込んできたように見えた)。そして、それがミスター・ハクスタブルに同様の影響を及ぼした——つまり、どういう形でかはわからないが、それに彼は影響を受け、あるいは魔法にかかって、ミスター・ヴァーテンブレックスと同じ状態に陥ったのではないかと思ったのだ。もっとも、わたし自身にはそんな影響はまったく及んでいないようだったが(そうと考える頭があるわけだから)。

そう思ったら立腹もプライドも吹き飛んでしまい、切羽詰まった口調で、なぜなにも言ってくれないのかとミスター・ハクスタブルに尋ねた。

しかし彼は返事をせず、聞こえたそぶりすら見せなかった——必死で彼の腕をつかみ、もう一度尋ねたときですら。

そこでわたしはふり向き、ミスター・ヴァーテンブレックスに話しかけようとした。そばにいると思っていたのだ(こんなさまざまな思いや感情がよぎったとはいえ、実際にかかった時間はほんの一瞬のことだった——というか、少なくともそう思えた——から)。ミスター・ハクスタブルにひとこともなく舷門からさっさと立ち去るとは思わなかったのだが、そこに彼の姿はなかった。恐怖にうろたえて、目が飛び出しそうになりながらわたしは周囲を見まわし、まさか魔法でどこかへ連れ去られたのかと思った。ミスター・ハクスタブルとふたりきりで残されたのだろうか、文字どおり心ここにあらずの——そうであれば身体もここになかったとしても同じことだ。いや、こっちのほうがずっと悪い。なぜなら実体のある亡霊ということになってしまうから。

そう思った瞬間、全身の神経が言うことをきかなくなった。もう眼球を動かすことも首をまわすこともできず、甲板のどこかにミスター・ヴァーテンブレックスがいるかどうか探そうにも探せなかった。

それはこの世のものならぬ恐怖であり、あの洞窟で経験したどんな恐怖にもまさるとも劣らなかった（その恐怖の経験のせいで、わたしはすっかり動揺していたのだ）。もっとも、それはいわれも実体もない恐怖だった。というのも次の瞬間、オバディアがヤードのうえから声をかけてきたからだ。帆を広げるためにそこに登っていたのである。おかげで、少なくともこの船にひとりきりではないことを思い出した。また、その後すぐにミスター・ヴァーテンブレックスも声をかけてきて、後檣《ミズンマスト》の帆をあげるのを手伝ってくれと言った。

そちらへ行こうとしたとき、ミスター・ハクスタブルの様子が変化したのに気がついた。食い入るような、深い愛情のこもる目でわたしを見ると、「フィリップ」となぜか別人の名で呼びかけてきた。「おまえがぶじ戻ってきてくれて、ほんとうによかった。しかし、水夫たちはどうなったのだろう」とあたりを見まわし、思いついたようにひげを引っ張った。「みんな連れ去られたか——それともこれは夢なのかな。船室であの悪魔の目を見つめてから、どうも自分が自分でないような気がする。いったいなにがあったというのだろうか」と叫ぶように言い、狂おしい目で見つめてきた。

返事をするまもなく、ミスター・ヴァーテンブレックスに甲高いせっかちな口調でまた呼ばれた。

「おや、あれはだれだ?」ミスター・ハクスタブルはそちらに目をやって声をあげた。そしてわたしとともに甲板を歩きだした。わたしたちが船尾楼の梯子を登っているとき、中檣帆《トップスル》ヤードにしがみついていたオバディアが、あの怪物どもが海を泳いでいると叫んだ。そちらに目をやると、たしかに二十人か三十人の群れがいた。あの岩の向こう端のさらに向こう、海中の黒い点のようになんとか見分けられる。どこへ向かっているのか知らないが、わたしたちにとってはぐずぐずしてはいられないという明確このうえないしるしだった。かれらの目的は明らかに、あのおぞましい洞窟に降りていくことであり（どんな理由でどこへ行っていたのかはともかく）、その目的からはずれてわたしたちの船にやってくる者はひとりもいなかったが、ここにぐずぐずしていれば、当面の用事が終わったら追ってこないともかぎらない。そしてかなり遠くまで逃げておかなかったら、いまは風が弱いからすぐに追いつかれてしまうだろう。かれらはなにしろ泳ぎが驚くほど速いのだ。とはいえ、船はすでに帆に風をはらみ、かなりの速さで動きはじめていた。

そのあいだ、ミスター・ハクスタブルはミスター・ヴァーテンブレックスをじっと見つめていた。しかし、ミスター・ヴァーテンブレックスは口をきくひまも与えず、丁重ながらきびきびした口調で、その少年とともに帆を広げてもらいたいと頼んだ。するとミスター・ハクスタブルはすぐにメインデッキに向かい、驚くほど身軽に段索《ラットライン》を伝ってマストに登りはじめた。

ミスター・ハクスタブルはものも言わずに仕事に打ち込み、また奇妙な物思いに沈み込んでいるようだった。彼はその後、何度かの短い例外的な時期を除いて、最後までずっとそんな状態だった。

話しかければちゃんと返事はするものの、それはあくまでも短く、また話し相手に対しても、長々と話しかけることをためらわせるような口調であり態度だった。そしてたいてい、せっせと仕事をしているあいだですら（労力を惜しむことも手を抜くこともしなかったが）、ひそかな至福の瞑想、あるいは交流に没頭しているようで、その目には幸福な――なかでも最も幸福な――恋人が、とくべつ満ち足りた時間を過ごしているときのような光が宿っていた。

わたしはと言えば、最初のうちは混乱していて、体力も気力もとても弱っていた（あんな目に遭ったのだから無理もないと思う）から、こんな差し迫った状況でなかったら、寝床についたきりしばらくは起きあがれなかっただろう。とはいえ、この船にはまったく人手が足りていないわけで、わが身を叱咤して奮起せざるをえなかった。

しかし、必要はときに有能な医師だ。よけいなことを考えられないほど忙しいほうが、どんな薬を服《の》むよりよく効くこともある。少なくともわたしの場合はそうだった。休む間もない労働と昼夜を分かたぬ当直で、ろくに寝るひまも食事をとるひまもなかった（だれもがあいた時間にひとりで食べていて、すぐに食べられるものがいつもテーブルに出してあった）のだから、こんな時でなかったら完全に参ってしまったかもしれない――少なくともへとへとになっていただろう――が、このときのわたしにはなんの障りもなかった。ただこれ以後、熱と寒気に悩まされやすくなったぐらいだ。

そうは言っても、わたしは生まれつき汗を流して働くのが好きで、つらい労働にも耐えられるたちだ。本を書くというような、頭の痛む厄介な仕事にはあまり向いていない。そんなわけで（「はじめに」でも書いたとおり）この話を書き留めるのを、この歳になるまでずっと先送りにしてきたし、またやっと取りかかってからも、ペンは遅々として進まなかった。いまこうして物語も終わりに近づき、目的の港が見えてきたときになって——そしてまた、もうひとつのあこがれの港にも近づいて、人生という大きなペン（しかしある意味では、そのペンは羽根よりも軽い）を置けるときもそう遠くなくなったいま、この物語を続ける力が哀れにも枯渇してきたのを感じている。そんなわけだから、あとの部分はいささか駆け足になっても、どうかご容赦願いたい。

つい脱線してしまって申し訳ない。話を進めよう。

順風と好天が続き、六日から七日、おおむね北東に向かって進んではきたものの、しょっちゅうふらふら針路がずれていた。なにしろ舵手の経験があるのはジャイルズ・ケジリーとオバディアだけで、しかもオバディアはしょっちゅう酔いつぶれていて使いものにならないのだ。それに気づいたミスター・ヴァーテンブレックスは、すぐにラム酒を残らず海に放り込んだが、そんなことをしてもむだだった。オバディアはまったくどうしようもない男で、どこかにこっそり酒を隠していたのだ。

船長役をみずから買って出てはいたものの（ミスター・ハクスタブルは、それに異を唱えるような気配もなかった）、ミスター・ヴァーテンブレックスは経験豊富な船乗りではなかった（太陽高度の測りかたも知らなかったのではないかと思う。やっているところを一度も見たことがない）。しかし、しょっちゅうジャイルズ・ケジリーに相談して、まずまず順調に船を進めていた。

このきびきびと活動的な小男は、精神状態が正常に戻って口がきけるようになってからは、以前いっしょにいると感じた心を浮き立たせるようなところはなくなってしまったが、それでも人を励まし、やる気を起こさせる名人だった。言うまでもなく、尋ねたいことは山ほどあったが、話をする機会はほとんどなかった。彼はいつもあれやこれやで忙しくしていたからだ。船の仕事をしていないときは、なにかを読んだり、上着のポケットに入れて持ち歩いているメモ帳にペンを走らせたりしている。しかし、あの岩の島を離れた二日めの夜、わたしが当直を務めていて、船が順調に進んでいたとき（舵はジャイルズ・ケジリーがとっていた）、彼はいつものせかせかした足どりで近づいてきて、機嫌よく挨拶をしたあと、わたしのそばに腰をおろし、『柱岩（と彼は呼んでいた）』にやって来たいきさつと、ミスター・ハクスタブルがこの航海に乗り出した目的を話してくれと言った。

あそこへたどり着いたいきさつのことは喜んで話したいが、もういっぽうについては、知ってはいるけれども話してよいかわからないとわたしは答えた。ミスター・ハクスタブルがそれを望まないかもしれないからだ。

「ご本人にお訊きになったら、たぶん自分からお話しなさるでしょう」わたしは言った。

「どうかな、もう少し精神状態がふつうなら話してくださるだろうが」彼は言った。「つまり、もとからあんなふうだったわけではないんだろう？」

「そうなんです。いつかはもとに戻るでしょうか」

「戻らないともかぎるまいよ。というより、もう戻りかけておられるんじゃないかな。今朝向こうから近づいてきて、海賊船に乗っていた人ではないか、あの船に少年が捕らわれていなかったかと訊いてこられた」

「ほんとですか」わたしは勢い込んで言った。「ミスター・ハクスタブルの息子さんなんです。

あの船に乗ってました？」

「いや、それが知らないんだよ」彼は言った。「裏の事情のことはさっぱりでね。あの船ではわたしの知らないところでいろいろやっていたから。しかしこれは奇妙なことでもあるね、考えてみれば——人間は時間的には後ろしか見えないのに、空間的には前しか見えないんだから。ただ、ミスター・ハクスタブルの言葉で、ひょっとしたらと思ってしまったんだよ。なんだか、悪辣な海賊船の船乗りだったことがあるような気がしてきてね。しかし、もちろんそんなははずはない。まさかわたしが海賊だとはきみも思わないだろう、ね？　わっはっは」と彼は大声で笑った。「わたしが鎖で吊るされるようなことがあれば、それはよっぽどのことだよ。揺りかごのなかのいとけない赤ん坊のように、自分の罪も知らずに吊るされることになるわけだからね。うん、わたしは陽気な男にちがいないね。子供のころもそうだったし、おとなのいまもそうだ。それでいて、じつは昔もいまもそうじゃない。子供のころは陽気じゃなかった。あんまり幸福すぎて陽気じゃいられなかったんだよ。わたしは恐ろしく真剣な子供だったと思うね」

「子供のころの思い出に、東屋は出てきませんか。色つきガラスの窓がある——青とシナモン色の」わたしは即座に声をあげた。船室で彼の書いた言葉のことを思い出したのだ。

「驚いたな！」彼は両手をあげてみせた。「それはわたしのいちばん幸福な時代の思い出だよ。スクワイア・ジョリフ（スクワイアは英国の郷紳（村の大半を所有する大地主）の敬称）の大庭園にあったんだ。しかしどうして——あは、そうか、わたしが寝ごとで言ったんだね」

「いいえ、書いたんですよ」

「書いただって」彼は声を高めた。「どうしてそんなことが？　これはぜひとも説明してもらわなくちゃいかん。さあ話してくれ、見てのとおりわたしは興味津々なんだ」

「お話しします。でもまず、ぼくは知ってるんですけど、あなたはあの船でふつうの海賊だったわけじゃありません。ダンピア船長みたいに、見聞を広めるためにならず者とつきあってたんです。あなたは博物学者だったんです。あなたの日誌には、薬草とか樹木とか果物みたいな、自然のものを観察した記録がいっぱい書いてありましたよ」

「わたしの日誌！」彼は叫んだ。「どこにある？　この船にあるのかね」

ミスター・ハクスタブルの船室にあるとわたしが答えると、ではあとで訊いてみようと彼は言い、まずは説明を続けてもらいたいと言うので、わたしは言われたとおりにした。

その説明が終わると、彼はしばらくじっと考え込んでいた。それから、わたしがすっかり疲れているのに気がついて、当直は代わってやるから、もう床に入りなさいと言ってくれた。

このころに交わした会話のうち、ここでご紹介しておくべきものがほかにもある。

ひとつはオバディアと、もうひとつはジャイルズ・ケジリーと交わした会話だ。どうしてあの光の影響に打ち勝ち、海の怪物たちや洞窟からぶじでいられたのか、とわたしはふたりに尋ねてみたのだ。

しかしオバディアとの会話は、まともな会話と呼べるようなものではなかった。彼はただ、不愉快なしかめ面をしてみせただけだったのだ。あの光が射してきたとき、彼はたぶん甲板のうえにおらず、またその後もあがってくることなく、船首楼の寝床で酔いつぶれていたのだろう。

しかし、ジャイルズ・ケジリーからはしっかりした返答が戻ってきた。彼は光などは見なかったそうだが、だしぬけに海が美しい野辺に変化したという。まるで魔法の国のようで、大木が高くそびえ、枝とこんもりした広葉が影を落とし、それが涼しげなエメラルド色の緑陰を作っていた。その周囲の茂みには一面に真紅の花が咲き乱れていて、そこに女たちが現われた。その姿形はうっとりするほど美しく、やさしげで目に快く、それが誘うように腕をあげて、降りていらっしゃいと抗しがたい力でそそのかしてきた。

その誘惑に屈したくてたまらなかったと彼は言った。もう高齢で、とっくに肉の快楽や外見的な魅力などは克服したと信じ、またそう望んでもいたというのに。そして我慢できずに船縁によじ登り、仲間たちと同じく、あの至福の、しかし偽りの閨房に降りていこうとしたとき、全能の主が花崗岩より固い腕を伸ばしてきて、彼の行く手をふさいだ（と彼はきっぱり言い切った）のだという。

その畏怖すべきまぼろしは、強烈な歓喜とあふれる深い感謝の念で彼の魂をとらえ、おかげで身を焼くばかりの肉欲は一瞬にして鎮まり、とたんに魔力ははかなく散り散りになって消え失せた。

わたしの記憶するかぎりでは、彼はたしかにこのとおりに語ってくれた。というより、この言葉は心にあざやかに刻み込まれているのだ。わたしはただ、それを忠実に書き留めるだけにし、その言葉に——そして趣旨にも——解釈などは付け加えないことにする。この謎については、解明する力のある人々に解明してもらおう。哲学者に任せておけばいい。

話は進んで、十日めか十一日めの朝のことを語るときが来た。それまでは順風と好天に恵まれていたが、その朝になって天候が悪化し、叩きつけるような風が吹きはじめ、それがやがて嵐になった。それでなくてもわたしたちはじゅうぶん厳しい運命を耐え忍んできたが、それがここに来て、真に忌まわしい運命に見舞われることになった。

ここまで船はどうにか針路を保ち、おおむねインドの海岸を目指して進んできたが、むしろわたしたちが望んでいたのは、海上でほかの船に遭遇することだった。たんまり謝礼をはずめば、水夫を何人か貸してもらえるかもしれないし、あるいはわたしたちとミスター・ハクスタブルの財宝をそちらの船に引き受けてもらい、手近の港に運んでもらえるかもしれないと期待していたのだ。それがいまでは、船はあてどなく海上を漂うばかりだった。揚げてあるのは中檣帆《トップスル》と畳んだ後檣の縦帆《ミズンスル》だけ――これ以上は恐ろしくて揚げることはできなかった。風が突然強まったら、これだけの人手ではとうてい縮帆が間に合わないからだ。

明くる朝、わたしたちは大いに意気阻喪し、ほとんど絶望しかけた。船倉に水が二フィートの深さまで溜まっていたのだ。大したものは積んでいないから、これはつまりどこかから漏水しているということだ。漏れ口を見つけることはできず（見つけられたとしても修理できるかどうかはともかく）、これからはポンプ作業までがのしかかってくることになった。これは重労働であり、どこにそんな体力があったのかミスター・ハクスタブルはふたりぶん働いていたが、わたしたちはへとへとになってしまった。

午前中ずっと、舵をとっているケジリー以外は全員がその苦役に当たっていた。さすがに危機感に駆られたらしく、オバディアもみなと同じようにまじめに働いていた。

そうこうするうちに風は収まってきたが、船倉の水は減るどころか増えており、それに比例して不安も増大していった。実際、絶体絶命の状況だった。しかし、ミスター・ハクスタブルのがんばりに助けられてポンプ作業は続き、またこのときはミスター・ヴァーテンブレックスの楽しい話や陽気さにもずいぶん救われた。

疲れはてて、甲板のマストのまわりにみなで横になっているとき、彼はこう言った。この世にこれほどみじめな状況はないが、にもかかわらず災い転じて福となす面もなくはない。「たとえばだ」と辛辣な視線をオバディアにくれて、「漏水の恐怖で、ラム酒という悪魔がいかに追い払われたか見るがいい」

「おっしゃるとおり」とジャイルズ・ケジリーがやって来て言った（休憩もとらずに、ミスター・ハクスタブルが舵手を引き受けたのだ）。「けど、主を畏れる気持ちがあれば恐怖は消えてなくなりますわい」

そのときふいに、強烈な興奮に胸を揺さぶられたか、ランプのように目を輝かせて、彼は詩篇の一節を朗誦しはじめた。心を魅きつけてやまない堂々たる声だった。

主はわが避所《さけどころ》わが城わがより頼む神なりといわん
そは神なんじを狩人のわなと毒をながす疫癘《えやみ》よりたすけいだしたまうべければなり
かれその羽をもてなんじを覆いたまわん　なんじその翼の下にかくれん　その真実《まこと》は盾なり干《こだて》なり
夜はおどろくべきことあり昼はとびきたる矢あり

幽暗《くらき》にはあゆむ疫癘《えやみ》あり日午《ひる》にはそこなう激しき疾《やまい》あり
されどなんじ畏るることあらじ（詩篇九十一篇二～六節。日本聖書協会『舊新約聖書文語訳』より）

わたしたちは魅せられて身動きもならなかった。その声の調子も、表情も、立ち姿も、また白髪の頭も長いひげも、まるで海という名の荒野に立ついにしえの預言者のようだった。朗誦が終わっても、わたしたちはしばらく身動きもならず、声も出せなかった。オバディアですら、この力強い歌声に胸を打たれていた。

最初に口を開いたのはミスター・ヴァーテンブレックスだった。

「風が出てきた。いちかばちか帆をもっと増やしてみよう。漏水で船が沈む前に港に行き着けるかもしれん。どう思う、ケジリー。そのほうがよくはないか」

老水夫はただひとつうなずいて、すぐにメインコース（メインマストの一番下の帆）を開こうとマストに登りはじめ、オバディアもそれに続いた。

まだ登りきらないうちに、ふたりは声をそろえて叫んだ。

「船だ！　船が見える！」

「なんと、助かるのか！　こんなさんざんな状況で」ミスター・ヴァーテンブレックスが言い、わたしも言った。

「詩篇の言葉がほんとうになったみたいですね！」

次の瞬間、わたしたちの船は急に針路をそれ、側面から波をかぶる格好になり、大きな衝撃を受けて激しく傾いた。

わたしは引っくり返り、はずみで排水口にはまってしまった。やっと立ちあがって船縁につかまるころには、船はゆっくり起きあがりつつあった。ミスター・ヴァーテンブレックスが、ジャイルズ・ケジリーとオバディアを従えて（ふたりは即座にマストから降りてきていたのだ）舵輪に駆け寄ろうとしている。ミスター・ハクスタブルが甲板に倒れ込み、コンパス台にぶつかるのが見えた。

わたしも三人のあとを追って走りだした。近づいたときには、ケジリーとオバディアが渾身の力をこめて舵柄《テラー》を動かそうとしており、ミスター・ヴァーテンブレックスがミスター・ハクスタブルのかたわらに膝をつき、驚きの表情でのぞき込んでいた。

「なんでもないいんですよね！」わたしは叫び、その反対側に飛び込むように身をかがめた。「船が傾いたとき甲板に倒れて、それで気絶しただけなんでしょう」

「そうじゃない」ミスター・ヴァーテンブレックスは言った。「その前に倒れたんだ。彼が手を離したから、船は向きが変わって側面から波をかぶったんだよ。もうご臨終だと思う。静かにしなさい」

彼のその声を訊きながら、わたしはミスター・ハクスタブルの目をのぞき込んだ。いったんまぶたを閉じたが、それからまた大きく見開いたその目は、いわばベールをかけた光に輝いている。低い声で、やさしく愛情深い口調で、わたしの耳には楽の音に聞こえるその声で彼は言った。

「ああフィリップ、あの子はおまえにとてもよく似ている。いずれ会えるときも来るだろう。

いまこうしてわたしに会っているように」

ややあって、また言った。

「不思議はない」彼は言った。「おまえがこの世であの子に会っていたとしても」

それ以上はなにも言わず、目を閉じた。やがてまた開いたが、まもなく息を引き取った。

ミスター・ヴァーテンブレックスの姿はなかった。わたしはしかし、身体に力が入らなくて甲板から立ちあがれなかった。青息吐息で進む船のせいで、身体が前後に揺れていた。舵輪を握るジャイルズ・ケジリーがわたしにやさしく話しかけ、まちがいなく助けが来ると言っていた。さっき見かけた船が、針路を変えてこちらに近づいてきていると。その言葉の意味は理解できたものの、もうそんなことはどうでもよかった。わたしを長く悩ます病気のぶり返しで、熱に浮かされてまぼろしを見ていた。そのまぼろしのなかで、わたしはあの農家の厨房に戻っていたのだ。そして、ミスター・ハクスタブルが愛情のこもる口調でこう言うのを聞いていた。

「神のお恵みで息子を取り戻すことができたら、きみたちはきっといい兄弟になるだろう」

〈評論〉

恐怖小説の意義

「甲板に出ると、整然と並ぶ星々が目に映った。雲はなく、無限の鬱屈が広がっている。

そこにある――星々が、太陽が、海が、光が、闇が、空間が、大量の水が。驚異的な『神の七日のわざ』。人類は招かれもしないのに、そのなかへうっかり入り込んでしまったようだ。それとも罠にはまったか……」

コンラッドの短編"The Shadow Line"では、主人公の若き船長は呪われているかのような海域から逃れることができず、その鬱屈を、そしてそれだけでなく恐怖感をこのように表現している。ある面から見れば、このような万物の物質性は想像力にとって恐怖である。物理学によれば、この世に真に存在するものはなにひとつない。物理学では、物質を構成する原子の構造、すなわち中心の陽子と周囲をまわる電子という構造を、太陽系のそれになぞらえている。つまり、陽子と電子との距離は、惑星と太陽のそれに匹敵するというのだ。そしてその陽子と電子も、それじたいなんの実体も持っていない。日常の世界においても、自己を物質と同一視することは不可能なのである。いっぽう、これは論理的に証明されているのだが、われわれはじつは時空の外側に存在している。さらにまた、事物が本質的には実在しないというのは単なる空理空論ではない。きわめてまれであるのと同様にきわめて重要でもある異常な状態においては、確固たる実体をもつモノをぼんやり眺めるうちに、この事実にふと気づいて驚愕と強烈な恐怖に襲われることがあるものだ。

それはあたかも、実質をそなえた肉体が霊魂の領域に現われたかのように感じられる。そんなことが起これば、それはまさしく語の不気味な意味においての「出現」――すなわち未知の、あるいは了解されない、したがって不気味な仮面――にちがいない。人はみな本質的に霊魂なのだから、有形の亡霊として互いに取り憑きあっていると言えるかもしれない。街は幽霊でいっぱいなのだ。ただ、わたしたちの神経にとっては幸運なことに、人はそれに慣れている。永遠は、プラトンの言う「動く影」、すなわち時間に取り憑かれている。「亡霊」について語ったとき、プラトンはブレイクに劣らず、たしかに自己の現象としての側面に気づいていた。以上述べてきたような経験においては、精神は意識的に――というより無意識的に――それにふさわしい領域で活動しているのだ。

　そのいっぽうで、物質的な事物を見るとき、直感によってそれを超越し、名状しがたい振動――ケルヴィン卿によって提起されたこの世のものならぬリズム、あるいはプロスペローの「消え失せた幻影（『テンペスト』第四幕第一場）」――を見通すことも可能である。"The Shadow Line"の船長は、この物質界を「驚異的な神の七日のわざ」と言ったが（実際にはその日数は六日とすべきだが）、したがってそれは一種の魔術的な構造物であるように見えるだろう。われわれの感覚はその構造物に開いた窓なのだ。あるいはレンズと呼んでもよいかもしれない。それを強化するのが芸術の役割というわけだ。恐怖小説という芸術では、外的な情景や物体の印象が強化されるだけでなく、あらゆる事物があたかも歪んだ鏡に映して見るかのように描かれる。そしてそれと同時に、写実的なうえにも写実的に描写される。その背景を実際以上にありふれた現実的なものとして描くことによって、不気味で謎めいた物語の真実味が増すというわけだ。しかし、超自然的な謎はべつとして、フィクションにおいて恐怖を生み出すためには、真実味をもたせるために必要なのと同じく、きわめて忠実な――ごくわずかに手を加えられてはいるが――写実性が必要である。

たとえば、シェリダン・レ・ファニュの*Uncle Silas*『アンクル・サイラス』においては、モードという少女が未知の運命を待ち受ける寝室の描写は、これ以上はないほど徹底的に平凡である。

> 　部屋は広くて天井が高く、しかし古ぼけていて陰気だった。背の高い四柱の寝台があり、その足もとのほうに窓があって、暗緑色のカーテンが下がっている。生地はフラシ天かベルベットに見えるが、それが埃まみれの柩覆いのようだった。数少ないその他の家具も古く、寝台わきの床は、すり切れた絨毯という名のほつれた四角い布で一部覆われていた。

荒廃した広大な屋敷のどこに、この部屋が位置しているのか判然としない。はてしなく伸びる通路や回廊のどこかに紛れ込んでしまうし、あいにくなことに窓からの見通しもよくない。そしてそのなかでは――「薄暗い羊脂ろうそくの光」を浴びて――モードの恐るべき家庭教師マダム・ド・ラ・ルジエールが、しどけなく着飾ってスキップし、これ見よがしに歩きまわり、あるいは四角い鏡に映った自分に不気味な流し目をくれている。冷え冷えとした地下納骨堂のような空気のなか、彼女は水を得た魚のように伸びやかに息を吸っているように見え、また吐き出す息には病的な憎悪のかすかな気配が混じっていて、それがいっそう恐怖をかきたてるのだ。

しかし、この意味でおそらくさらに写実的なのは、レ・ファニュの*The House by the Churchyard*『墓地に建つ館』の身の毛もよだつ穿頭術の場面かもしれない。これは、ドアの外にうずくまって聞き耳を立てている人物の五感を通じて描写されている。手術は深夜におこなわれ、執刀医は品性下劣な人間のくずこと天才外科医ディロンだ。到着したとき、彼は力任せに呼鈴のひもを引き、「豪華な服は薄汚れていて、ぞろりと長い巨大なかつらをかぶり、骨ばった手には黄金の握りの杖を持ち……ウィスキーパンチのにおいをぷんぷんさせ、小わきに手術道具入れを抱えていた」。これこそ、恐怖小説の達人が「幽霊のように音もなく歩く」「踏み固められた大地」（『マクベス』第二幕第一場）だ。

散文のみならず詩歌でも、謎と恐怖の感覚を喚起するために写実的な描写が用いられている。たとえばコールリッジの「クリスタベル」では、時を告げる時計の音、それに応じて吠える犬の声が、正確に回数をあげて描写されている。また、ポーの「大鴉」に見える「紫のカーテンが揺れて、絹地が悲しくためらいがちにさらさらと鳴る」もその一例と言える。さらに「老水夫行」のこの一節は、またなんと恐ろしく写実的なことだろう。

ぬるぬるしたものが脚を出して這いまわる、
ぬるぬるした海のうえを

ポーやジョゼフ・コンラッドの作品では、濃さや硬さといった単なる物質的な性質が、恐怖（horror）の付属物としてみごとに描写されている。コンラッドの*Victory*『勝利』では、ときおりひらめく稲光によって、海や川の硬質な輝きが、金属のようにきらめく葉むらや濃密な暗がりとともに場面上を移動していく。そしてこの亜熱帯的な舞台装置が、この場面の恐怖をいっそう盛り上げているのだ。ときにその世界は恐ろしく硬化することがある。たとえばこんな場面だ。

水に接した太陽は冷えた鉄の円盤のように鈍く赤く輝き、海という鋼の大皿を転がっていこうとする。……管から噴き出す流れはガラスのように砕け散る。

『マクベス』では、殺人の起こる前には夜の闇が濃くなる。それどころか、コンラッドの "The Shadow Line" の恐怖のクライマックスでは、闇が固形化したかと思われるほどに濃密になっている。

漆黒の闇が船をすっぽりと包み込み、舷側から手を突き出せば、この世のものならぬ物質に触れることができそうだ。そこには、理解を超える恐怖と人知の及ばぬ不思議が待ち受けているかに思われる。頭上の星はまばらで、それが光を投げるのは船のうえばかり。水のうえにはいかなる光も見当たらず、煤と変じた大気に光の柱がぽつぽつと穴を穿っている。……空気が黒く変わるなら、わたしの知るかぎり、海が固体に変じても不思議はない。

ポーの "MS. Found in a Bottle"「壜の中の手記」にも、これと比肩しうる一節がある。こちらはこう締めくくられている。「あたり一面の恐怖、濃い闇、黒檀のように黒い灼熱の砂漠」。ここから自然に連想されるのは、聖書に語られるエジプトの闇——「手に触れるほどの闇(出エジプト記十章二十一)」——である。

フィクションにおいては、「ねじれ」という手段で恐怖が生み出されることもある。つまり、微笑や白さや老齢などを通常とは異なる含意で用いるということだ。ふつうはやさしさとか無垢の象徴とされる微笑をもって、死人の開いた口——いわゆる死の微笑を表現するわけだ。ポーの *The Narrative of Arthur Gordon Pym*『ナンタケット島出身のアーサー・ゴードン・ピムの物語』にそのみごとな例がある。それは、難破船で餓死寸前の男たちの前に船が現われ、救出に駆けつけてくれたと思ったら途方もない失望に襲われるという場面だ。ひとりの人物が舳先の右舷側から身を乗り出し、「もう少しの辛抱だと励ますように、快活に、しかしいささか奇妙にうなずきかけてくる。そのあいだずっとにこにこして、みごとに真っ白な歯を見せびらかして」いるように見えた。ところがこの人物はもう死んでいて、その笑顔は死の微笑だった。しかもそれだけではなく、すでにはなはだしく腐敗の進んだ死体がその船の甲板にはごろごろしていたのだ。実体をともなう「老水夫行」の「幽霊船」といったところである。

ポーは事物のうちに彼の言う「征服者たる蛆虫」を描き出してみせる。彼の物語では死が笑顔を見せ、恐怖が微笑する。もっとも“Haunted Palace”「呪われた宮殿」においては、「おぞましき群れ」が

……とめどもなくあふれ出し
そして笑う――しかしもはや微笑むことはない。

いっぽうコンラッドは、生者によって恐怖を生み出している。たとえば『勝利』では、奇怪で醜怪な登場人物である「平凡なミスター・ジョーンズ」の顔の「おぞましい愛想笑い」がその例だ。コンラッドの文章にはときに、この世は貝殻のように虚ろであるかのような、圧倒的な空虚感がにじむことがある。“The Shadow Line”においては、「腹に一物ありげに世界が押し黙っている。ささやきの回廊（ある特定の場所でささやいた声が、遠くの特定の場所に伝わるような構造の建物のこと）さながら、その静寂のなかではわずかな物音も大きく響く」と書いている。ブラム・ストーカーの*Dracula*『吸血鬼ドラキュラ』はまだまだ洗練された作品とは言えないが、吸血鬼の口が恐ろしい微笑を浮かべるというのでなく、「陰鬱な古典劇の仮面のような四角い穴がぽかりとあいた」という表現は真に「不気味」と評するにふさわしい。この場合は、ねじれのさらなるねじれと言ってよいだろう。

ハーマン・メルヴィルの『白鯨』では、「白鯨の白さについて」の章において、白という色がさまざまな種類の崇高さ（sublimity）および恐怖（horror）と結びつくという問題が取りあげられている。無垢、神聖、そして喜ばしさの象徴、聖ヨハネのまぼろしにおいて崇高の極致に高められたものが、憎むべき病、屍衣、墓の表徴となり、しかも「北極の白熊や熱帯の白鮫」などの動物の特徴にすらなっている。それが衝撃的だとメルヴィルは

言う。

あのなめらかな、中身にそぐわぬ白さのゆえでないとしたら、いったいなぜ、かれらはこれほど並外れた恐怖の対象になっているというのか。あの亡霊のような白さこそが、もの言わぬ満悦の表情に、あのような唾棄すべきおとなしげな印象を——恐ろしいというより胸の悪くなるような印象を与えるのだ。

北極熊や鮫や恐ろしいイカ、白く塗られたあらゆる墓、そして実在する恐怖の白頭巾たちにおいて、「耐えがたいおぞましさを強めている」のは、たんに「あまりにも対照的なふたつの感情が心のうちでひとつになる」ためではなく、「この色が表わす概念の深奥にあるとらえがたいなにものか」のためだと彼は書いている。

この白の恐怖は、ポーの『ナンタケット島のアーサー・ゴードン・ピムの物語』でもモチーフになっている。また、いっそう偉大な——少なくともより写実的な——恐怖の達人J・シェリダン・レ・ファニュになると、これがさらにみごとに活用されている。彼の『墓地に建つ館』に出てくる「白銀の紳士」や、聖人めいて神々しくも艶やかな白髪のアンクル・サイラスは、まちがいなく文学史上最も恐ろしい登場人物である。アンクル・サイラスという一見してひじょうに親切で立派な人物においては、白の持つ不吉な意味合いが高齢の象徴と結びつけられている。ここからわずか一歩先にあるのが、*Confessions of an English Opium-Eater*『阿片常用者の告白』において、ド・クインシーが古きアジアと結びつけた恐怖の感覚である。

南アジアは全般的に、恐ろしい印象や連想の中心地だ。文明の発祥の地として、なんとなく畏敬の念を人に抱かせる地はここだけだからだろう。しかし、理由はほかにもある。古く壮大、残酷にして洗練されたインドの宗教に、人は心を動かされずにはいない。アフリカであれどこであれ、未開の部族が気まぐれに生み出す野蛮な土着の迷信など、その点では足もとにも及ぶまい。

恐怖は愚かさと同じく醜怪であり、外見的に言えば狂いという印象から生ずる。「見るに堪えない醜怪さや奇抜さ」と「美」とが関連しているのは、「ルイス・キャロルのナンセンス」と「哲学的知識」とが関連しているのと同じだ。どちらもその基礎は現実に、あるいはギリシア人の言う「第一哲学」――それが現実であると知っていること――にある。したがって、たんなる外見的な恐怖は、底の浅い冗談や幼稚な非論理性と同じように、教養ある人間にとっては苦痛でしかない。

フィクションにおける恐怖の喚起が、並外れた写実的表現、すなわち確固たる現実という印象に依存するものだとすれば――そして、物理学や形而上学が言うように、現実という現象それ自体がまやかしであり、人間の五感が生み出すまぼろしでしかないとすれば、恐怖を用いる芸術の達人は、強調とねじれという手段を用いて、物質という亡霊を料理していると言えるかもしれない。並外れて確固たる現実と見せることにより、逆説的に、じつはなんの実体もないのではないかという不安をかきたて、コンラッドの若き船長が「人類は招かれもしないのに、そのなかへうっかり入り込んでしまったようだ。あるいは罠にはまったか……」と感じたように、一種魔術的な罠に陥ったという感覚を呼び覚まそうとするのだ。

しかし、ここまでの考察で述べたのは、物質的現象に対するきわめてひねくれた見かたでしかない。実際、これにはまったく異なる含意も存在する。堅固、稠密、巨大は、恐怖のみならず崇高の特徴でもある。永遠の表象であるブロンズ像や大理石像の、圧縮された記念碑的な性質にそれは見てとれる。したがってこの意味では、物質は不自然の属性であるのと同様に超自然の属性でもある。先に引用したド・クインシーは『阿片常用者の告白』の一節に続く箇所で、その両方について語っている。すなわち、太古から続くカーストや広大な帝国は(そしてガンジスやユーフラテスにいたってはその名前のみで)「謎めいた崇高さ」を感じさせるというのだ。

セム語族の伝承は崇高という感覚の主たる源となっているが、そこには厖大さや巨大さという概念があふれている。たとえばバビロニアの創造説話には、巨大な双児のドラゴンが登場するし、ヘブライ人の詩には、神は海を手のひらに受けていると謳われている。また聖書に触発されて、ダンテとミルトンは途方もなく巨大なものを描いている。ダンテはあっと驚く巨大な地獄の門を描き、ミルトンには天まで届くサタンの像が出てくる。恐怖小説の領域でこれに比肩するものとしては、ポーの『ナンタケット島出身のアーサー・ゴードン・ピムの物語』の南極の壮大な像や、「壜のなかの手記」の恐ろしく巨大な船があげられる。またホーソーンの"The Great Stone Face"「人面の大岩」や『白鯨』における巨大さに関する一節をあげてもいい。

実際のところ、恐怖と崇高とに関連性があるのはたしかである。恐怖を喚起するフィクションの機能は、崇高を創造するパワーと結びついている。いっぽうは他方の修正された形態なのだ。この関連性において重要なのは、崇高の特徴のうち、ポーの作品に見えるのは物質的巨大さへの志向だけではないということである。彼の登場人物は、ミルトンのそれと同じく抽象的で主観的だ。また、彼の作品にはユーモア感覚が欠如しており、その点でもよく似ている。いっぽう人格的に見ても、ミルトン的サタンと同様の高慢さがうかがえた（少なくとも一度は）と言われている。

闇は、場合によっては、恐怖の属性であるのと同様に崇高の属性でもある。どちらの効果が生み出されるかは、闇をどう処理するかによって、あるいはその闇の性質によって決まる。崇高は動的、恐怖は静的なのだ。ミルトンの悪魔たちは精力的であり、背景の闇に対して強力に反応し、闇の深さに対比されることで明るく際立って見える。かれらは地獄に「住む」者であって、地獄に「属する」者ではない、と言ってもいいかもしれない。ホーソーン作品に見られる心理的な恐怖においては、暗黒が前景を侵蝕している。彼はそれによって、*Scarlet Letter*『緋文字』において、ミルトンが試みて失敗したこと、すなわち説得力のある地獄のイメージを生み出すことに成功したのだ。彼の描く罪深い牧師は、良心を食い荒らす悪魔に逆らえずに受動的に嘘をつく。ホーソーンは鋭い不気味さの感覚を通じてすべてを見ている――彼の描く「ベールをかぶった牧師」が黒い紗を通して見ているように。彼のまきちらす隠微な病のために、陽光すら闇に汚染される。その闇は、彼の黒魔術のサトゥルナリア祭において濃縮され、そこから恐怖のエッセンスが滴り落ちてくるのだ。

ポーは「呪われた宮殿」において、損なわれた美、色あせた栄光を惜しんでみせる。

しかし邪悪な者たちは、悲しみの長衣をまとい、
王のいと高き領地を損なう。
（なんと嘆かわしい！――明るい朝は二度と
見捨てられた王に訪れてはこないのだ）
そして王の住処の周囲では
かつて咲き誇った栄光も
いまでは忘れ去られた逸話となって
過去という墓に埋もれている

しかし、ここで「王」とは「思考」のことだ。すなわち王の敵は王自身であり、王こそが「いと高き領地」を攻撃する悪の根源なのだ。しかし同じくポーの「大鴉」では、人に取り憑く「恐怖」は感情、すなわちロマン主義的な愛情である。そしてそれは、怪奇短編「ベレニス」のモチーフでもある。この「ベレニス」の主人公は妻の歯に執着し、それが高じてしまいには柩に横たわる妻の歯を抜くに至る。しかし「リジイア」――より陰惨な、というより病的な短編――では、恐怖のもととなるのは意志である。この短編では、死んだ前妻の霊魂が変身をとげて後妻に成り代わる。ポーの創作において、恐怖の原因が多種多様であり、しかも相互に関連しあっているのは注目すべき点だ。いずれの場合も、それらの効果は過剰の操作によって生み出されている。ここで起こっているのは精神の分離である。この分離がいかなるものか、それが活き活きと描き出されているのがコンラッドの*Heart of Darkness*『闇の奥』だ。不運な理想主義者の知性は「並外れて明晰」となり（いわば澄明な冷淡さを獲得し）、いっぽう感情は感覚の地獄に落ち込んで、そこから生まれる炎は光は生まず、「ただ闇を可視化する」だけなのだ。これらはみな精神の分裂の象徴であり、その分裂が最終的に引き起こすのが恐怖――以下に述べる意味での――であり、ミルトンにおいてはそれが極度の恐れ（extreme terror）を意味していた。この分裂は、思考すなわち分析的精神によって引き起こされたように思われる。

初期の詩や戯曲においては、崇高とヒューマニズムは一体化していた。最も明らかな実例をあげれば、聖書ではこのふたつは不可分のものとして扱われている。いっ

ぽうシェイクスピアでは——たとえば『マクベス』の「生まれたばかりの裸の赤子」の一節(第一幕第七場)などのように——このふたつによってパラドックスが生み出されている。おびえるマクベスの前に、「憐れみ」が無垢にして無害という形で復讐者として現われるというように。シェイクスピアはその合成の才能によって、崇高とヒューマニズムとを結びつけただけでなく、古典劇では はっきり区別されていた悲劇と喜劇すら結びつけている。しかしながらシェイクスピアには、心理学的なひな型が破綻する最初の徴候が現われている。つまり、ハムレットの驚くほど近代的で暗澹たる内省という形で、思考の結晶化が起こっているのだ(ちなみに『ハムレット』に出てくる亡霊は、かつて創作されたうちで最も実体ある亡霊のひとつである)。このように、シェイクスピアによる崇高とヒューマニズムとの統合は、早くから変化に向かいはじめており、ベーコンがその科学的才能によってそれを後押ししていた。『失楽園』では、崇高の実体からの分離において思考がうながされている。そしてミルトン以後には、王政復古時代の叙情詩人の情緒的な奇想がやって来る。すでに分離の途上にあった無意識のひな型は、この時代の感覚の氾濫によって揺さぶられ、損なわれて、こうして知性と感性との亀裂は広がっていった。その後に続いたのは、アン女王時代の硬直し形式化した作文であり、これは想像力の麻痺した時代だった。

崇高はロマン主義復興において、さまざまな修正された形で再登場した。有名なところでは、ノヴァーリスやティークの斬新な作品にそれが見える。コールリッジが示すように、スコットはこのふたりから影響を受けているし、コールリッジ自身もそれは同じだ。いっぽうヒューマニズムは、感傷主義的な小説において再生を果たした。

コールリッジはポーに劣らず、荒廃において崇高さが奇妙に変形する効果を描き出している。そんなわけで、「老水夫行」はなまめかしい色彩と燐光を帯びた陰影に満ちているのだ。いっぽう「クーブラ・カーン」では、「聖にして呪われた」といった異様な矛盾語法によって、悪霊に恋した女のあいびきの場所が描写され、この手法はその後も続き、いよいよ隠微かつ難解になっていく。崇高を生む想像力——その純粋に抽象的な面では、哲学の観念論および絶対論の体系として、またドイツの音楽として立ち現われる——は修正されて、幻想的な、あるいは写実主義的な恐怖のフィクションが生み出された。いっぽうヒューマニズムは進化（あるいは退化）して心理小説に向かい、最も性的な形態での感覚をもっぱら扱うことになった。

　ここまで見てきたように、恐怖の物語においては、物質的現象をどのように処理するかによって、その効果がきわめて大きく左右される。分野は異なるものの、物質的な側面が重視されるのはセックス小説も同じだ。恐怖と情熱のあいだには本質的な関係がある。したがってこの意味では、このふたつはいずれも同じ領域に属しているのである。そのインスピレーションのもともとの起源、すなわちヒューマニズムと崇高がそうであるのと同じだ。いずれにしても、文学において起こっていることは、神学的に見れば「堕落」と呼べる性質のものかもしれない。しかし、恐怖の物語を考えるさいにその高尚な起源という観点から見ることは、人を畏怖させるイメージより一段高い場所へそれを引き上げることであり、その物質的な世界がじつは不吉な妄想などではなく、霊妙な現実の啓示であると理解することなのである。

"The Significance of Horror Fiction"（1936）

解説

植草昌実

海外の怪奇幻想小説の古典を集めた〈ナイトランド叢書〉では、「幻の作品」と呼ばれていたものをいくつも刊行している。

　もっとも、どのように「幻」なのかは一様ではない。たとえば、邦訳されない作品。ホジスン『幽霊海賊』や、シール『紫の雲』は、原文が難しいために翻訳者に敬遠され、邦訳の機に恵まれなかった。ストーカー『七つ星の宝石』、ホジスン『〈グレン・キャリグ号〉のボート』、ローマー『魔女王の血脈』は、国書刊行会の《ドラキュラ叢書》(一九七六 - 七七)第二期に予告されたが、シリーズが続かず邦訳には至らなかった。これらは日本での出版事情による「幻の作品」で、原書が入手困難だったわけではない。

　あるいは、原書が稀覯本で、本国でも「幻の作品」であるもの。この例にはホワイト『ルクンドオ』が挙げられる。また、アスキュー『エイルマー・ヴァンスの心霊事件簿』は、雑誌掲載のまま埋もれていた連作短篇を熱心な研究者が発掘したものだった。だが、怪奇幻想小説に限らず古典作品が電子書籍化で手軽に読めるようになってきた現在、このような例は(本の姿にこだわらなければ)少なくなってきた。

　さらに、その両方を具えたものがある。題名と著者名は聞くものの邦訳されず、原書も入手困難で電子書籍にもならない。そんな「幻の作品」の一つが、Ｅ・Ｈ・ヴィシャック『メドゥーサ』——そう、本書なのである。

　この作品は一九七〇年代の幻想文学邦訳ブームの中でも、なぜか取り残されてきた。《世界幻想文学大系》第二十八巻Ａ、デイヴィッド・リンゼイ『アルクトゥルスへの旅』上巻の、口絵に説明もなく掲載された書影や、同書月報の紀田順一郎のエッセイで、タイトルと著者の名を見た読者もいることだろう。『アルクトゥルスへの旅』は、外惑星を舞台にして一地球人が善悪の闘争を垣間見る物語で、ＳＦというよりはむしろファンタジーだが、その目まぐるしい展開と唐突な結末には、既知の小説の読み方ではその味わいを汲みきることはできない、と思わずにいられない。ならば『メドゥーサ』もそんな小説なのではないか、と想像した方もいるのではないだろうか。

『メドゥーサ』がリンゼイの著作に関連して言及されていたのは、ヴィシャックが彼の親友であるからで、二〇一一年の限定版（詳しくは後述）に寄せられたコリン・ウィルソンの序文によれば、この作品は『アルクトゥルスへの旅』に触発されて書かれたのだという。リンゼイを再評価したウィルソンとしては、『メドゥーサ』も看過できない作品であった、というわけだろう。

この作品は、一九二九年の初刊から九十年後の現在に至るまで、英語では四度しか出版されていない。初刊と、一九四六年、一九六三年の二度の復刊は、いずれもSFの出版で著名なゴランツ書店から。なお、四六年版はThe Connoisseur's Library of Strange Fiction（読書通のための奇妙な小説叢書）、六三年版はRare Works of Imaginative Fiction（稀覯空想小説叢書）という、いかにもマニア向けのシリーズの一冊としての刊行である（なお、この二つの叢書は、他の作品も興味深いので、参考までに刊行書目を文末に挙げた）。いずれも現在の古書価は高額で、ネット古書店サイトAbe Booksでの、本稿執筆時の最高値は二九年版の約十三万円だった。

そして、もっとも新しいのが、美麗な装丁で幻想文学を中心にした限定出版をしているセンチピード・プレスが、二〇一一年に刊行したものである。価格は百七十五ドル、当時のレートでは一万四千円ほど。同書には短篇の怪奇小説や犯罪小説を十二篇と、評論「恐怖小説の意義」"The Significance of Horror-Fiction"（初出は文芸評論誌The Nineteenth Century and After 一九三六年七月号）が併録されている。

なお、他国語への翻訳では、ドイツ語版（DuMont, 1991）を確認している。

では、この『メドゥーサ』の、英米の評価はどのようなものだろうか。ホラーやファンタジーの小説家で、編集者でもあったカール・エドワード・ワグナーは、〈トワイライト・ゾーン〉誌の一九八三年五月号に「超自然ホラー傑作十三選」として、『メドゥーサ』をマチューリン『放浪者メルモス』、エーヴェルス『アルラウネ』、メリット『魔女を焼き殺せ！』、カー『火刑法廷』、ヒョーツバーグ『堕ちる天使』などと共に挙げている（全リストは、こちらも興味深いものなので、文末に挙げた）。が、ここで取り上げられたそれぞれの作品を、ワグナーは無条件に褒めているわけではない。まず欠点を指摘し、それを補ってあまりある魅力を紹介しているのだ。この『メドゥーサ』も、まずは失敗作と断じたうえで、類例のない作として「必読である」と書いている。また、キム・ニューマンとスティーヴン・ジョーンズの共編によるブックガイド *Horror: The 100 Best Books*（1998）でコメントしたさいには「LSDでぶっとんだメルヴィルが書いた『宝島』」と評している。

これは、ワグナーがひねくれているのではない。コリン・ウィルソンも同様で、先述の序文に「類稀な幻視を描きながら、作品そのものは完全に書ききれなかったのだろう」と述べながらも「忘れることができない」と書いている。チャイナ・ミエヴィルも本書を読んで忘れられなかった一人のようで、「使い魔」を収録した年間ファンタジー傑作アンソロジー *Year's Best Fantasy 3*（Harpercollins, 2003）の作者紹介欄で、ラヴクラフトよりも好きな作家の一人としてホジスンを挙げ、彼と並ぶ作家としてリンゼイ、ロバート・チェインバーズとともに、ヴィシャックの名を挙げている。

『メドゥーサ』は、奇妙な小説というほかないが、読む者を惹きつけてやまない、不思議な魅力を持っている。荒俣宏の卓越した幻想文学ガイドブック『別世界通信』（奇想天外社一九七七。のちにちくま文庫、イーストプレス）では、巻末のブックリストでR・A・ラファティ『九百人のお祖母さん』を「狂った文学」、ウィリアム・バロウズの『裸のランチ』を「壊れた文学」と紹介しているが、この表現に倣えば、さしずめ「歪んだ文学」あるいは「捩れた文学」と呼ばれるべき作品なのだろう。

少し内容に触れよう。この『メドゥーサ』は、老境の語り手ウィリアム・ハーヴェルが少年時代を回想する形式で書かれた物語だ。全体の雰囲気はなるほど、ワグナーが評したように、スティーヴンスンの『宝島』に似てはいる。が、父を亡くした主人公が、引き取られた先で祖父から受ける虐待、その祖父の死、寄宿制の学校からの脱走と、たたみかけてくる不幸や不運が奇妙なものばかりで、ワグナーが「LSDでぶっとんだ」と言った感覚は、すでにこのあたりから始まっているようだ。脱走の途中で海賊ムーンに出会い、それを機に船主ハクスタブル氏を訪れるあたりから、海洋冒険小説らしくなってくるが、後半に航路がだんだん怪しくなり、怪物が出現すると、船は一気呵成に怪奇幻想の世界へと舵を切る。終盤にはラヴクラフトさながらの場面も展開し、物語は『アルクトゥルスへの旅』と同じように唐突に終わる。奇妙に品のよいブライズ船長や、なぜか疎まれるファルコナー航海士、謎のミスター・ヴァーテンブレックスの背景などに、語られていない部分を読み解く手掛かりをちりばめたまま。

　まさに、先に書いた「ならば」なのだ。『宝島』やメルヴィルの『白鯨』、さらには『幽霊海賊』と共鳴するものを持ちながらも、この『メドゥーサ』は謎をはらんだ怪作であり、海洋冒険小説やホラーの要素を持ちながら、それら既存の作品と同じ読み方ではその謎を解ききれない、というほかない。

　巻末に付した評論「恐怖小説の意義」は、レ・ファニュやストーカー、ポオらとコンラッドを並列し、ミルトンへの言及もあるのが興味深い。作者の怪奇幻想小説への傾倒を知るとともに、本作の解読の一助になることを願っている。

　最後になるが、著者E・H・ヴィシャックを紹介しておこう。

　本名エドワード・ハロルド・フィジック。一八七八年にロンドンで生まれた。父は彫刻家エドワード・ジェイムズ・フィジック。グラマースクールを卒業後、電報会社に勤務しつつ詩作を発表する。第一次大戦中は良心的兵役忌避者となり在野で教鞭を執りつつ、詩作に加え、親友デイヴィッド・リンゼイの作品に影響を受けて怪奇味の強い小説を著した。中でも一九一〇年の長篇 *The Haunted Island* は、魔術師や、火山の噴火を操るマッド・サイエンティストが孤島に跳梁する冒険怪奇譚で、コリン・ウィルソンは前掲センチピード・プレス版の序文で「『メドゥーサ』ほど特異ではないが面白い」と評している（なお、こちらは現在、ペーパーバックで廉価に入手できる）。また、M・P・シールの友人であった詩人、ジョン・ゴーズワースとも親交を持ち、短篇小説を合作したほか、彼のアンソロジー *Crimes, Creeps and Thrills*（1936）に第三長篇 *The Shadow* を発表している。

文学方面では、ミルトンやコンラッドについての評論書を著し、九十歳を越えてなお、コリン・ウィルソンらと、リンゼイについての評論を共著した。一九七二年歿。
著作には以下のものがある。

《詩集》

Buccaneer Ballads（1910）
Flints and Flashes（1911）
The Phantom Ship（1912）
The Battle Fiends（1916）

《小説》

The Haunted Island（1910）
Medusa（1929）　＊本書
The Shadow（1936）

《文芸評論》

Milton's Agonistes: a Metaphysical Criticism（1923）
Mirror of Conrad（1956）
The Portent of Milton: Some Aspects of His Genius（1958）
The Strange Genius of David Lindsay（1970）J・B・ピック、コリン・ウィルスンと共著

《編書》

The Mask of Comus（1937）
Milton's Lament for Damon and his other Latin Poems（1935）ウォルター・W・スキートと共著
Richards' Shilling Selections from Edwardian Poets（1936）
Milton: Complete Poetry and Selected Prose, with English Metrical Translations of the Latin, Greek and Italian Poems（1938）

《自叙伝》

Life's Morning Hour（1969）

【参考】

●読書通のための奇妙な小説叢書　The Connoisseur's Library of Strange Fiction

1 『アルクトゥルスへの旅』デイヴィッド・リンゼイ
2 『憑かれた女』デイヴィッド・リンゼイ
3 本書
4 *The Place of the Lion*　チャールズ・ウィリアムズ

●稀覯空想小説叢書　Rare Works of Imaginative Fiction

1 『紫の雲』M・P・シール
2 『アルクトゥルスへの旅』デイヴィッド・リンゼイ
3 本書
4 『ワイルダーの手』J・シェリダン・レ・ファニュ
5 *The Greater Trump*　チャールズ・ウィリアムズ
6 *The Lord of the Sea*　M・P・シール
7 『憑かれた女』デイヴィッド・リンゼイ
8 *The Isle of Lies*　M・P・シール
9 『幽霊船』リチャード・ミドルトン（短篇集）

●カール・エドワード・ワグナー「超自然ホラー傑作十三選」

1 *Hell! Said the Duchess* by Michael Arlen
2 『火刑法廷』ジョン・ディクスン・カー
3 『アルラウネ』ハンス・ハインツ・エーヴェルス
4 *Dark Sanctuary* by H.B.Gregory
5 『堕ちる天使』ウィリアム・ヒョーツバーグ
6 *Maker of Shadows* by Jack Mann
7 『放浪者メルモス』チャールズ・マチューリン
8 *The Yellow Mistletoe* by Walter S.Masterman
9 『魔女を焼き殺せ！』A・メリット
10 *Doctors Wear Scarlet* by Simon Raven
11 本書
12 *Fingers of Fear* by J.U.Nicolson
13 *Echo of a Curse* by R.R.Ryan

＊文中の書誌情報などにつきましては、〈ウィキペディア〉（英語版）、〈Internet Speculative Fiction Database〉を参考にしました。

Ｅ・Ｈ・ヴィシャック E. H. Visiak
本名エドワード・ハロルド・フィジック。1878年、ロンドンに生まれる。電信会社に勤務しつつ詩作を続け、第一次大戦では良心的兵役拒否者として従軍せず、在野で教鞭を執る。詩集やミルトンやコンラッドについての評論のほか、友人デヴィッド・リンゼイの幻想小説『アークトゥルスへの旅』に触発され、本書『メデューサ』など、怪奇幻想の要素の濃い三篇の長篇小説を遺している。1972年歿。

安原 和見（やすはら かずみ）
1960年、鹿児島県に生まれる。東京大学文学部西洋史学科卒業。英米文学翻訳家。ＳＦ・幻想文学系統の主な訳書に、Ｄ・アダムズ《銀河ヒッチハイク・ガイド》シリーズ、Ｃ・アダムズ『アダムズ・ファミリー全集』（共に河出書房新社）、ウォード『黒き戦士の恋人』、オースティン＆グレアム＝スミス『高慢と偏見とゾンビ』（共に二見書房）がある。他にノンフィクション、映画関係の訳書多数。

ナイトランド叢書 3-5

メドゥーサ

著　者　Ｅ・Ｈ・ヴィシャック

訳　者　安原和見

発行日　2019年1月29日

発行人　鈴木孝

発　行　有限会社アトリエサード
東京都豊島区南大塚1-33-1 〒170-0005
TEL.03-6304-1638 FAX.03-3946-3778
http://www.a-third.com/ th@a-third.com
振替口座／00160-8-728019

発　売　株式会社書苑新社

印　刷　モリモト印刷株式会社

定　価　本体2300円＋税

ISBN978-4-88375-339-0 C0097 ¥2300E

www.a-third.com